Zu dieser Serie gehört

Entführung ins Serail
- In den Fängen des Scheich -
Band I
ISBN 9783753461465

Entführung ins Serail
- Die Djinn -
Band 2
ISBN 9783753461533

Tina Charcoal Burner

Entführung ins Serail
- Brich nie die Regeln einer Beziehung -
Band 3

Herstellung und Verlag:
BoD – Books on Demand, Norderstedt
© 2021, Tina Charcoal Burner
ISBN 9783754317754

Alle Rechte liegen bei der Autorin

Was bisher geschah

Lilith Gray wird auf der Suche nach ihrem verschollenen Vater, einem bekannten Archäologen, in die Wüste verschleppt und in einen Harem verbracht.

Ihr Entführer Raschid reicht sie an seinen Bruder Amir weiter, der sie ebenfalls verkaufen will, da sie eine Ungläubige ist und extrem rebellisch.

Lilith kann flüchten und wird während eines Sandsturmes von einem giftigen Skorpion in die Hand gestochen. Verzweifelt kriecht sie noch einige Meter weiter und verliert dann ihr Bewusstsein.

Ihre Entführer haben sie bereits anhand ihres Handys orten können und sind auf der Suche nach ihr.

Schwer verletzt wird sie zurückgebracht und gesundet.

Amir findet Gefallen an ihr und umwirbt sie auf seine Weise.

Damit Lilith nicht verkauft werden kann, konvertiert sie und gerät in außergewöhnliche Situationen.

Da ihr Vater in der Felsenstadt Petra (Jordanien) noch ein Projekt laufen hat, möchte Lilith dieses beenden und gerät auch da dauerhaft in Lebensgefahr.

Lilith trennt sich von Amir. Dessen Freund Hassan umwirbt sie.

Irgendwann gibt sie seinem Drängen nach und glaubt in ihm endlich den Mann gefunden zu haben, der sie schätzt.

Doch auch hier wird sie eines besseren belehrt.

Nachdem ich Hassan ins Haus gebeten hatte, gab es eine heftige Diskussion zwischen uns.
Ich benötigte eine Erfrischung und eilte in den Pool.
„Lilith, darf ich dir Gesellschaft leisten? Ich hege keine Hintergedanken und rühre dich nicht an!"
„Ich hoffe du hältst dich danach! Ausnahmsweise! Hassan ich flehe dich an! Gib mir etwas Bedenkzeit und dränge mich nicht! Ich komme erst wieder zurück, wenn ich dazu bereit bin!"
„Lilith, warum kämpfst du gegen dein wahres Ich? Das bist keinesfalls du und ich frage mich, warum du dir das antust! Bitte flieg mit mir zurück und bleib! Ich hatte keinen körperlichen Sex mir ihr. Es gab wirklich nur einige Male eine heftige Knutscherei!"
„Nein, Hassan! Ich komme nicht mit zurück! Deine angebliche Knutscherei, die ich dir so nicht abnehme, ist das Vorstadium zum Sex! In meinen Augen ist es körperlicher Sex, auch wenn du nur geknutscht hast! Wir hatten vereinbart, dass ich einmal im Monat für ein Wochenende vorbeikomme. Belasse es dabei, bis ich vielleicht wieder etwas Vertrauen zu dir aufgebaut habe! Es braucht einfach Zeit! Hassan, ich wurde aus Liebe erschaffen, aber vom Teufel erzogen. Als meine Flügel abfielen, wuchsen mir Hörner. Mit mir spielt man nicht ungestraft, denn wer den Teufel in mir weckt, sollte das Spiel des Feuers beherrschen!"
„Okay, ich habe es honoriert! Trotzdem! Lilith, ich kann keine vier Kinder alleine groß ziehen! Du musst zurück!"
„Wieso vier Kinder? Erklär mir das bitte!"
„Eigentlich wollte ich es dir erst heute abends nach dem Essen präsentieren. Amir hat vor Tagen Oasis und Sheherazade gebracht. Seine neue Errungenschaft

ist schwanger und weigert sich, eure beiden Kinder mit aufzuziehen. Sie beansprucht Amir alleine und hat ihm ein Ultimatum gestellt. Entweder eine Ehe mit dem gemeinsamen Kind oder keine und sie geht. Amir hat sich für sie entschieden und lässt dir ausrichten, dass du die Kids zu dir nehmen kannst. Sie sollen für die Zukunft bei dir bleiben und er möchte sie einmal im Monat besuchen dürfen. Im Moment sind alle vier bei Alis Frau, bist du zurückkommst. Sabriye ist zurzeit krank. Also entscheide, wie du es für richtig hältst!"

Ich schluckte und mir wurde schwindlig.

Vor mir drehte sich alles. Ich schloss meine Augen und verkrallte mich in den Beckenrand.

Mir blieb wirklich nichts erspart.

„Hassan, was hast du da gerade gesagt? Mir wird auf einmal schlecht! Im Moment ist alles etwas zu viel für mich!"

Hassan schwamm auf mich zu, stellte sich vor mich und zog mich in seine Arme.

Ich war über diese Information so geschockt, dass ich heulen musste und mich nicht mehr beruhigen konnte.

„Es wird alles gut, Lilith! Ich bringe dich nach oben und du ziehst dich an. Danach können wir zu Mittag essen. Larissa und Nash leisten uns Gesellschaft."

Ich nickte nur.

Aus dem Hintergrund erklang Larissas Stimme.

Sie kam gerade aus der Einliegerwohnung durch den Verbindungsgang.

„Lilith? Geht es dir gut? Hassan, was ist passiert?"

Hassan drehte sich zu Larissa.

„Ich erkläre es dir gleich, wenn ich mein Teufelchen nach oben gebracht habe. Hol inzwischen Nash. Wir essen gemeinsam zu Mittag. Sobald Lilith sich etwas Trockenes angezogen hat, kommen wir wieder."

Larissa nickte und verschwand.

Hassan brachte Lilith ins Bad, neben dem Schlafraum und half ihr beim Ausziehen des nassen Badeanzugs. Sie war völlig durcheinander.

Er musste sich extrem zusammenreißen, als sie nackt vor ihm stand, denn er hatte sie vor einigen Monaten das letzte Mal so gesehen.

Behutsam trocknete er sie ab und reichte ihr frische Kleidung. Lilith bedankte sich und schlüpfte hinein.

Hassan föhnte ihr das Haar noch trocken, nahm sie dann an die Hand und eilte mit ihr nach unten.

Larissa und Nash hatten den Tisch bereits eingedeckt und das Essen erwärmt.

„Hallo ihr Beiden! Wir können sofort essen. Lilith, du wirkst immer noch verstört. Geht es dir wieder besser? Du warst leichenblass! Was ist passiert? Möchtest du ein Glas Wein?"

Ich nickte und nahm Platz.

Nash stellte das Essen auf den Tisch und Hassan befüllte den Teller, in dem ich lustlos herumstocherte.

„Lilith, du musst etwas essen!", forderte mich Hassan auf.

Ich schüttelte den Kopf.

„Mir ist der Appetit regelrecht vergangen, nach dieser Botschaft! Was denkt ihr euch eigentlich? Ihr schnippt und Lilith hüpft! Jetzt stehe ich schon wieder vor einer Entscheidung, die ich alleine bewältigen muss! Hört denn das nie auf? Genau das ist der Grund, Hassan! Deshalb kämpfe ich gegen mein wahres *Ich*! Deshalb tu ich mir das alles an! Verstehst du es jetzt! Sorry, aber ich brauche jetzt einfach ein paar Stunden für mich!"

Ich stand auf, schnappte mir die Rotweinflasche samt Glas und verschwand ins Wohnzimmer.

Larissa rief mir hinterher.

„Lilith, was ist geschehen?"

Ich drehte mich um.

„Frag Hassan, Larissa! Er kann es dir besser erklären! Ich brauch jetzt eine kurze Auszeit, um einiges für mich zu überdenken! Wir sehen uns zum Abendessen wieder!"

Entnervt setzte ich mich auf die Couch und schenkte mir Rotwein ein, den ich auf einen Zug austrank. Innerhalb von einer halben Stunde, hatte ich die ganze Flasche geleert und einen heftigen Schwips. Lachend legte ich mich zurück und hörte Hassan in der Küche erzählen, was vorgefallen war.

„Und was nun?", fragte ihn Larissa.

Hassan zuckte mit den Schultern.

„Keine Ahnung! Im Moment komm ich nicht an Lilith heran. Sie blockt wieder einmal ab und wenn sie dicht macht, hat keiner eine Chance."

„Versuch es, Hassan! Schenk Lilith etwas Zuwendung. Die ganzen Vorkommnisse machen Lilith erheblich zu schaffen und sie fällt gerade ins Nichts. Sie ist wieder einmal zum Spielball zweier rivalisierender Fronten geworden. Außerdem das Versprechen an die Djinn. Mir würde dies persönlich alles zu viel. Mich wundert es sowieso, dass Lilith noch nicht durchgeknallt ist. Hassan wundere dich nur nicht, wenn sie urplötzlich wieder einmal in die Wüste für Monate verschwindet. Diesmal wird es schwierig sein, sie zu finden, denn sie hatte vorhin genau diesen Blick in ihren Augen. Halte sie auf, denn ich habe das Gefühl, dass du sie sonst verlierst. Nash und ich gehen nach dem Essen für heute abends einkaufen. Somit hast du genügend Zeit, um sich ihr etwas zu nähern."

„Dein Wort in Gottes Ohr", gab er von sich.

Mir war inzwischen entsetzlich warm geworden. Ich stand auf und machte mich auf den Weg zum Pool. So eine Abkühlung würde mir jetzt bestimmt gut tun.

Ich zog mich aus, kicherte vor mich hin und stieg ins Wasser.

Langsam schwamm ich auf den hinteren Beckenrand zu, lehnte mich dagegen und schloss die Augen. Der eine oder andere Gedanke schoss mir durch den Kopf. Hassans Worte, das ich mich wie früher einfach nur fallen lassen und ungezügelt lieben sollte, gaben mir so einiges zu denken.

Fühlte er sich extrem vernachlässigt? Sicher, denn ich lag vor einigen Monaten, dass letzte Mal in seinen Armen. Was hielt mich eigentlich davon ab, mit ihm Spaß zu haben? Ich war wohl im Augenblick mit allem völlig überfordert.

Plötzlich spürte ich eine leichte Bewegung neben mir und der Duft von Hassans Rasierwasser stieg mir in die Nase.

„Lilith? Geht es dir gut?", fragte er mich.

Ich öffnete die Augen und nickte.

„Ja, mir geht es besser. Was möchtest du?"

Hassan stellte sich vor mich und blickte mich mehr als durchdringend an.

„Kannst du es dir nicht denken?", gab er zur Antwort.

Ich schluckte und bevor er reagieren konnte, zog ich ihn zu mir.

Erstaunt blickte er mich an.

„Lass uns nach oben gehen und das nachholen, was ich dir monatelang verwehrt habe, Hassan!"

Er zog seine Augenbrauen hoch, während ich ihn frech angrinste.

„Lilith, du bist angetrunken."

„Na und? Vielleicht bin ich dadurch enthemmter und

kann mich dir so zeigen wie ich in Wirklichkeit bin! Zügellos! Am Besten wird es sein, wir bereden alles. Es wird sicher eine Lösung geben."

Hassan nickte und verließ mit mir den Pool. Er nahm mich auf seine Arme, brachte mich ins Schlafzimmer, wo er mich behutsam ablegte und setzte sich an meine Seite. „Hast du bereits eine Lösung für alles parat oder einen Vorschlag? Falls ja, werde ich es mir anhören und wir können es ausdiskutieren, Lilith", erklärte er. „Das was du jetzt hören wirst, wird dir auf keinen Fall gefallen, Hassan! Eigentlich hatte ich heute Nacht vor, von hier klammheimlich zu verschwinden, um mir ein ruhiges Plätzchen mit Zelt, irgendwo in der Wüste zu suchen. Mir wird im Moment alles zu viel und ich bin wieder einmal im freien Fall. Bevor ich aufschlage und etwas passiert, wäre dies meine Option gewesen. Nur kann ich das dir und den Kindern nicht wirklich antun. Dafür liebe ich euch zu sehr. Vorher eine Frage. Warum hast du ständig Affären und stellst dich auch noch damit in der Öffentlichkeit zur Schau? Es zerreißt mir jedes Mal das Herz! Liegt es nur am Sex? Erklär es mir bitte! Eine Lösung hätte ich anzubieten, um mitzukommen! Ich hoffe du unterstützt mich und hilfst mir dabei. In acht Wochen beginnen hier die Semesterferien und ich fliege solange wie sie anhalten mit dir zurück, um das mit den Kindern zu klären und in den Griff zu bekommen. Dazu benötige ich deine volle Unterstützung. Es wird auch für mich nicht leicht sein am Anfang, um klarzukommen, denn auch Oasis und Sheherazade müssen sich erst an mich gewöhnen. Sie kennen mich ja nur von Bildern. Auf alle Fälle wird es eine Zerreißprobe für meine Nerven sein und ich hoffe, ich bekomme das alles so hin. Ich verspreche dir, dass ich dich nicht in deiner Arbeit einenge und du kannst deine Geschäftsreisen so wie immer weiterführen. Mein Versprechen an die Djinn allerdings, muss ich einhalten und so werde ich ab und an mal nach *Petra* fliegen. Ich hoffe auch hier auf deine Unterstützung. Solltest du nicht damit einverstanden sein, was ich dir jetzt anbiete, gehe ich ohne ein Wort und überschreibe dir das komplette Sorgerecht. Es wird dann kein Wiedersehen mehr geben und ich breche alle Brücken vollständig hinter mir ab, als ob nie etwas geschehen wäre", offenbarte ich ihm.

„Lilith? Ich frage dich jetzt, ob du schon länger diesen Plan im Kopf verfolgst und ausgeklügelt hast?"

„Ja, Hassan! Nachdem du mir dieses Schauspiel mit deiner Halbschwester geliefert hast und jetzt diese aktuelle Situation besteht, stelle ich diese Überlegung an. Ich konnte und wollte es nicht mehr ertragen. Mir ist in den vergangenen Jahren und Monaten so viel passiert, wie in meinem ganzen Leben vorher noch nicht. Ich sage dir jetzt etwas und du solltest es dir zu Herzen nehmen. Das Leben hat vier Sinne. Lieben, leiden, kämpfen und gewinnen. Wer liebt, leidet irgendwann. Wer leidet, kämpft und wer kämpft der gewinnt. Nur werde ich dies jetzt nicht mehr tun. Ich laufe dir niemals mehr hinterher, auch wenn ich dich liebe. Wäre ich dir wichtig, würdest du stehen bleiben, mir die Hand reichen und mich mitnehmen. Nur ziehst du es vor, mich ständig zu betrügen. Es dachte keiner nur ein einziges Mal daran, meinen Geburtstag und einige Feiertage wie Weihnachten mit mir zu zelebrieren. Nicht einmal du weißt ihn. Ich hatte etliche Phasen, in denen ich dachte durchdrehen zu müssen, weil ich mir wie unsichtbar vorkam. War ich ja auch für kurze Zeit, da ich als verschwunden galt.

Manchmal wünschte ich mir ernsthaft, dass ich an den Verletzungen verstorben wäre, die ich mir auf meinen Exkursionen zufügte und nun liegt es mit an dir, wie es weitergehen soll."

„Lilith, machst du es dir nicht gerade etwas leicht, alles auf mich abzuwälzen?"

Ich schluckte.

„Nein! Im Gegenteil! Ich hatte mir selbst viel zu viel Verantwortung auferlegt. Wie heißt es doch so schön ... *geteiltes Leid, ist halbes Leid.* Allerdings merke ich an deiner Reaktion, dass du nicht bereit dazu bist, mir zu helfen und einzulenken. Du erinnerst mich immer mehr an Amir. Dies scheint bei Männern in eurem Landstrich, wohl im Blut zu liegen. Euer Wertedenken gegenüber Frauen, sagt oft alles aus. Ich werde eine andere Lösung finden! Nun lass uns das tun, was wir eigentlich vorhatten."

Etwas enttäuscht über Hassans Reaktion, gab ich mich seinen Streicheleinheiten hin, die für heute das letzte Mal sein sollten.

Ich hatte einen Entschluss gefasst, der mir mehr als schwer fiel und würde erstmal für eine lange Zeit von hier verschwinden.

Hassan verführte mich wieder nach allen Regeln der Kunst. Ich ließ es zu, gab alles, sprengte für kurze Zeit meinen Panzer und zeigte mich so, wie er es sich gewünscht hatte. Zügellos.

Danach war ich wie immer völlig verschwitzt und fix und fertig.

Hassan grinste und strich mir die nassen Haare aus dem Gesicht.

„Das war der beste Sex, den wir je hatten, Teufelchen. Du hast das gehalten, was du versprochen hattest. Ich geh mich jetzt duschen und dann nach unten, um das

Essen vorzubereiten. Irgendwelche Wünsche?"
Ich schüttelte den Kopf.
„Nein! Ich bleib noch etwas liegen und komme später nach."
Hassan nickte, stand auf und verzog sich ins Bad.
In Gedanken war ich bereits in der Wüste.
Nachher wollte ich mir noch für heute Nacht ein Flugticket reservieren und nur etwas Handgepäck mitnehmen.
In der Wüste benötigt man nicht viel. Vor Ort würde ich den Rest besorgen.
Ich war etwas erschöpft und schlief irgendwann ein.

Hassan eilte in die Küche, wo er auf Nash und Larissa traf, die gerade von ihrer Einkaufstour zurückkamen.
„Na Brüderchen, Mission erfüllt?", fragte Larissa.
Hassan grinste.
„Jepp, mehr als erfüllt! Lilith schläft jetzt."
„Und was kam bei eurem Gespräch heraus?"
„Noch nichts, Larissa! Lilith ließ die Antwort offen. Ich versuche es noch mal nach dem Abendessen."
„Ich habe irgendwie kein gutes Gefühl. Lilith wirkt zu ruhig. Sicher bereitet sie einen Plan vor, um von hier zu verschwinden."
Hassan lachte.
„Larissa, du entwickelst dich langsam zu einer Unke! Ich glaube nicht, dass Lilith dies in Erwägung zieht."
„Abwarten, Hassan! Ich werde recht behalten!", gab sie zurück.
Nash mischte sich ein.
„Ich denke Larissa hat recht, Hassan! Lilith war in den letzten Wochen irgendwie immer etwas abwesend und mehr als zerstreut. Ihre Blicke verloren sich oft ins Leere. Du solltest ein Auge auf sie haben."

Hassan wurde nach diesen beiden Erklärungen doch etwas nachdenklich.

Was, wenn Lilith doch klammheimlich verschwand? Diesen Gedanken wollte er erst gar nicht in Erwägung ziehen. Es würde das absolute Ende ihrer Beziehung bedeuten.

Er musste mit ihr reden. Jetzt! Sofort!

Hassan stürmte nach oben in Liliths Schlafzimmer, wo er sie schlafend vorfand.

„Lilith! Aufwachen!", rüttelte er sie unsanft wach.

Ich erschrak und schoss hoch, als ich mehr als unsanft wachgerüttelt wurde.

„Was ist denn los, Hassan?", fragte ich verschlafen und völlig verstört nach.

„Wie müssen reden! Jetzt!", erklärte er.

Ich setzte mich auf.

„Was willst du? Musste das jetzt sein? Hätte das nicht bis später warten können? Irgendwann bekomme ich durch deine Aktionen noch einen Herzinfarkt! Mein Gott, ist mir jetzt übel!", blaffte ich ihn an.

„Lilith! Sag mir bitte, was du vorhast! Wolltest du von hier heute noch klammheimlich verschwinden?"

Ich schluckte und dann log ich ihn eiskalt an.

„Nein! Wie kommst du nur auf so etwas?"

„Larissa meinte …"

Ich unterbrach ihn.

„Hörst du auf jedermanns Ratschläge? Unglaublich und dafür hast du mich aus dem Schlaf gerissen? Genügt dir jetzt meine Bestätigung?"

Hassan blickte mich durchdringend an.

„Ich hab ein Auge auf dich, Lilith!"

„Mach doch was du willst! Ich steh jetzt auf, denn es macht keinen Sinn weiterzuschlafen. Geh nach unten!

Ich dusche und komme nach."

Widerwillig erhob er sich.

„Beeil dich, es gibt dann Abendessen!"

„Verschwinde! Der Appetit ist mir vergangen!"

Hassan ging und ich schnappte mir meinen Laptop. Schnell hatte ich mich eingeloggt und schaute nach den Abflugzeiten und Abflugtickets für heute Nacht. Die Flüge gingen, nur die Tickets waren ausverkauft. Mist!

Okay, dann eben für morgen im Laufe des Tages. Bingo! Ich buchte sofort und war erleichtert. Nach der Dusche eilte ich nach unten und traf auf Nash und Larissa in der Küche.

„Hallo, Lilith! Super, du kommst gerade richtig! Wir haben das Abendessen vorbereitet und können sofort loslegen. Setz dich!", bat mich Larissa.

Ich nickte und nahm Platz.

„Wo ist Hassan?", fragte ich.

Larissa zeigte auf mein privates Büro.

„Er ist kurz bevor du kamst dorthin verschwunden."

„Scheiße!"

Ich sprang auf, rannte ins Zimmer und stieß mit ihm zusammen. Erstaunt blickte er mich an und ich wurde knallrot im Gesicht.

Nun hatte er das Bild gesehen.

Ich hatte eines seiner Fotos per Computer bearbeitet, abgespeichert und vor ein paar Tagen im Fotoshop entwickeln lassen.

Ich hielt mir die Hände vors Gesicht.

„Soso, Lilith! Ich bin also *the only one* für dich. Schön es zu wissen und äußerst kreativ bearbeitet. Ich danke dir und nimm endlich deine Hände aus deinem Gesicht. Ich hätte das Zimmer ohne deine Einwilligung nicht betreten dürfen. Entschuldige vielmals."

„Ist jetzt auch schon egal! Passiert ist passiert! Lass uns jetzt essen, ich hab Hunger", gab ich von mir und bugsierte ihn Richtung Küche.

Hassan lachte, zog mich zu sich und küsste mich wieder einmal hingebungsvoll.

„Bist du später noch für eine zweite Runde, wie heute Nachmittag zu haben?", fragte er mich.

Ich nickte.

„Gut, mein himmlischer Dämon. Es ist mir eine Ehre, dich verführen zu dürfen."

„Idiot!", gab ich von mir und flüchtete mich in die Küche.

Hassan folgte und grinste.

Nach dem gemeinsamen Essen, spielten wir noch ein wenig Karten. Der Abend verlief sehr harmonisch und gegen Mitternacht löste sich unsere Gruppe auf.

Ich gähnte.

„Lilith, du wirst doch jetzt nicht schwächeln? Wir haben noch etwas vor!"

Nash und Larissa grinsten sich an und wünschten eine erholsame Nacht.

Hassan hob mich hoch und brachte mich nach oben.

„Nicht einschlafen Lilith!"

Hassan zog sich aus und verfuhr mit mir ebenso.

Keine Minute später lag ich nackt vor ihm und er über mir.

Er zog wie immer alle Register, drehte sich, nachdem er mit mir fertig war um und schlief ein.

Ich war völlig verschwitzt und stand auf, um ein Bad im Pool zu nehmen.

Erfrischt legte ich mich auf die Liege, deckte mich zu und machte mir so meine Gedanken, wegen morgen.

War es richtig, was ich vorhatte? Ich wusste es nicht!

Wenige Minuten später verschwand ich im Land der

Träume.

Hassan erwachte gegen zehn Uhr und bemerkte, dass er alleine im Bett lag. Lilith war verschwunden. Sicher war sie bereits frühstücken. Er stand auf, duschte und machte sich dann ebenfalls auf den Weg in die Küche. Nur hier war keine Lilith. Hassan bekam leichte Panik und machte sich auf die Suche nach ihr. In keinem der Zimmer im Haus fand er sie vor. Verdammt! Sollte sie doch verschwunden sein? Inzwischen gesellten sich Nash und Larissa zu ihm und fanden es eigenartig, dass er sich so hektisch benahm und in der Küche auf und ab tigerte.

„Mein Gott, Hassan! Was ist los mit dir?"

Larissa versperrte ihm den Weg und schüttelte ihn.

„Lilith ist weg! Ich habe sie im ganzen Haus gesucht! Du hattest recht, Larissa! Sie ist verschwunden!"

„Nein, du irrst dich! Lilith liegt auf dem Bett in der Schwimmhalle! Anscheinend war ihr zu warm!"

Hassan stürmte los, riss die Tür zum Pool auf und da lag tatsächlich Lilith und schlief. Erleichtert setzte er sich aufs Bett, riss sie in seine Arme und drückte sie an sich.

Ich erschrak, als mich jemand an sich riss und heftig drückte, denn ich bekam keine Luft.

Schreiend öffnete ich meine Augen und blickte in die von Hassan.

„Verdammt noch mal du hirnloser Idiot! Was tust du schon wieder? Hast du völlig den Verstand verloren? Lass mich los, ich bekomme keine Luft!"

„Entschuldige, Lilith! Ich dachte du bist einfach so bei Nacht und Nebel verschwunden!", erklärte er und ließ mich los.

Ich stieß ihn von mir.

„Mach nur so weiter! Irgendwann gehe ich wirklich! Du erdrückst mich mit deiner Fürsorge!", schrie ich ihn an.

„Lilith, du verstehst das falsch! Ich liebe dich und habe Bedenken, dich zu verlieren!"

„Verdammt noch mal! Ich bin nicht dein Eigentum! Warum gehst du dann dauerhaft fremd? Geh mir für den Rest des Tages aus den Augen!"

Hassan stand auf und verließ wortlos den Raum.

Kurze Zeit später fand ich mich in der Küche ein, um endlich zu frühstücken.

Larissa musterte mich.

„Alles okay bei dir, Lilith? Du bist unwahrscheinlich blass im Gesicht! Hast du heute Nachmittag Lust, mit uns einige Galerien unsicher zu machen?"

Ich schüttelte den Kopf.

„Nein, Larissa! Ich werde mich später etwas hinlegen, denn ich fühle mich in letzter Zeit etwas schlapp und ich muss noch etwas für meinen Vortrag überarbeiten. Geht nur und habt Spaß. Wir sehen uns abends zum gemeinsamen Essen."

„Okay! Schade! Überanstrenge dich nicht unnötig. Du solltest dir etwas mehr Ruhe gönnen und abschalten. In letzter Zeit übertreibst du etwas."

Ich lachte.

„Keine Angst, Larissa! In nächster Zeit werde ich mir mehr als Ruhe gönnen. Die Semesterferien stehen vor der Tür."

Hassan hatte mich während der Unterhaltung mehr als durchdringend gemustert und ich hatte das Gefühl, dass er mich durchschaute. Ich wich seinem Blick aus und machte mich über das Frühstück her.

Hassan räusperte sich.

„Lilith, ich werde dir heute Nachmittag Gesellschaft

leisten. Ob du nun willst oder nicht. Ich werde mich im Hintergrund halten und versuchen, dich nicht zu belästigen."

Ich erschrak heftig, schaute ihn erschrocken an und verschluckte mich prompt an meinem Kaffee.

„Nicht nötig, Hassan!", gab ich hustend von mir.

Sein Blick durchbohrte mich und ich wurde rot.

„Okay, Lilith! Ich habe verstanden und wünsche dir viel Erfolg bei deinem Vorhaben, deinen Plan auf jeden Fall durchzusetzen. Du bist und bleibst ein unbelehrbarer und uneinsichtiger Dickschädel. Mach was du willst, denn es ist zwecklos, dich zu belehren."

Nash und Larissa schauten beide unverständlich an.

„Habt ihr beide ein Problem?", fragte Larissa nach.

Hassan stand auf.

„Sorry Larissa, aber das ist eine Angelegenheit, die nur Lilith und mich betrifft. Frag nicht weiter. Lilith und wir beide müssen reden. Jetzt!"

Hassan reichte mir die Hand.

„Wo?", hakte ich nach.

„In deinem Büro, Lilith!"

Ich nickte, ergriff seine Hand, zog ihn mit mir und betrat das Arbeitszimmer. Hassan kickte die Tür mit seinem Fuß zu und dann nahmen wir beide Platz auf dem kleinen Sofa.

„Warum, Lilith? Wann fliegst du? Was wird aus den Kindern? Hast du überhaupt in Erwägung gezogen, zu mir zurückzukommen?"

„Viele Fragen auf einmal, Hassan! Das *warum* kennst du. Ich brauche dringend Abstand, denn ich fühle mich eingeengt und das raubt mir die Luft zum Atmen. Langsam müsstest du mich doch kennen. Die Kinder wirst du in deiner Planung einbeziehen, so wie ich dich kenne. Sabriye wird sich um sie kümmern.

Und ja, ich werde zurückkommen, sobald ich dazu bereit bin. Ist das für dich einigermaßen verständlich und umsetzbar?"

„Du hast meine Frage nicht beantwortet! Wann fliegst du?"

„Heute Nachmittag, Hassan!"

„Guten Flug, Lilith! Komm gesund an und achte bitte auf dich. Solltest du dich in einer Woche noch nicht bei mir gemeldet haben, werde ich dich suchen und ich werde dich auch finden, egal wo du bist. Ich werde nicht aufgeben."

„Die Schritte die man geht, indem man sein ganzes Leben riskiert, sind das Schicksal. Das Schicksal kennt keine Zufälle und ist unausweichlich. Tu, was du nicht lassen kannst!", gab ich zur Antwort und stand auf.

„Okay, Lilith! Du hast diese eigenartige Macke, um zu sagen, was du sagen willst!"

„Ist das so verkehrt, Hassan?"

Hassan erhob sich ebenfalls und bevor ich den Raum verlassen konnte, zog er mich zurück und an sich.

„Nicht, ich hasse Abschiedsszenen! Beantworte mir nur eine Frage. Wie hast du herausbekommen, was ich vorhabe?", fragte ich ihn.

„Dein ganzes Verhalten hat dich verraten. Es war für dich einfach untypisch. Teufelchen, ich werde dich mit Sicherheit vermissen. Auch wenn du keinen Abschied magst, werde ich dich jetzt küssen. Widerstand ist also zwecklos!"

Bevor ich reagieren konnte setzte er sein Vorhaben in die Tat um. Ich schloss meine Augen und nahm es so hin.

Mittlerweile plagten mich Zweifel, ob ich das Richtige tat. Mir wurde klar, wie beängstigend es sein konnte, jemand zu mögen. Vorsichtig löste ich mich aus seiner

Umklammerung.

„Leb wohl, Hassan! Ich setze mich mit dir irgendwann in Verbindung. Suche nicht nach mir, denn du wirst mich diesmal nicht finden."

„Doch, werde ich! Jetzt geh deine Koffer packen, mein dämonischer Engel und vergiss mich nicht!"

„Ich nehme kein Gepäck mit, Hassan! Nur Handy und den Laptop."

„Fliegst du nach *Petra*?"

„Nein und frag nicht weiter! Du erhältst keine Infos!"

Hassan nickte und verließ mein Büro.

Ich setzte mich an meinen Schreibtisch, öffnete den Laptop und versuchte Ali über Skype zu erreichen.

„Hallo, Lilith! Wie geht es dir? Ich denke Hassan hat dich bereits über alles informiert? Wie kann ich dir helfen?"

„Ja, er hat mich informiert! Ich danke deiner Frau und dir für die Betreuung der Kids! Ali, ich komme heute noch mit dem Flugzeug nach Bagdad. Könntest du mich bitte vom Flughafen abholen? Ich benötige eine Auszeit von allem. Die letzten Wochen, waren einfach zuviel für mich. Hassan weiß Bescheid. Er war zwar nicht begeistert, aber akzeptiert es. Bring bitte das Zelt mit, denn ich werde wieder in der Wüste nächtigen."

„Bist du dir sicher, Lilith?"

„Ja, Ali!"

„Vorschlag, Lilith! Ich fahre bereits jetzt los und baue das Zelt auf. So kannst du heute bereits dort schlafen."

„Gute Idee. Somit muss ich mir nur noch ein Auto mieten, um von A nach B zu kommen. Ich danke dir. Bis später."

Schnell gab ich ihm noch meine Ankunftszeit durch und trennte dann die Verbindung.

Ich eilte in die Küche, um mir einen Kaffee zu holen

und stieß dabei auf Nash, Larissa und Hassan, die gerade dabei waren, dass Haus zu verlassen.

Hassan schien beide informiert zu haben, denn sie wünschten mir einen guten Flug und Aufenthalt. Ich dankte ihnen.

Hassan blickte mich grinsend an und drückte mir noch einen Kuss auf die Wange.

„Vergiss nicht Teufelchen, ich liebe dich", gab er von sich und ging.

Was ich noch nicht wusste war, dass Hassan die gleiche Idee wie ich gehabt hatte und sich mit Ali in Verbindung setzte. Somit wusste er, wo ich war und was ich vorhatte.

Der Flug verlief wie immer ruhig und ohne Probleme. Ali holte mich ab und fuhr mich zu einer Vermietung für Autos.

Während der Fahrt stellte ich ihn zur Rede, denn er verhielt sich eigenartig.

„Ali, eine Frage? Hat dich Hassan kontaktiert? Lüg mich bitte nicht an!"

„Ja, Lilith und er weiß wo du zu finden bist. Er ahnte, was du vorhast."

„Verdammt, ich wusste es! Nun gut, es ist nicht mehr zu ändern. Ali, du bringst mich sofort in ein Geschäft für Motorräder und Motorradbekleidung. Ich habe gerade umdisponiert. Frag nicht! Fahr!"

Ali nickte und dreißig Minuten später hatte ich alles unter Dach und Fach.

Ich wandte mich an Ali.

„So, ich danke dir. Nun kannst du getrost nachhause fahren."

„Lilith, ich bin erstaunt und überrascht, dass du einen Motorradführerschein besitzt. Weiß Hassan das?"

„Nein! Du kannst ihn allerdings auf Nachfrage alles erzählen. So, nun fahr ich aber los, sonst ist es dunkel, bevor ich mein Zelt erreiche."

Ali nickte.

„Falls du noch Hunger hast, ich habe deine Vorräte aufgefüllt."

„Dankeschön! Ach, wann wollte Hassan nachfolgen? Ich kenn ihn zu gut. Er ist zwar schlau, aber ich bin schlauer. Also?"

„Morgen im Laufe des Tages!"

Ich lachte, setzte meinen Helm auf, verabschiedete mich und fuhr los.

Am Anfang war ich noch etwas unsicher, da ich einige Jahre nicht mehr auf einem Motorrad gesessen hatte. Doch von Minute zu Minute wurde es besser.

Kaum in der Wüste, drehte ich voll auf.

Die Geländemaschine war wie für mich geschaffen und in Nullkommanichts hatte ich mein Ziel erreicht.

Ich packte sämtliche Sachen an Verpflegung und den Kochutensilien in den Rucksack, den ich mir in München noch gekauft hatte und fuhr los in Richtung Felsendorf.

Als Zwischenstopp wählte ich die Oase, um heute dort zu nächtigen. Von da aus würde ich weiterfahren, bis ich mein Ziel erreichte.

Alles funktionierte so, wie ich es mir vorgestellt hatte.

„Hassan, wie kannst du nur so ruhig bleiben! Lilith ist weg und dir scheint es nichts auszumachen", fragte ihn Larissa.

„Leute bleibt ruhig, denn ich habe einen Trumpf im Ärmel. Lilith ist in der Wüste, wie schon einmal. Ich hatte ein Gespräch mit Ali und ich lag richtig. Sie hat ihn ebenfalls kontaktiert und ich fliege ihr morgen nach. Also, keine Panik."

Nash grinste.

„Sorry, Hassan, aber ich kenne Lilith inzwischen auch etwas. Hast du daran gedacht, dass sie dich in die Irre führen könnte? Sie ist ziemlich gewieft und in manchen Sachen dir auf alle Fälle um einiges voraus", gab er lachend von sich.

„Mag sein, doch bisher habe ich sie immer gefunden. Und auch diesmal wird es so sein. Ich werde später noch einmal Ali kontaktieren. Er wollte mich auf dem Laufenden halten. Mal sehen, was Lilith sich diesmal hat einfallen lassen. Morgen fliege ich sowieso wieder zurück und dann sehen wir weiter."

Larissa lachte.

„Du bist nicht zu beneiden. Lilith hält dich ganz schön auf Trapp. Eigentlich bräuchte sie einen Security, der sie rund um die Uhr überwacht, damit sie nichts anstellt."

„Selbst das würde nichts bringen. Lilith ist und bleibt ein Energiebündel. Ich habe noch nie einen Menschen mit soviel Lebensenergie erlebt. Deshalb gewähre ich ihr auch solche Eskapaden. Lilith benötigt das als Ausgleich, um auszutesten, wo ihre Grenzen sind."

„Deine Geduld möchte ich haben, Hassan! Ich würde durchdrehen, dass ernsthaft etwas passieren könnte", gab Nash von sich.

„Alles schon da gewesen, Nash! Nur zerbreche ich mir darüber nicht den Kopf. Lilith hat einen unsichtbaren Beschützer, der ihr schon oft aus prekären Situationen geholfen hat. Ihren Djinn!"

„Ihren was? Djinn? Dreht ich jetzt alle durch?", fragte er lachend nach.

Larissa mischte sich ins Gespräch ein.

„Nash, ich erkläre dir später was Sache ist. Jetzt lass

uns das Abendessen vorbereiten.“
Nash nickte und folgte Larissa in die Küche.
Hassan aktivierte seinen Laptop und setzte sich mit
Ali und Amir über Skype in Verbindung.
Amir meldete sich zuerst.
„Hallo Hassan, alter Freund! Wie geht es dir? Hast du
Lilith die Nachricht überbracht? Was sagt sie dazu?“
„Sei gegrüßt, Amir! Danke der Nachfrage! Im Moment
bin ich wieder einmal auf Jagd nach Lilith. Ich habe
wieder einmal Mist gebaut. Sie hat sich eine Auszeit in
der Wüste genommen, denn sie ist im Moment
komplett überfordert. Du kennst sie ja. Ich stehe mit
Ali in Verbindung und weiß wo sie ist.“
Amir lachte.
„Hassan unterschätze Lilith nicht! Sie ist sicherlich
nicht da wo du sie vermutest. Sie ist eine Meisterin der
Täuschung und ziemlich einfallsreich. Der einzige
Fehler der ihr alles vermiest, ist ihre Tollpatschigkeit.
Falls du Hilfe benötigst, melde dich. Ich wünsche dir
viel Erfolg.“
„Danke, Amir! Ich halte dich auf dem Laufenden.“
Hassan beendete das Gespräch und wählte Ali an, der
sich diesmal meldete.
„Hallo, Ali! Gibt es Neuigkeiten? Ich fliege morgen
zurück und komme dann zu dir. Ist Lilith wieder an
ihrem alten Platz in der Wüste?“
„Ja, Hassan! Ich habe das Zelt von Lilith erneut dort
aufgestellt, wo sie immer campierte. Diesmal ist alles
anders und ich war ziemlich erstaunt. Wusstest du,
dass Lilith einen Motorradführerschein besitzt? Sie hat
sich heute eine Geländemaschine samt Kluft gekauft
und ist, nachdem sie mich heimgeschickt hat, damit in
die Wüste verschwunden.“
Hassan stöhnte auf.

„Nein, das wusste ich nicht Ali! Dieses Weib macht mich noch wahnsinnig! Was heckt sie wieder aus. Ich denke, wir werden sie nicht dort vorfinden, wo wir sie vermuten. Amir hatte recht. Sie ist klammheimlich verschwunden. Lilith ist wie eine Wundertüte. Voller Überraschungen. Sollte sie sich diesmal wieder in Schwierigkeiten befinden, werde ich ihr eine Lektion erteilen. Bis morgen."

Ali nickte und Hassan kappte die Verbindung.

Nachdenklich eilte er in die Küche, um zu helfen. Nash und Clarissa schauten ihn fragend an und er gab ein kurzes Statement ab.

Nash lachte sich schlapp.

„Auweia, Hassan! Na dann viel Spaß beim Suchen. Sie ist einfach unglaublich! Lilith und Motorrad. Ich sehe sie bereits im geistigen Auge vor mir, wie sie durch die Wüste brettert."

„Ich auch Nash! Hoffentlich passiert ihr nichts, denn sie wird wieder austesten, wo ihre Grenzen liegen. Sollte sie diesmal in Schwierigkeiten geraten, erteile ich ihr eine kleine Lektion. Anders geht es wohl nicht, um sie zur Vernunft zu bringen."

Nash klopfte ihm auf die Schulter.

„Hassan, du schaffst das schon! Geh nicht so hart mit ihr ins Gericht und halte uns auf dem Laufenden. Der Universitätsprofessor hat vorhin angerufen und sich erkundigt, was mit Lilith los ist. Ich habe ihm so gut wie möglich erklärt, was passierte. Sie soll erst wieder im neuen Semester erscheinen. Er übernimmt solange ihren Part. Lilith scheint bis Ende des Semesters sehr gut vorgearbeitet zu haben und hat ihm das Nötige für die Vorträge geschickt. Also trug sie sich bereits etwas länger mit dem Gedanken zu verschwinden. Jetzt lass uns erstmal essen."

Hassan nickte und danach rief er seinen Piloten an.

Die Sonne stand ziemlich hoch, als ich aufwachte. Ich hatte tief und traumlos geschlafen und der Gedanke an Freiheit und Unbeschwertheit für die nächste Zeit, beflügelten mich. Ich erfrischte mich kurz und machte mich weiter auf meinen Weg.

Mit dem Motorrad würde ich bereits in drei Tagen im Felsendorf eintreffen. Mein Handy vibrierte und nach einem kurzen Blick aufs Display, versuchte mich Ali zu erreichen. Ich hielt an und meldete mich.

„Hallo, Ali! Was ist?"

„Sei gegrüßt, Lilith! Hassan ist auf dem Weg zurück und wird dich heute im Laufe des Tages aufsuchen."

„War mir klar, dass er seine Füße nicht stillhalten kann und hier auftaucht. Nur zu."

„Bist du vor Ort, Lilith?"

„Ja!", log ich ihn an.

„Benötigst du irgendetwas?"

„Nein! Alles gut!"

„Bis später!"

„Ja, Ali! Bis später!"

Sobald ich im Felsendorf ankam, musste ich mein Handy ausschalten, damit mich keiner orten konnte und an meine Powerbank anschließen. Ich fühlte mich schon wieder gestresst und unter Überwachung.

Konnte man mich nicht einfach in Ruhe lassen.

Wütend fuhr ich weiter.

Mit einigen Zwischenstopps erreichte ich mein Ziel in der Zeit, die ich mir vorgenommen hatte.

Vor mir tauchte bereits das Felsendorf auf, als meine Geländemaschine zu streiken anfing.

Ich sah auf die Tankanzeige, die dauerhaft blinkte.

Auch das noch.

Mir fiel ein, dass ich nicht daran gedacht hatte, mir einen Reservekanister mitzunehmen.
Was für ein fataler Fehler meinerseits.
Ich fluchte vor mich hin. Wie sollte ich jetzt wieder an meinen Ausgangspunkt zurückkommen. Zum Glück blieb mir das Handy, um Hilfe anzufordern.
Nach zwanzig Metern gab meine Maschine den Geist auf. Ich stieg ab und schob sie weiter.
Zum Glück waren es nur noch ein paar Meter bis zu meinem Ziel.
Ich versteckte mein Motorrad zwischen zwei Felsen und machte mich mit meinen restlichen Utensilien an den Aufstieg zu einer der Felsbehausungen. Erleichtert packte ich alles aus.
Nachdem ich es mir einigermaßen gemütlich gemacht hatte, suchte ich verzweifelt nach meiner Powerbank, die man auch solar aufladen konnte. Nur war diese nirgendwo zu finden und dann fiel es mir siedendheiß ein. Ich hatte sie tatsächlich vergessen mitzunehmen und sie lag in meinem Büro auf der Ladestation.
Mein zweiter fataler Fehler.
Was wenn der Akku meines Handys leer wurde?
Jetzt war ich völlig auf mich alleine gestellt und ich bekam leichte Panik. Gereizt schaltete ich mein Handy aus, um Energie zu sparen.
Ich zog meine Motorradkluft aus und legte mich etwas hin.
Ich musste unbedingt eine Lösung für meine Misere finden, in die ich mich selbst gebracht hatte. Zur Not blieb mir noch Dschinn.
Die Fahrt durch die Wüste hatte mir einiges an Kraft und Energie abverlangt.
Völlig entnervt schlief ich ein und bekam noch so am Rande mit, dass draußen ein Sandsturm wütete.

Die Wüste hatte mich wieder.

Hassan streifte durch das Haus von Lilith, bevor er wieder zurückflog.
Nash und Larissa würden darauf achten. Larissa hatte einige Fotoshootings vor Ort und Lilith hatte ihr angeboten, die Einliegerwohnung zu nutzen.
Als er in Liliths Büro stand, umspielte sein Gesicht ein sanftes Lächeln. Er schaute auf das Bild von sich, das sie so liebevoll gerahmt und gestaltet hatte. Sein Blick fiel auf ihren Schreibtisch und er erschrak. Lilith hatte vergessen ihre Solarpowerbank mitzunehmen, die in der Wüste lebensnotwendig war. Somit konnte sie ihr Handy nicht aufladen.
Er grinste vor sich hin.
Lilith und ihre Schusseligkeit.
Zum Glück hatte er kurz vor ihrer Abreise, den neuen Rucksack verwanzt, wovon sie natürlich nichts wusste. Er konnte sie so jederzeit finden, falls sie in Not geriet. Gut das er vorgesorgt hatte.
Kurze Zeit später verabschiedete er sich von Nash und Larissa, die ihm alles Gute wünschten und fuhr zum Flughafen.
Stunden später landete er in Bagdad und wurde bereits von Ali erwartet.
Gemeinsam fuhren sie zum vermeintlichen Lager von Lilith, das sie leer vorfanden.
„Ich habe es gewusst! Dieser kleine Teufel! Immer für eine Überraschung gut! Lilith benötigt wirklich einen kleinen Denkzettel! Ali, hat sie einen Ersatzkanister zum Auffüllen ihrer Maschine dabei?"
„Jetzt wo du es sagst! Ich habe keinen gesehen!", gestand er Hassan.
Hassan lachte.

„Dann kommt sie nicht weit! Es ist bereits der zweite Fehler, den sie gemacht hat. Ich weiß jetzt, wo sie sich befindet. Im Felsendorf. Ali, du fährst mich jetzt bitte zurück, zum Motorradshop, wo sich Lilith eingedeckt hat. Ich besitze ebenfalls einen Führerschein und werde ihr folgen. Sieh mich nicht so ungläubig an. Ich kann jederzeit mit Lilith konkurrieren. Ich werde allerdings Amir um Hilfe bitten. Er muss mich mit seinem Heli zu ihr fliegen. Meine Geländemaschine an Bord mit Ersatzkanister. Bring mich jetzt erstmal zu mir nachhause. Ich muss mich unbedingt mit Amir in Verbindung setzen und etwas abklären."

Ali nickte und fuhr zurück.

Hassan eilte in sein Büro und kontaktierte Amir, der sich köstlich amüsierte.

„Lilith ist und bleibt ein kleines Biest! Ich denke auch, dass sie endlich eine Lektion benötigt. Leider habe ich es nicht geschafft und nun bist du am Zug, Hassan! Was hast du vor?"

Hassan erklärte ihm in Kurzform, was er bezweckte.

„Was? Lilith und Motorradschein! Ich glaub das jetzt nicht, aber ihr ist alles zuzutrauen! Klar helfe ich dir! Wann willst du los?", fragte er nach.

„Morgen! Ist das für dich okay, Amir? Danke für deine Hilfe!"

„Kein Thema! Ich komme morgen gegen Mittag mit dem Heli vorbei und dann ab zu Lilith. Du solltest sie aus der Ferne eine zeitlang beobachten! Ich lande etwas abseits, damit sie nichts mitbekommt. Wollen wir sehen, was sie veranstaltet, wenn ihr Wasser und Essen ausgehen! Strafe muss sein", gab er lachend von sich.

Hassan fuhr mit Ali zurück nach Bagdad und besorgte sich eine Geländemaschine mit dem dazugehörigen

Equipment. Ali sorgte für genügend Treibstoff an der Tankstelle und fuhr ohne Hassan zurück.

Dieser wollte sein neues Gefährt austesten und dann später nachkommen.

Das Experiment Lilith konnte beginnen.

Nachdem ich einige Stunden geschlafen hatte, wachte ich mitten in der Nacht auf. Mein Magen knurrte.

Schnell war eine Büchse geöffnet und verspeist.

Kalt!

Ich hatte vergessen Zündhölzer einzupacken.

Mein dritter schwerwiegender Fehler.

Bei Tagesanbruch wollte ich mich auf die Suche nach etwas Moos und Ästen machen. Zum Glück war ich als Kind bei den Pfadfindern gewesen und wusste, wie ich mit wenigen Hilfsmitteln, Feuer machen konnte. Die Stunden bis zum Morgengrauen zogen sich dahin und dann machte ich mich auf die Suche. Ich kletterte von Wohnung zu Wohnung und fand nichts, was mir aus meiner misslichen Lage helfen konnte. Der Tag würde heute wieder extrem heiß werden. Vielleicht sollte ich weiter unten nach etwas brauchbarem zum Anzünden suchen. Es war bereits Mittag und ich öffnete die nächste Dose, um sie kalt zu verspeisen. Das Zeug konnte man nur mit Wasser hinunterspülen. Kurz danach setzte ich meine Suche fort und glaubte in der Ferne einen Hubschrauber zu hören. Ich blickte in den Himmel und sah aber nichts.

Blödsinn!

Anscheinend bekam mir die Sonne nicht und ich hatte schon Wahnvorstellungen!

Erneut machte ich mich an den Abstieg und fand doch tatsächlich in einer kleinen Spalte, dass, was ich so dringend benötigte. Gerade als ich mich danach bückte, geriet der Geröllhaufen unter mir in Bewegung und klemmte mein linkes Bein ein.

Irgendetwas Spitzes bohrte sich in meine Wade.

Ich schrie auf, rutschte jetzt auch noch mit dem rechten Bein ab und kippte nach hinten. Für einige Sekunden hing ich in der Luft und schlug mit dem Kopf hart gegen den Felsen. Mir wurde kurz schwarz vor Augen. Den verzweifelten Versuch mein Bein frei zu bekommen, wurde vereitelt. Ich steckte fest und wenn ich mich nicht befreien konnte, würde dies meinen Tod bedeuten. Keiner wusste wo ich war.

In der Zwischenzeit war Hassan gelandet, was ich nicht wissen konnte. Er hatte mich über GPS geortet.

Er und Amir schlichen sich vorsichtig an.

Während des Fluges unterhielten sich beide Männer über Lilith.

„Wie kommst du mit Lilith klar, Hassan?"

Dieser grinste.

„Ganz gut, Amir! Sie ist eine liebenswerte Chaotin und es wird nie langweilig mit ihr. Ich würde gerne von dir wissen, wann sie Geburtstag hat und wie ihr diesen mit ihr gefeiert habt. Zu meiner Schande muss ich dir gestehen, dass ich keine Ahnung habe. Bevor Lilith ging, hat sie mir so einiges an den Kopf geknallt und mich nachdenklich gemacht."

Amir räusperte sich.

„Hassan, ganz ehrlich! Auch ich habe in der Zeit, wo ich mit ihr zusammenlebte, nicht ein einziges Mal an ihren Geburtstag gedacht. Jetzt wo du das erwähnst, bekomme ich nachträglich ein schlechtes Gewissen. Sie beschwerte sich nie. Ich weiß nur, dass sie Ende Februar hat und das alle vier Jahre. Ich denke, sie hat diesen früher sicher immer am ersten März gefeiert.

Stenzeichen Fische und die sind bekanntlich sehr sensibel und somit auch leicht verletzlich. Lilith ist immer auf der Suche nach grenzüberschreitenden Erfahrungen. Fische haben ein Motto…..*Mein Reich ist nicht von dieser Welt*. Trifft in diesem Fall, voll auf Lilith zu. Ist sie beim Sex immer noch so zügellos?"

„Amir, auf diese Frage wirst du von mir sicherlich keine Auskunft bekommen, denn es wäre zu intim Du hattest deine Chance."

„Stimmt und ich bereue, sie verpasst zu haben! Der Heli landet gleich. Lass uns sie suchen. Kannst du sie schon orten?"

Hassan blickte auf den Empfänger und nickte.

„Sie klettert gerade in den Felsen herum!"

Der Pilot landete etwas abseits und beide Männer stiegen aus. Vorsichtig näherten sie sich unbemerkt dem Standpunkt Liliths und bekamen mit, wie sie sich wieder einmal verletzte. Amir wollte zu ihr eilen, aber Hassan bremste ihn aus.

„Nicht! Denk an den Denkzettel! Lassen wir sie etwas leiden, damit sie endlich zur Vernunft kommt. Sie muss endlich kapieren, dass ihre Vorgehensweise kein Spaß ist und ein Alleingang tödlich enden kann! Wir sind jetzt hier und können ihr jederzeit helfen."

„Hassan, ich bitte dich! Lilith hat sich verletzt!"

„Sie wird einen Ausweg finden! Lass uns zwei Tage warten! Sobald sie nichts mehr zu Trinken und Essen hat, wird sie ihren Beschützer den Djinn rufen und ihn um Hilfe bitten. Ich hatte dir bereits von ihm erzählt und habe mit ihm eine Absprache. Auch er meinte, dass man Lilith Einhalt gebieten muss. Sie hat noch eine Aufgabe zu erledigen. Warten wir also ab!"

„Wenn du dich da mal nicht irrst, Hassan! Sie wird ihn nicht rufen und selbst versuchen, sich aus ihrer Misere zu befreien!", gab er zurück.

„Abwarten, Amir! Mir tut es selbst in der Seele weh, sie gerade so leiden zu sehen, aber wie gesagt, wir können jederzeit eingreifen!"

Beide Männer beobachteten Lilith, wie sie sich mehr als abmühte, um ihr Bein frei zu bekommen.

Irgendwann gab sie auf und versuchte ihre Situation zu akzeptieren.

Hassan und Amir übernachteten im Heli.

Ich fluchte vor mich hin und mühte mich verzweifelt, endlich meinen Fuß frei zu bekommen.

Zwecklos!

Die Nacht brach herein und mir blieb nichts anderes übrig, als bis zum nächsten Tag zu warten. Erschöpft legte ich mich auf den Boden und hoffte, dass ich von keinem Skorpion oder einer Schlange Besuch bekam.

Mein Bein schmerzte, weil ich es völlig verdrehen musste, um einigermaßen bequem zu liegen.

Langsam wurde es kühl und ich fing an zu frieren. Die Temperaturen zwischen Tag und Nacht, waren in der Wüste extrem gravierend.

Trotzdem schien ich irgendwann eingeschlafen zu sein und wurde wieder wach, als die Sonne bereits ziemlich hoch stand. Meine Knochen wurden durch die Wärme wieder geschmeidig und ich versuchte weiterhin, den Fuß zu befreien. Kurze Zeit später bekam ich Durst und Hunger. Ich wurde mir meiner Unbeweglichkeit bewusst und heulte vor mich hin. Wie lange würde ich hier noch aushalten. Ich musste unbedingt mein Bein unter dem Stein hervorbekommen.

Sollte ich nach Dschinn rufen?

Nein!

Ich würde es selbst versuchen und mir diese Option

für später aufheben, wenn ich keinen Ausweg mehr sah.

Vorsichtig zog und drehte ich an meinem Bein und schrie mehrmals vor Schmerz auf.

Ich musste unbedingt ein paar der nachgerutschten Steine entfernen und dann würde ich mich befreien können.

Vorsichtig buddelte ich vereinzelte Brocken heraus und kam zügig voran. Mit etwas Glück, kam ich morgen frei.

Ich musste es schaffen, denn meine Hände bluteten bereits von der Schufterei.

Ich legte vereinzelte kleinere Pausen ein, da mich die Schmerzen mehrmals ausbremsten.

Der zweite Tag verging schnell und neigte sich dem Ende zu.

Mein Magen knurrte und ich hatte fürchterlichen Durst.

Selbst wenn ich mich aus meinem Gefängnis befreien konnte, wusste ich nicht, wie ich mit dieser Verletzung nach oben klettern sollte, um an meine Verpflegung zu kommen.

Die ganze Situation würde eine Herausforderung für mich werden.

Die Schmerzen wurden wieder schlimmer und ich versuchte es mit Meditation.

Irgendwann kam ich zur Ruhe und hatte einen völlig irren Traum, bis mir bewusst wurde, dass es keiner war.

Dschinn erschien und erklärte mir, dass er mir nicht offensichtlich helfen konnte, aber mich im Auge hatte, damit nichts passierte. Er versprach mir morgen bei Tagesanbruch zu helfen und die Steine zu lösen. Ich sollte einfach mitspielen und so tun als ob. Hassan

und Amir seien mit einem Heli in der Nähe, um mir einen kleinen Denkzettel zu verpassen. Ich fragte gedanklich nach und Dschinn erklärte mir alles. Er bat mich, ihn nicht zu verraten. Ich nickte und dankte ihm. Wenigstens einer, der mir Loyalität zollte.
Hassan hatte sich also mit Amir zusammengetan und beide arbeiteten gegen mich. Nun gut. Hassan würde das noch leid tun und für Amir würde ich mir auch noch etwas einfallen lassen. Mein Vertrauen in Hassan schwandt immer mehr.
Der Rest der Nacht verlief ruhig.
Im Morgengrauen hörte ich die Stimme von Dschinn, der mich weckte. Er löste sein Versprechen ein und ich zog ein paar Mal an meinem Bein, um mich zu befreien.
Endlich!
Die kleineren Steine gaben nach und kullerten wie von Geisterhand zur Seite. Ich versuchte aufzustehen, zog mich am Fels hoch und schrie schmerzerfüllt auf.
Mein Bein brannte wie Feuer, meine Jeans war völlig zerrissen und mir schoss das Blut aus einer klaffenden Wunde.
Der Druck des Steines hatte vorher die Verletzung blockiert. Ich brauchte dringend Hilfe, sonst würde ich verbluten.
Gerade als ich nach Dschinn rufen wollte, erblickte ich Hassan, der mit Amir auf mich zustürmte.
Mein Kreislauf geriet in den Ausnahmezustand und dann kippte ich um.

Hassan und Amir beobachteten Lilith den ganzen Tag, wie sie sich verzweifelt abmühte, um frei zu kommen.
„Unglaublich, mit was für einer Disziplin, Lilith die ganze Situation meistert! Sie gibt nicht auf! Hassan,

willst du sie nicht endlich befreien? Du siehst doch, was sie für Schmerzen hat. Sicherlich hat sie Durst und Hunger. Der Durst wird am schlimmsten sein! Es wird Zeit dem Spiel ein Ende zu setzen!"

Hassan nickte.

„Okay, Amir! Beenden wir es im Morgengrauen!"
Beide Männer zogen sich erneut zum Schlafen in den Heli zurück.

Amir wandte sich an Hassan.

„Was machst du, wenn Lilith herausbekommt, dass du deine Finger mit im Spiel hattest und sie nicht befreien wolltest? Sie kann enorm ausrasten!"
„Keine Ahnung, Amir! Ich muss es darauf ankommen lassen! Sehen wir später weiter. Ich werde eine gute Ausrede finden! Laylatan saeidat ya Amyr – Gute Nacht Amir!"
„Wa´ant áydaan ya Hasan - Dir auch, Hassan!"
Hassan aktivierte seinen Timer auf dem Handy auf fünf Uhr.

Er brauchte noch einige Zeit, um einzuschlafen.
Wie sollte er Lilith alles erklären? Er war sich absolut sicher, dass Dschinn ihr bereits half, ohne sichtbar zu werden. Er zollte ihr absolute Loyalität.

Amir schoss erschrocken hoch, als Hassans Handy einen Höllenlärm veranstaltete.

Dieser grinste ihn an.

„Bei Allah, Hassan! Bist du wahnsinnig? Willst du, dass ich einen Herzinfarkt bekomme? Stell den Krach ab!"
„Steh auf, du Schnarchnase! Wir wollen Lilith retten!"
„Nach oder vor dem Frühstück?"
„Davor! Wir sollten Lilith daran teilhaben lassen! Sie ist bestimmt ausgehungert!"

„Na, dann los! Sicher schläft sie noch! Wir sollten sie ganz sanft wecken!"
Beide Männer machten sich langsam auf den Weg und schlichen sich wie die Tage zuvor, vorsichtig an.
Hassan gab einen erstaunten Laut von sich, da Lilith bereits wieder wach war und verzweifelt an ihrem Bein zerrte.
Amir lachte leise vor sich hin.
„Diese Frau ist unglaublich! Eigentlich müsste sie fix und fertig sein! Wie ein Stehaufmännchen! Was macht sie denn jetzt wieder? Ich glaub es nicht! Sie hat es doch tatsächlich geschafft frei zu kommen und versucht aufzustehen. Ich denke das geht nicht gut. Die linke Seite ihrer Jeans ist völlig blutdurchtränkt und zerrissen. Sie hat sich verletzt und wir sollten uns beeilen."
Hassan nickte und stürmte los.
Lilith kippte in diesem Moment um und rührte sich nicht mehr.
„Holy Shit! So war das aber nicht gedacht", gab er von sich.
Beide Männer knieten sich zu Lilith und Hassan fühlte ihren Puls.
„Lilith benötigt sofortige Hilfe, Hassan! Sie verliert zu viel Blut! Wir müssen das Bein abbinden und es wird wohl nichts damit werden, dass du mit ihr auf der Geländemaschine durch die Wüste cruised. Ich hole schnell den Piloten. Er hat eine Ausbildung in erster Hilfe. Bis gleich!"
Amir rannte zurück und Hassan schlug sich die Hände vor das Gesicht. Sein schlechtes Gewissen plagte ihn. Was hatte er sich eigentlich dabei gedacht.
„Das frage ich mich auch, Hassan! Du wirst dies nicht mehr gut machen können. Lilith weiß Bescheid und

ich denke, sie wird es dir diesmal nicht verzeihen. Du hast bewusst mit ihrem Leben gespielt. Die Aktionen und Maßnahmen sind eher nach hinten losgegangen. Was zum Teufel, veranstaltet ihr mit Lilith? Sie ist doch kein Versuchskaninchen! Es wird langsam Zeit, dass man ihr Respekt zollt! Vielleicht wäre es sinnvoll, wenn Lilith in der Welt der Djinn verweilen würde", ertönte Dschinns Stimme hinter ihm.

Hassan wirbelte herum.

„Hast du ihr etwa geholfen?"

„Ja, denn sie befand sich in Gefahr! Lilith muss sofort ins Krankenhaus! Sie ist von dir erneut schwanger, Hassan! Nur wird sie es diesmal verlieren, denn ihr Körper stößt es bereits ab! Lilith weiß noch nichts davon! Zum Glück ist sie erst in der dritten Woche! Also beeilt euch und fliegt los!"

Hassan wurde nach dieser Mitteilung kreidebleich.

Im gleichen Moment erschien Amir mit Piloten und Verbandskasten

Dschinn verschwand unbemerkt.

Der Pilot versuchte so gut wie möglich die Blutung zu stillen.

Amir wandte sich an Hassan.

„Was ist los? Du bist blass und siehst aus, als wenn du ein Gespenst gesehen hättest!"

„Amir, wir müssen Lilith so schnell wie möglich in ein Krankenhaus bringen! Dschinn war gerade hier und hat mir mitgeteilt, dass sie erneut schwanger ist, aber das Kind noch heute verlieren wird. Es ist alles meine Schuld!"

„Jetzt beruhig dich! Hast du davon gewusst?"

„Nein und sie auch nicht! Ich werde mir das niemals verzeihen!"

Der Pilot wandte sich an beide Männer.

„Leute, wir müssen schnell los, sonst verblutet sie! Ich kann die Blutung nicht stoppen! Scheint auf alle Fälle etwas Größeres zu sein! Die Geländemaschine muss aus dem Heli raus, um Lilith transportieren zu können. In der Nähe steht ihre eigene und Hassan kann seine mit dazustellen. Wir holen sie später wieder ab."

Amir schnappte Lilith und rannte zum Heli, aus der Hassan seine Maschine holte und zu der von Lilith schob.

Der Pilot forderte über Funk eine Landeerlaubnis im Krankenhaus an und erstatte Bericht, um was es ging.

Hassan stieg ein und Amir übergab ihm Lilith.

Der Heli hob ab und Hassan betete, dass sie es noch rechtzeitig schafften.

Lilith stöhnte ein paar Mal während des Fluges und versuchte aufzustehen, was Hassan vereitelte.

Irgendwann wurde sie ohnmächtig.

Nach der Landung, brachte man Lilith sofort in den OP.

Hassan erstattete inzwischen Bericht, wie es zu diesem Unfall kam.

Knapp fünf Stunden später, war Lilith wieder so gut wie hergestellt und wurde auf die Intensivstation verbracht.

Der Arzt wandte sich an Amir und Hassan.

„Wer von ihnen beiden gehört zu Miss Gray?"

Hassan stand auf.

„Ich! Wie geht es ihr?"

„Nicht so gut! Wir mussten ihre Schlagader im linken Bein versorgen und dieses anschließend schienen. Sie ist außerdem völlig dehydriert und hat einen üblen Sonnenbrand. Wussten sie, dass ihre Lebensgefährtin in der dritten Woche schwanger war?"

Hassan schüttelte den Kopf.

„Nein!"

„Leider hat sie das Kind, trotz unserer Bemühungen, es zu retten, verloren. Ich habe den Krankenbericht ihrer Gefährtin gelesen und frage mich, wie alt sie eigentlich sind. Sie haben grob fahrlässig gehandelt! Wie kann man nur mit dem Leben eines angeblich so geliebten Menschen spielen! Schämen sie sich!"

„Bitte sagen sie ihr noch nichts wegen des Verlustes von ihrem Baby. Ich werde es selbst tun. Wann kann sie das Krankenhaus wieder verlassen?"

„Spätestens in einer Woche und ich soll ihnen von Mike ausrichten, dass er diesmal keine Verantwortung für eine Genesung übernimmt, die zuhause stattfinden soll. Ach und übrigens genehmige ich ihnen erst in zwei Tagen ihre Frau zu besuchen! Sie benötigt jetzt dringend Ruhe!" "

„Autsch, dass hat gesessen! Mike scheint ziemlich sauer auf dich zu sein, Hassan!", gab Amir von sich.

Hassan nickte.

„Ich werde später mit ihm telefonieren", erklärte er.

Beide Männer verließen das Krankenhaus, nahmen sich ein Taxi und ließen sich nach Hause fahren.

Hassan lud Amir noch auf einen Umtrunk ein und dieser sagte zu.

Kurze Zeit später waren beide völlig besoffen und Amir schlief im Gästezimmer.

Als ich aufwachte, befand ich mich wieder einmal auf der Intensivstation.

Im Moment hatte ich einen kompletten Blackout und nur stückweise kam meine Erinnerung zurück.

Hassan und Amir hatten mich wohl gefunden und so schnell wie möglich ins Krankenhaus befördert. Beide waren das Letzte an was ich mich erinnern konnte. Mein Kopf dröhnte, mein Bauch und meine linke Seite schmerzten und ich hing wieder am Infusionstropf. Vorsichtig zog ich die Decke zur Seite und erschrak. Eine riesige Narbe zog sich über mein ganzes Bein und ich war geschient.

Kurze Zeit später erschien Mike.

„Hallo, Lilith! Wie fühlst du dich? Deine Pechsträhne reißt nicht ab! Diesmal hattest du mehr Glück, als du denken kannst. Dank Hassan und Amir konntest du gerettet werden. Ich denke, diese Aktion hat dich nun endlich zum Nachdenken gebracht. Die Wüste ist kein Spielplatz! Nachdem du durch diesen Unfall auch noch dein Baby verloren hast, solltest du vorher immer genau nachdenken, was du dir vornimmst."

Ich schluckte und blickte Mike entsetzt an.

„Was sagst du da, Mike? Ich war schwanger? Oh, mein Gott ich drehe gleich durch! Deshalb die Schmerzen im Unterleib! Welcher Monat? Ich hatte absolut keine Ahnung! Weiß Hassan davon?"

Ich steigerte mich so in diese Nachricht hinein, dass mein Blutdruck nach oben schnellte und sich das Überwachungsgerät einschaltete. In Nullkommanichts standen sämtliche Stationsschwestern samt Chefarzt im Zimmer. Mike beruhigte alle und erklärte, dass er mich über meinen Zustand informiert hatte.

Der Chefarzt wandte sich an ihn.

„Mike, was hast du an Informationen weitergegeben?"

„Alles! Warum? Sollte Lilith etwas nicht wissen?"

„Sehr ungeschickt von dir! Hassan hatte veranlasst, dass sie vom Verlust des Kindes erstmal verschont bleiben sollte. Er wollte es ihr selbst beibringen, denn eigentlich hat er und Amir dies unbewusst verursacht und er war sehr bestürzt darüber", erklärte er.

Ich stutzte.

„Ich bitte um sofortige Aufklärung! Keine Schonung, sonst verlasse ich auf eigene Verantwortung dieses Krankenhaus! Also? Was geht hier vor?"

Mike räusperte sich.

„Lilith, dass wäre äußerst unklug von dir!"

„Nein, wäre es nicht! Ich habe die Schnauze voll von den ewigen Lügen und Bevormundungen! Das wird für Amir und Hassan ein Nachspiel haben! Die Wüste ist kein Spielplatz, wie du erklärt hast und ich bin kein Ball, den man von einer Ecke zur anderen Ecke kickt! Also, ich höre!"

Mike blickte den Cherarzt an und dieser nickte.

Kurz darauf wusste ich, was passiert war.

Ich spürte plötzlich eine Leere in mir aufsteigen.

„Wann werde ich entlassen?"

„In einer Woche! Allerdings werden Gehhilfen nötig sein, bis das Bein okay ist, Lilith! Ich werde für deine Nachversorgung zuständig sein!"

Ich nickte.

„Gut! Ich habe eine Bitte! Keinen Besuch von Amir und Hassan! Ich muss dies alles erstmal verdauen und benötige Zeit dazu! Ich wünsche vom Personal, dass dieser Entschluss respektiert wird! Der Einzige der mich besuchen kann bist du, Mike!"

Alle nickten und verließen mein Zimmer bis auf Mike.

„Lilith, wenn du etwas benötigst, lass es mich wissen!"

„Dabei wirst du mir nicht helfen können! Ich möchte meine alte Vergangenheit zurück! Kein Amir, kein Hassan und kein verstorbener Vater! Leider ist das nicht möglich!"

Ich zog die Decke über meinen Kopf und schloss die Augen.

„Soll ich Hassan etwas übermitteln?"

„Ja! Er soll sich gut um die Kids kümmern", gab ich unter der Decke zurück.

„Sonst nichts, Lilith?"

„Nein! Es gibt nichts mehr zu sagen! Ich würde jetzt gerne etwas schlafen! Bis später Mike", antwortete ich. Ich hörte wie er ging und brach in Tränen aus.

Mein Entschluss stand fest.

Keine Rückkehr mehr zu Hassan und den Kindern.

Zum Glück hatte ich vor Monaten in der Innenstadt von Bagdad eine riesige und mehr als günstige Appartementwohnung erworben, von der keiner etwas wusste.

In weiser Voraussicht.

Ich legte mir einen Plan zurecht.

Sobald ich hier raus kam, würde ich mein komplettes Erscheinungsbild ändern.

Meine Haare schwarz einfärben und nur in der landesüblichen Frauenbekleidung meine Einkäufe erledigen. Verschleiert! Keiner sollte wissen, wo ich mich aufhielt. Zum Glück befand sich der Basar in der Nähe. *Petra* legte ich erstmal auf Eis und musste darüber noch mit Dschinn sprechen.

Stunden später wurde ich in ein Einzelzimmer verlegt. Der Chefarzt hatte es so angeordnet.

Zum Glück war ich diese lästigen Instrumente los.

Mir ging es von Tag zu Tag besser und nach vierzehn Tagen durfte ich nachhause. Mein Aufenthalt hatte sich etwas verzögert, weil mir das Gehen schwer fiel.

Mike hatte mich jeden Tag besucht und mich auf dem Laufenden gehalten.

Am vorletzten Tag bat er mich um eine Unterredung, die ich ihm gewährte.

„Lilith ich soll dich von Hassan fragen, ob er dich abholen soll! Er ist mit den Nerven am Ende, da du

ihm den Besuch verweigert hast. Er hat es täglich versucht. Ihm geht es nicht gut und er fleht dich an, mit ihm zu reden. Amir bittet dich um Verzeihung."
Ich schüttelte den Kopf.
„Nein! Ich bin mit meinen Nerven auch am Ende und will das alles nicht mehr. Ich habe ein Schreiben für ihn vorbereitet und möchte, dass du es ihm übergibst. Ich habe ihm das komplette Sorgerecht übertragen, denn meine Wenigkeit wird nicht mehr zurückkehren. So kannst du es an ihn weitergeben."
„Lilith! Tu es nicht! Eines Tages wirst du es bereuen!"
„Mag sein, Mike! Ich habe mit allem abgeschlossen, was mein vorheriges Leben betrifft!!
„Okay, ich werde Hassan deinen Entschluss mitteilen! Wohin geht deine Reise?"
„Netter Versuch, Mike! Das bleibt mein Geheimnis! Ich werde mich aber öfters bei dir melden. Wegen der Nachsorge finden wir ebenfalls eine Lösung. Es wird Zeit, dass ich zur Ruhe komme."
Drei Tage später verließ ich das Krankenhaus und führ mit dem Taxi in mein neues Domizil.
Ich machte es mir gemütlich und legte mir einen Plan zurecht. Morgen würde ich mir einen neuen Laptop besorgen, denn Hassan hatte meinen alten mit Sicherheit einbehalten. Zum Glück besaß ich noch das Handy, was auf Georges Namen zugelassen war und somit konnte ich ausschließen, dass Hassan mich orten konnte.
Er wusste nichts von meinem Zweithandy und das war gut so. Ich rief George an und informierte ihn über den momentanen Sachverhalt. Er wünschte mir alles Gute und ich sollte auf mich achten.
Dankend verabschiedete ich mich von ihm und bat ihn, dass er absolutes Stillschweigen gegenüber Larissa

und Nash halten sollte. Er versprach es mir.

Die erste Nacht in meiner neuen Behausung verlief perfekt. Ich war ausgeschlafen und machte mich nach dem Frühstück auf den Weg, um einen neuen Laptop und einiges auf dem Basar zu besorgen. Die Burka erwies sich als gute Tarnung.

Nachdem Mike mir versprochen hatte, Hassan nicht zu sagen, wo ich mich befand, gewährte ich ihm in meine neue Behausung Einblick.

Wie es der Teufel wollte, lief mir Tareq bei einem meiner Einkäufe über den Weg.

Zum Glück erkannte er mich nicht und ich ging mehr als erleichtert weiter.

So vergingen die Monate und ich lebte nun schon länger unerkannt in Bagdad.

Die Ruhe tat mir gut

Ich meditierte viel und fand so nach und nach meine innere Mitte wieder. Ab und zu vermisste ich Hassan und die Kinder und fragte mich, ob er vielleicht eine neue Beziehung eingegangen war.

Hatte ich richtig gehandelt?

Eines Tages besuchte ich wieder einmal den Basar und prallte im wahrsten Sinne des Wortes mit Raschid zusammen. Mein Obst fiel zu Boden, wir bückten uns gleichzeitig danach und stießen mit unseren Köpfen aneinander. Ich schrie auf und rieb mir die Stelle.

Raschid entschuldigte sich tausendmal und reichte mir meine Sachen.

„Danke Raschid, nichts passiert!", gab ich unbewusst von mir und erschrak.

Mein Gegenüber stutzte und zog mich hoch.

„Lilith!?"

Verflucht noch einmal dachte ich mir. Nun hatte ich

mich verraten.

„Holy Shit, Raschid! Jetzt bin ich doch tatsächlich aufgeflogen! Ich bin wirklich mehr als dämlich!"

Er lachte.

„Sollte wohl so sein, Lilith! Du weißt, nichts geschieht ohne Grund! Wo lebst du jetzt? Hier? Alleine? Bist du in einer neuen Beziehung? Deine Tarnung ist trotzdem perfekt, wäre dir dieser Lapsus nicht passiert!"

Ich stöhnte auf.

„Viele Fragen Raschid! Hast du Zeit auf einen Kaffee oder schickt es sich nicht?"

Er grinste.

„Es schickt sich! Komm, ich lade dich ein und wir plaudern über alte Zeiten!"

„Bist du alleine unterwegs oder lauern meine beiden Erzfeinde irgendwo?"

Raschid lachte.

„Ich bin alleine, keine Angst! Nun komm schon!"

Raschid bugsierte mich in ein Kaffee, wir nahmen Platz und ich überließ ihm die Bestellung.

„So, Lilith! Nun warte ich auf Antworten auf meine Fragen! Wie ich sehen konnte, humpelst du noch etwas. Ist das eine der Nebenwirkungen deines Unfalls in der Wüste? Tut mir leid, was dir passiert ist. Du hast dies alles nicht verdient. Wie kommst du mit deinen Ausgrabungen in *Petra* vorwärts?"

„Stopp, Raschid! Nicht so schnell! Folgendes kann ich dir mitteilen…... ich lebe hier und alleine. Wo, werde ich dir allerdings nicht preisgeben. Nein, ich bin in keiner Beziehung und habe dies auch nicht vor. Mein Bedarf an Männern ist gedeckt. Gebranntes Kind, scheut bekanntlich das Feuer. Ja, ich leide noch etwas unter meiner Verletzung, aber es wird besser. Netter Versuch mich auszufragen. Du hast doch sicherlich die Info, dass ich nicht in der Felsenstadt bin. Versuch es erst gar nicht, denn ich werde mich bedeckt halten. Wie geht es dem Rest deiner Familie? Erspare mir aber bitte Auskünfte über Amir. Es interessiert mich nicht, was er so treibt!"

„Danke der Nachfrage, Lilith! Es geht allen sehr gut. Dad hat zurzeit eine Liaison und benimmt sich wie ein Teenager. Möchtest du denn nicht wissen, wie es Hassan und den Kids geht? Er vermisst dich!"

Mein Blick verfinsterte sich.

„Nein! Sei still Raschid, sonst gehe ich! Dieses Thema ist für mich abgeschlossen und ich will nichts hören! Soviel ich weiß, kümmert sich seine frühere Nanny weiterhin um die Kinder und das ist gut. Er hat somit den Rücken für seine Geschäftsreisen und Affären frei!"

„Okay, Lilith! Ich verstehe dich voll und ganz! Warum hast du alle Kontakte abgebrochen?"

„Ganz einfach, Raschid! Ich möchte für keinen mehr angreifbar sein. Ich habe soviel ertragen müssen und versuche meine Chakren wieder in Einklang zu bringen. Ich meditiere wieder viel. Bitte tue mir einen Gefallen und wechsle das Thema!"

Er nickte. Eine Stunde später verließen wir das Kaffee und ich war mir sicher, dass er unser Treffen an Amir und Hassan weitergab. Von nun an musste ich noch besser aufpassen.

Leider tappte ich Wochen später in die Falle, die mir Hassan stellte.

Während ich den Basar durchstreifte, hatte ich ständig das Gefühl, dass mir jemand folgte.

Ich sah mich dauerhaft um.

Nichts!

Litt ich jetzt schon an Verfolgungswahn? Nach dem Treffen mit Raschid, sah ich überall Verschwörer, die mich observierten.

Während ich durch die Passage des Basars schlenderte, stieß ich fast mit Hassan zusammen, der mir gerade entgegenkam.

Er hatte sich leicht verändert, sah noch besser aus und war muskulöser geworden. Jetzt nur nicht unruhig werden und normal weiterlaufen.

Als ich mich auf gleicher Höhe mit ihm befand, hatte ich Augenkontakt und sah ein kurzes aufblitzen in seinen Augen.

Hatte er mich erkannt?

Ich bekam heftiges Herzklopfen, senkte meinen Blick und eilte weiter. Jetzt nur nicht umdrehen. Kurze Zeit später bemerkte ich, dass mich zwei kräftige Typen in schwarzer Kleidung verfolgten. Ich bekam Panik und lief schneller. Kurz vor dem Ausgang des Basars, bog ich rechts in eine kleine Nebengasse ab und versuchte die Kerle abzuhängen.

Ab und zu schaute ich hinter mich.

Zwecklos! Sie blieben mir auf den Fersen!

Ich lief immer schneller und nachdem ich erneut nach hinten geblickt hatte, drehte ich mich ruckartig um und stieß heftig mit jemanden zusammen.

Der Aufprall war so stark, dass ich im gleichen Moment mein Gleichgewicht verlor und zu Boden fiel. Erschrocken schrie ich auf und suchte Blickkontakt.

Hassan!

Das Blut gefror mir in den Adern. Nun hatte er mich doch gefunden!

Aus den Augenwinkeln sah ich, dass seine Begleiter rechts und links neben mir Aufstellung nahmen.

Ich schluckte, denn mein Fluchtweg war versperrt.

„Jetzt ist Schluss mit diesem Versteckspiel, Lilith! Du kommst jetzt mit nachhause! Deine Kinder warten auf dich! Dank Raschid hatte ich einen Anhaltspunkt, wo man dich suchen konnte. Seit Wochen überwache ich diesen Basar, in der Hoffnung dich zu finden. Heute gelang es mir endlich, trotz Burka, die du trägst!"

Hassan reichte mir die Hand.

Ich schüttelte den Kopf.

„Nein, Hassan! Ich werde nirgendwohin mitgehen und schon gar nicht mit dir! Lass mich zufrieden oder ich schreie um Hilfe! Woran hast du mich erkannt?"

Er lachte.

„Versuch es, Lilith! Hier wird dir keiner helfen. Man wird denken, dass ein Ehemann seine ausgebüchste Frau gefunden hat, denn dies passiert hier öfters! Ach und erkannt habe ich dich an deinem Zimtparfüm und deinen Augen, beides ist unverkennbar! Ein fataler Fehler deinerseits!"

Nachdem ich nicht reagierte, ergriff er grob mein linkes Handgelenk und zog mich hoch.

„Autsch, du tust mir weh!", brüllte ich ihn an und versuchte mich zu befreien.

Wütend schlug und trat ich nach ihm und er grinste.

„Du hast dich nicht verändert, Lilith! Eine Raubkatze wie eh und je! Verdammt noch mal du Teufelchen, zieh deine Krallen ein!"

„Vergiss es, Hassan!", zischte ich und holte mit meiner freien Hand zum Schlag aus.

Er schien dies erwartet zu haben und bremste mich aus.

„Okay, dann eben anders!"

Er gab seinen beiden Männern den Befehl, auf ihn mit dem Auto am Ausgang des Basars zu warten und sie verzogen sich.

„Lass mich endlich los, Hassan! Mein Handgelenk ist schon ganz taub."

„Später Lilith, später!"

Ich nötigte ihn stehen zubleiben, indem ich plötzlich in die Knie ging.

Hassan grinste, schüttelte den Kopf, umfasste meine Hüften, hob mich hoch und warf mich über seine Schulter.

„Ach, Lilith! Netter Versuch! Hör endlich auf dich so zu benehmen! Du schädigst dir nur selbst!"

Ich wurde wütend und schlug auf seinen Rücken ein.

Nach wenigen Schritten blieb er stehen.

„Lilith, hör auf damit! Ich warne dich, sonst tut es wirklich weh!"

Ich lachte und trommelte weiter auf ihn ein.

Ohne Vorwarnung ließ er mich einfach fallen und ich schrie schmerzerfüllt auf.

„Aua! Du islamitischer Bastard! Lass mich zufrieden!"

„Ich hatte dich gewarnt! Gib jetzt endlich Ruhe Lilith und hör auf! Meinst du, mir macht es Spaß dir weh zu tun? Du hast keine Chance und du weißt das! Kommst du jetzt mit oder muss ich weiter Gewalt anwenden? Also?"

Erneut reichte er mir seine Hand, die ich wegschlug.

„Dann füge mir keine Schmerzen zu, wenn du es weißt, dass es so ist! Geh zum Teufel!", brüllte ich.

„Der steht schon vor mir!", bekam ich trocken zur Antwort.

Ich fluchte und mühte mich verzweifelt ab, um auf die Beine zu kommen. Hassan dauerte dies zu lange, er zog mich erneut hoch und warf mich wieder über seine Schulter. Mein linkes Handgelenk wurde erneut in Mitleidenschaft gezogen und ich verzichtete darauf, Hassans Rücken weiter zu malträtieren. Ich wurde mir meiner Situation bewusst und heulte und fluchte vor mich hin.

Er blieb kurz stehen, langte in seine Jackentasche und reichte mir hinter dem Rücken ein Taschentuch zu.

„Hier, du versaust mir sonst meine Jacke mit deiner Wimperntusche!"

Ich riss es ihm aus der Hand und er lief weiter, als ob nichts geschehen wäre.

„Na, also ist doch schon besser so!", gab er von sich.

„Halt die Klappe, du mieses Arschloch", blaffte ich.

Hassan kniff mir so heftig ins Hinterteil, dass ich vor Schmerz aufschrie und für den Rest des Weges lieber meinen Mund hielt.

Endlich stellte er mich ab und deutete auf sein Auto.

„Einsteigen! Sofort und ohne Kommentar!"

Ich schüttelte erneut den Kopf.

„Okay Lilith, wie du meinst! Jungs ich steige jetzt links ein und ihr schiebt sie rechts nach. Falls sie sich wehrt, könnt ihr etwa heftiger werden."

Ich applaudierte.

„Wow, Hassan! Ich muss schon sagen, ganz großes Theater von deiner Seite aus. Zu dritt auf eine Frau, die harmlos und wehrlos ist. Ich hoffe, es stärkt das Ego von euch Typen!"

„Lilith, du bist weder harmlos noch wehrlos! Beschwer dich also nicht, wenn du so behandelt wirst. Los jetzt Jungs, keine Diskussion mehr! Rein mit ihr!"

„Stopp! Ich geh freiwillig! Keine Gewalt mehr!", rief ich, öffnete die rechte Hintertür und stieg ein.

„Na geht doch, Lilith!", meinte Hassan und lachte.

Ich verzichtete auf eine Antwort.

Seine beiden Helfer nahmen vorne Platz und Hassan setzte sich neben mich.

Langsam fuhren wir los.

Hassan griff nach meiner linken Hand, die ich ihm entzog, da sie schmerzte und rutschte von ihm weg, bis an die Autotür.

Ich lehnte meinen Kopf ans Fenster und schloss die Augen. Kurze Zeit später wies Hassan den Fahrer an, die nächste Imbissbude anzufahren.

Das Fahrzeug stoppte.

„Lilith, möchtest du etwas essen oder trinken? Die Jungs haben sich das jetzt jedenfalls verdient, nach dem langen Tag der Suche nach dir!"

Ich schüttelte den Kopf.

„Ach, jetzt bin ich auch noch schuld, dass ihr kein Essen hattet? Ich möchte nichts! Nein! Jedenfalls nichts von dir!"

„Wie du meinst! Jungs, vergesst nicht abzuschließen, sonst haut sie uns wieder ab", gab er von sich und verschwand mit seinen Häschern, nachdem sie die Türen gut gesichert hatten.

Ich beobachtete alle drei durchs Fenster und fluchte.

Völlig gelassen, gaben sie ihre Bestellung auf und nahmen an einem der freien Tische Platz. Das konnte dauern.

Nach einer Stunde waren sie immer noch nicht zurück und ich schwitzte inzwischen. Es war fürchterlich heiß im Auto und alle Fenster geschlossen.

Hassan würde mir das noch büßen.

Entnervt legte ich mich auf die Rückbank und schien wohl irgendwann eingeschlafen zu sein.

Nachdem Hassan mit seinen beiden Security gegessen hatte, machten sie sich auf den Weg zum Auto.

Er öffnete die Hintertür und fand Lilith schlafend und schwitzend auf der Rückbank liegend.

Er grinste, hob ihren Oberkörper an und stieg ein.

Vorsichtig legte er ihren Kopf auf seine Beine und strich ihr sanft über die Wange.

Lilith hatte sich nicht verändert und war immer noch die gleiche Rebellin wie früher.

Er hoffte in seinem tiefsten Inneren, dass sie sich wieder näher kamen.

Kurze Zeit später trafen sie an seinem Anwesen ein.

Hassan hob Lilith vorsichtig aus dem Auto, schickte seine beiden Helfer mit dem Auto zurück und trug sie nach oben in sein Schlafzimmer.

Behutsam legte er sie im Bett ab und verschwand nach unten in die Küche, wo er von Tareq erwartet wurde, der ihn fragend ansah.

„Unser Teufelchen ist wieder da und schläft! Geduld zahlt sich eben doch aus."

„Wo hast du sie gefunden?"

„Auf dem Basar! War ziemlich anstrengend sie mehr oder weniger einzufangen und es spielte auch hier ein bisschen der Zufall mit, sonst wäre sie mir erneut entwischt. Die Verkleidung von ihr war perfekt. Ihr Zimtparfüm und ihre Augen haben sie verraten. Ich bin nur dem Duft gefolgt. Sie trägt eine Burka. Lilith ist und bleibt manchmal ein Tollpatsch. Ich bin froh, dass sie wieder hier ist. Tareq, ich geh jetzt nach oben und wünsche dir eine gute Nacht. Wir sehen uns morgen zum Frühstück."

Tareq nickte.

Hassan nahm zwei Stufen auf einmal und gesellte sich zu Lilith. Er überlegte, ob er ihr die Burka ausziehen sollte und unterließ es dann doch.

Vorsichtig umschlang er sie und schlief ein.

Irgendetwas war beim Aufwachen anders und da fiel es mir wieder ein.

Ich befand mich erneut in den Fängen von Hassan und er lag hinter mir. Jetzt nur nicht ausflippen. Im Moment konnte ich mich nicht befreien, denn er hielt mich eng umschlungen. Obwohl ich extrem sauer auf ihn war, fühlte ich mich in seiner Nähe trotzdem mehr als geborgen.

Ich seufzte und hoffte, dass er bald aufwachen würde. Kurze Zeit später entstand Bewegung neben mir. Hassan löste ganz vorsichtig seine Umklammerung und stand auf. Ich stellte mich schlafend und drehte mich in die andere Richtung, denn ich konnte mir ein Grinsen nicht verkneifen.

Kaum hatte Hassan den Raum verlassen, stand ich auf und eilte nach oben in mein Reich und wurde vor der Tür von Hassan ausgebremst.

Erschrocken schrie ich auf.

„Hab ich dich erwischt, du verflixte Hexe! Ich wusste doch, dass du wach bist. Wie siehst du überhaupt aus? Fürchterlich in dieser Burka! Ich wollte dir das gestern schon sagen! Zieh den Fetzen endlich aus, denn er passt nicht zu dir! Geh duschen und komm dann zum Frühstück in die Küche! Keine Diskussion, Lilith! Ab heute wird sich einiges für dich ändern!"

Mir wurde schlecht. Ich verzichtete lieber auf einen Gegenkommentar, nickte nur und verschwand in meine Räume.

Ich schloss ab, zog mich aus und stellte mich unter die Dusche. Während ich meine Haare wusch, schmerzte mein linkes Handgelenk wieder. Es war voller blauer Flecken, die von Hassans gestriger Aktion stammten. Ich hoffte im Stillen, dass solche Übergriffe von seiner Seite, nicht zur Gewohnheit wurden.

Mir wurde bewusst, dass es heute bestimmt noch zu einer erneuten Eskalation kommen würde. Hassan hatte meine schwarzen Haare noch nicht gesehen, denn er hatte es nicht gewagt, die Burka zu entfernen. Obwohl es ihn nichts anging, würde er schon aus Prinzip einen Streit anfangen.

Ich musste so schnell wie möglich von hier wieder verschwinden.

Schnell war ich angezogen und hatte meine Haare geföhnt. Ich blickte noch einmal in den Spiegel und machte mich auf den Weg zur Küche, wo ich auf Tareq traf. Dieser starrte mich mit offenem Mund an.

„Bei Allah, Lilith! Wie geht es dir? Du bist während deiner Abwesenheit noch hübscher geworden. Das schwarz deiner Haare, kleidet dich super. Du siehst unglaublich sexy aus!"

Ich lachte.

„Danke, für dein Kompliment! Geht runter wie Öl! Für mich bitte nur einen Orangensaft! Wo ist Hassan? Er suchte schon wieder Anlass zum Streiten! Ich geh dann mal eine Runde laufen, so wie früher. Falls er nach mir fragt, in einer Stunde bin ich zurück. Bis dann!"

Ich schnappte den Saft, den Tareq mir in eine Flasche umgefüllt hatte und rannte los in Richtung Wüste.

Während ich aus dem Haus verschwand, traf Hassan ein und eilte in die Küche.

„Hattest du gerade Damenbesuch, Tareq? Wer war die Schwarzhaarige, die gerade ums Eck verschwand?"

Tareq blickte Hassan entsetzt an.

„Erkennst du Lilith nicht mehr, Hassan?"

Dieser starrte ihn unverständlich an.

„Bitte was? Du erzählst mir jetzt nicht, dass da gerade Lilith in Richtung Wüste verschwunden ist? Lilith ist blond!"

„Nein, Hassan! Lilith hat jetzt schwarze Haare und sieht umwerfend damit aus. Ach, ich verstehe. Du hast sie ja nur in Burka gesehen. Sie ist joggen gegangen!"

„Verdammt, dieses Biest kann es einfach nicht lassen, sich meinen Anordnungen zu entziehen."

„Hassan, du wolltest sie unbedingt wieder zurück. Beschwer dich nicht und leb mit ihren Anwandlungen. Insgeheim imponiert dir doch ihr Verhalten, weil es nie langweilig mit ihr wird. Willst du da anfangen, wo du aufgehört hast? Verscherz es dir nicht ganz mit ihr! Gut gemeinter Ratschlag!"

„Wann wollte sie zurück sein?"

„Sie sagte in einer Stunde."

Hassan nickte, frühstückte und informierte den Rest der Familie und Freunde, dass sich Lilith wieder bei ihm eingefunden hatte. Alle waren erleichtert. Schnell checkte er seine Mails durch und eilte dann nach oben, um ein paar Runden im Pool zu drehen.

Er verweilte länger als sonst darin, als plötzlich die Tür aufgerissen wurde und Lilith erschien.

Sie hatte sich auf dem Weg nach oben angefangen zu entkleiden. Fluchend versuchte sie aus ihrem Pulli zu kommen, der ihr die Sicht nahm. Hassan nutzte dies aus und versank bis zum Nasenansatz im Wasser. So konnte er sie heimlich beobachten, ohne dass sie ihn sofort bemerkte. Grinsend schaute er ihr zu, wie sie sich abmühte. Kurz darauf stand sie nackt unter der Dusche und ihm wurde bei diesem Anblick ziemlich warm. Tareq hatte recht und ihre neue Haarfarbe sah super aus.

Noch hatte Lilith ihn nicht bemerkt und als sie sich auf den Weg in den Pool machte, hielt er die Luft an und tauchte unbemerkt unter.

Nachdem ich zurück und völlig außer Puste war, wollte ich mir ein paar Runden im Pool gönnen. Ich eilte in die Küche, übergab Tareq die Flasche und fragte, ob etwas Besonderes vorgefallen war. Tareq nickte und erzählte mir, dass mich Hassan mit den Haaren nicht erkannt hatte. Ich amüsierte mich köstlich darüber und bekam auf Nachfrage wo er sei, die Antwort... *im Büro.*

Gut so. Ich zog mich auf dem Weg nach oben bereits aus und kämpfte verzweifelt mit meinem Pulli, der hartnäckig an mir klebte. Nach der Dusche stieg ich ins Wasser und schwamm bis zum Ende des Beckens, als plötzlich neben mir Hassan aus dem Wasser schoss und mich zu Tode erschreckte.

Ich schrie auf und starrte ihn entsetzt an.

„In drei Teufels Namen! Hassan! Spinnst du? Mein Gott ist mir schlecht vor Schreck! Musste das sein?"

Er grinste, stellte sich vor mich, wie schon oft und schaute mich provozierend an.

Ich erwiderte seinen Blick.

„Vergiss es, Hassan! Diese Zeiten sind vorbei!"

Er grinste.

„Warum? Was willst du dagegen tun, Lilith?"

„Hassan, auf der Suche nach einem *Warum,* habe ich ein *Egal* gefunden. Was ich dagegen machen will? Versuche es und du wirst es erfahren! Ich sagte dir doch, wer den Teufel in mir weckt, sollte das Spiel des Feuers beherrschen! Hast du in der Zwischenzeit wo ich weg war, keine andere Unterlage zum Üben gefunden? Hat dich dein CEO verlassen?", gab ich sarkastisch von mir.

Hassan zuckte sichtlich zusammen und dann kam seine Antwort.

„Hätte ich das tun sollen, Lilith? Wäre vielleicht besser

gewesen! Ich sollte es vielleicht nachholen? Was hältst du davon? Dein okay habe ich!"

„Mach doch was du willst, denn ich kann es eh nicht verhindern!"

Ich schubste ihn weg und wollte den Pool verlassen. Hassan griff nach mir, zog mich zurück und drückte mich an den Beckenrand. Ich spürte seinen warmen, muskulösen Körper an meinem und nicht nur das. Ich musste mich extrem zusammenreißen, um nicht laut aufzustöhnen und dann spürte ich seine Lippen auf meinen. Mein Herzschlag beschleunigte sich. Bestimmend drückte ich ihn von mir.

„Nein, ich will nicht, Hassan! Nimm es dir nicht mit Gewalt!"

„Lilith, du lügst! Deine Körpersprache vermittelt mir etwas anderes! Dein Puls rast. Deine Brustwarzen stehen und du hast diesen verklärten Blick, kurz bevor wir Sex haben. Was hindert dich noch?"

„Ich kann nicht, Hassan! Bitte nicht! Warte bis ich dich darum bitte!"

„Dies wird ewig dauern, denn du bist eine verdammt harte Nuss und nicht so leicht zu knacken. Was muss ich tun, um an deinen inneren Kern zu kommen?"

„Abwarten, Hassan! Nur abwarten, bis ich bereit bin! Wir müssen sowieso miteinander reden, wie es mit uns weitergehen soll! Was hältst du von heute abends, bei einem gemütlichen Glas Wein?"

Hassan nickte.

„Wenn du es so möchtest? Wo?"

„Dein Büro, wäre der ideale Platz!"

„Okay! Lilith, darf ich dich wenigstens küssen?"

„Ich weiß was du vorhast, Hassan! Es sei dir gewährt, aber nimm dich in Acht!"

Hassan griff nach mir und setzte seine Bitte sofort in

die Tat um. Ich schnappte regelrecht nach Luft, als er mit mir fertig war.

Grinsend verließ er den Pool und ich blieb geschockt zurück. Hassan hatte es doch tatsächlich geschafft, mir anhand eines Kusses einen Orgasmus zu bescheren.

Mehr als verwirrt verließ ich ebenfalls den Pool, zog mir einen Bademantel über und eilte in die Küche. Ich hatte Hunger bekommen und bereitete mir ein dickes Sandwich.

Hassan der am Tisch saß, sah mir dabei zu und grinste über alle vier Backen.

„Würdest du mir auch eines mitmachen, Lilith?"

„Hassan, eigentlich bist du schon ein großer Junge und könntest das selbst!"

„Lilith, aus deiner Hand schmeckt es besser!"

Ich nickte und schob es ihm zu, als ich damit fertig war. Provozierend klappte er das Sandwich auf, nahm die Mayotube und drückte den Inhalt genussvoll auf die belegte Hälfte.

„Einfach nur lecker", meinte er.

Warte nur Freundchen, dachte ich mir. Ich hatte seine Botschaft wohl verstanden. Was du kannst, kann ich schon lange.

Ich entriss ihm die Tube, ergriff seine Hand und drückte einen langen Streifen auf seinen Zeigefinger.

Bevor er reagieren konnte, steckte ich mir diesen in den Mund, schloss die Augen und lutschte ganz langsam und genüsslich die Mayo ab. Als ich damit fertig war, öffnete ich meine Augen wieder und fixierte Hassan.

„Du hast vollkommen recht. Schmeckt super und man muss es mit Genuss zu sich nehmen. Lass dir dein Sandwich schmecken und wenn du Nachschlag haben möchtest, sag Bescheid!", gab ich zweideutig von mir.

Tareq der dieses Schauspiel mitbekommen hatte, stand in der Ecke, lachte leise vor sich hin und grinste mich an.

Ich stand auf, nahm mein Brot mit und eilte nach oben in das Büro von Hassan, wo ich auf seinem Schreibtisch meinen alten Laptop vorfand.

Ich hatte es doch gewusst. Kurze Zeit später gesellte sich Hassan an meine Seite.

„Danke, dass du meinen Läpi aufbewahrt hast. Ich habe zwar einen nagelneuen, aber alle meine wichtigen Daten befinden sich auf diesem. Wo hast du eigentlich meine Geländemaschine gelassen, Hassan? Steht sie noch im Felsendorf?"

„Nein, sie steht hier in der Garage neben meiner. Falls du einmal Lust auf eine gemeinsame Spritztour hast, sag Bescheid!"

„Hassan, du bist voller Überraschungen! Ja, so eine kleine Spritztour hat schon was!", gab ich von mir.

Er lachte.

„Ich passe mich stets gerne meiner Umgebung an und bin für Spritztouren jeglicher Art empfänglich!"

„Spinner!", gab ich von mir und eh ich mich versah, hatte er mich gepackt und auf seine Couch gesetzt.

„Hassan!"

„Lilith, du verschmierst mir den ganzen Schreibtisch mit der Mayo! Wie ein Kleinkind! Bleib sitzen und gib Ruhe oder soll ich dich erneut küssen und dir einen weiteren Orgasmus damit bescheren? Du wirktest sehr verstört danach."

Wütend warf ich ihm ein Kissen an den Kopf. Er stand auf, verschwand und kam mit zwei Gläsern und einer Flasche Rotwein zurück.

„Zum Vorglühen für heute abends. Möchtest du ein Glas? Ich wusste nicht, dass du einen Motorradschein

besitzt! Gibt es noch etwa, was ich noch nicht weiß?"
Ohne auf eine Antwort von mir zu warten, schenkte er ein und reichte mir das Glas zu.
Argwöhnisch blickte ich ihn an und nahm es entgegen.
„Willst du mich gefügig machen? Falls ja, vergiss es!"
Hassan brach in Gelächter aus.
„Willst du das denn, Lilith? Falls ja, bedarf es keines Alkohols. Das schaffe ich auch so. Bei dir reicht schon ein Kuss und du bist hin und weg. Außerdem bist du etliche Monate bereits auf Sexentzug! Lilith, gesteh es dir doch ein! Du würdest gerne, aber du willst mich aus verletztem Ego abstrafen!"
Ich wurde feuerrot im Gesicht nach dieser Ansage.
„Bilde dir nur keine Schwachheiten ein Scheichlein und woher willst du wissen, ob ich auf Entzug bin?"
Hassan blickte mich schräg von der Seite an.
„Hast du etwas Ersatz für mich gefunden, Lilith?"
Ich blieb ihm eine Antwort schuldig und trank mein Glas auf ex leer.
Hassan stand von seinem Stuhl auf, griff nach der Flasche und setzte sich zu mir auf die Couch. Ohne mich zu fragen, schenkte er nach.
„Trink langsam! Denk daran, du verträgst nichts! Ich möchte vermeiden, dass du über mich ungezügelt herfällst!"
„Möchtest du das denn? Ungezügelt? Ich kann dich beruhigen, denn ich habe das nicht vor! Fragt sich jetzt nur, wer auf Sexentzug ist! "
Ich prostete ihm zu und trank den Wein erneut auf ex.
Fordernd hielt ich ihm das Glas entgegen.
„Mehr!"
Hassan schüttelte den Kopf.
„Nein, Lilith! Mir scheint, du hast bereits genug!"
„Mistkerl! Gut, dann hole ich mir selbst eine Flasche!

Fängst du wieder an, mich bevormunden zu wollen! Lass es einfach!", brüllte ich ihn an, stellte mein Glas ab und stand auf.

„Du bleibst hier! Setz dich gefälligst wieder hin!", gab er von sich und zog mich zurück aufs Bett.

Ich schlug nach ihm, er wehrte sich und schon war ein wildes Gerangel am Start. Es gab ein hin und her.

Am Anfang war es noch ein harmloses Spiel.

Als Hassan meine linke Hand, die eh schon schmerzte, erneut wie am Tag zuvor zudrückte, biss ich zu.

„Verdammt, Lilith! Bist du wahnsinnig? Ich sollte dir endlich mal eine Lektion erteilen!", blaffte er und ließ mich los.

„Wahnsinnig? Ich? Wohl eher du! Hast du eigentlich mein linkes Handgelenk schon angesehen? Völlig blau und mit Druckstellen übersät! Dein Werk von gestern! Hier, schau es dir an! Nur fällt dir so etwas nicht auf! Meinst du eigentlich, ich bin aus Stahl und empfinde keine Schmerzen? Was erwartest du eigentlich noch alles von mir? Das ich jede Art Schikane von dir schweigsam hinnehme? Was willst du mir noch alles zumuten und erteilen? Deine Lektion kannst du dir sonst wohin stecken!", brüllte ich zurück und schlug weiter auf ihn ein.

Er hatte Probleme mich in den Griff zu bekommen und innerlich grinste ich vor mich hin, obwohl mir zum Heulen zumute war. Plötzlich lag er über mir und versuchte mich zu küssen. Ich wehrte mich wie eine Furie. Ich kratzte, biss und schlug wild und ziellos um mich.

Hassan musste einiges einstecken und dann riss ihm wohl der Geduldsfaden. Mit einer Geschwindigkeit, die ich ihm nicht zugetraut hätte, drehte er mich in Bauchlage, klemmte meine Beine zwischen seine und schob den Bademantel nach oben.

„So du Teufel, nun mach dich schon mal bereit für deine Lektion! Du hattest deine Chance und mir reicht es jetzt! Ich hätte dies bereits schon viel früher tun sollen! Entspann dich, dann schmerzt es nicht so", gab er mir den Ratschlag.

Ich ahnte, was er bezweckte.

„Wenn du nicht willst, dass ich dich auf ewig hasse, tu es nicht!", brüllte ich ihn an.

Hassan lachte und schlug ohne Vorwarnung zu.

Ich schrie auf und vergrub mein Gesicht in eines der Kissen. Ich konnte mich nicht wehren, versuchte mein Hinterteil mit meinen Händen zu schützen, was von Hassan vereitelt wurde, da er den Gürtel aus meinem Bademantel zog und mir diese damit auf dem Rücken fesselte. Gnadenlos versohlte er mir den Hintern. Ich bekam keine Luft mehr, da mein Gesicht in den Kissen versunken war.

Keuchend schnappte ich verzweifelt danach und bei jedem Schlag von Hassan, biss ich mir auf die Lippen, bis ich Blut schmeckte.

„Hassan hör auf, ich bekomme keine Luft mehr!", rief ich mit erstickter Stimme.

Ich war mir sicher, dass ich die nächsten vierzehn Tage nicht schmerzfrei sitzen konnte. Sicher war mein verlängertes Rückenteil jetzt schon blau.

Irgendwann hörte Hassan auf, löste diesen Gürtel von meinen Händen, zog meinen Bademantel zurück und gab meine Beine frei.

„Ich hoffe, es ist dir jetzt eine Lehre! Falls du nicht vernünftig wirst, kann ich dir eine Wiederholung versprechen, Lilith!"

Meine Arme schmerzten, mein Hinterteil brannte wie Feuer und ich zitterte vor Wut am ganzen Körper.

Wortlos rutschte ich kniend von der Couch und stand auf, ohne Hassan eines Blickes zu würdigen. Ich nahm meinen Laptop vom Tisch.

Langsam drehte ich mich um, blickte ihn an und sah, dass er erschrak.

„Lilith, deine Lippen bluten! Dies war allerdings nicht beabsichtigt! Hast du arge Schmerzen?"

Ich ging auf seine Bemerkung nicht ein.

Durchdringend blickte ich ihn an.

„Hassan, ich hätte gerne mein Handy samt Zubehör. Ich denke, du hast es nach dem Unfall von mir, im Felsendorf an dich genommen."

Er nickte, stand auf, öffnete die Schreitischschublade und überreichte mir alles.

„Danke!", gab ich von mir.

Unsere Blicke kreuzten sich für den Augenblick und dann wandte ich mich zum Gehen.

Die Tür seines Büros fiel hinter mir geräuschvoll ins Schloss und ich zuckte zusammen.

Heulend machte ich mich langsam auf den Weg in die Küche, wo ich auf Tareq traf, der mich mehr als erschrocken anstarrte.

„Bei Allah, was ist passiert, Lilith? Du bist ja komplett in Tränen aufgelöst. Was ist mit deinen Lippen?"

„Frag einfach Hassan! Ich wurde noch nie in meinem Leben so gedemütigt wie heute und ich hab schon viel ertragen. Tareq, würdest du mir bitte einige Eiswürfel zum Kühlen meiner Kehrseite zurechtmachen? Frag nicht nach dem warum, sondern tu es! Ich danke dir! Wo sind die Plastiktaschen? Ich möchte noch drei Flaschen Wein mit nach oben nehmen! Ach und die nächsten vierzehn Tage würde ich mein Essen gerne ebenfalls in meinen Räumen zu mir nehmen. Liegend! Solange werde ich benötigen, um wieder sitzen zu können. Einfach irgendwo abstellen und ich hole es mir dann."

Tareq schüttelte verwundert den Kopf und reichte mir die gewünschten Sachen. Ich steckte den Laptop und mein Handy dazu und machte mich auf den Rückweg in meine Räume. Erleichtert, dass ich Hassan nicht über den Weg gelaufen war, stellte ich alles in meinem Wohnzimmer ab.

Ich wollte meine geschundene Seite etwas kühlen und machte mich auf den Weg in den Pool.

Jede Berührung mit meiner Kehrseite, schlug sich in Schmerzwellen um. Selbst im Wasser spürte ich noch die Auswirkungen und hatte das Gefühl, dass es noch schlimmer geworden war. Ich verließ den Pool in dem Moment, als Hassan auftauchte. Schnell griff ich nach meinem Bademantel, streifte ihn über und verschwand so schnell ich konnte ins Wohnzimmer. Ich schnappte die Tüte, machte mich auf den Weg ins Schlafzimmer und schloss die Tür ab. Erleichtert setzte ich mich auf mein Bett, um schreiend wieder hochzuschießen. An den Umstand, dass ich die nächste Zeit nicht so ohne weiteres sitzen konnte, musste ich mich gewöhnen.

Wütend auf Hassan, nahm ich eine Flasche Rotwein aus der Tüte, öffnete sie und trank in riesigen Zügen. Vielleicht betäubte der Alkohol wenigstens etwas meine Schmerzen. Ich legte mich hin, drehte mich zur Seite und deckte mich leicht zu. Den Versuch, mir ein Kleidungsstück überziehen zu wollen, verwarf ich.

Nach einer Stunde hatte ich soviel Rotwein intus, dass ich komplett besoffen war und einschlief.

Hassan saß an seinem Schreibtisch, erledigte wichtige Gespräche und wollte sich später um Lilith kümmern. Ihm war klar geworden, dass er sie nach all den

Vorkommnissen viel zu hart behandelt hatte. Er stand auf und eilte in die Küche.

„Hallo Tareq, hast du Lilith gesehen?"

Dieser schaute Hassan lange an.

„Ja! Was in Allahs Namen, hast du ihr wieder angetan? Sie heulte wie ein Schlosshund, konnte sich fast nicht bewegen, geschweige setzen. Sie hat sich tütenweise Eiswürfel von mir geben lassen und sich drei Flaschen Rotwein geschnappt. Ich habe die Order bekommen, ab sofort ihr Essen nach oben zu bringen und vor die Tür zu stellen. Sie meinte außerdem… *ich wurde noch nie in meinem Leben so gedemütigt wie heute und ich habe schon viel ertragen.* Ich frage dich noch einmal, was hast du mit ihr gemacht? Sie steht vollkommen neben sich und verliert gerade ihren Halt. Ich denke, sie wird sich sinnlos besaufen, denn für was benötigt sie sonst den Rotwein?"

„Ich sehe schnell nach ihr und dann erzähle ich dir, was vorgefallen ist. Bis gleich."

Hassan nahm zwei Stufen auf einmal und eilte nach oben in die Räume von Lilith.

Tareqs Erklärung hatte ihn nachdenklich gemacht. Er kam gerade dazu, wie Lilith den Pool verließ und sich schnellstens verkrümelte, als sie ihn erblickte.

Er respektierte, dass sie ihn im Moment nicht sehen wollte und ging zu Tareq zurück. Mit kurzen Worten erklärte er ihm was vorgefallen war. Dieser schüttelte den Kopf.

„Hassan, du verscherzt es dir immer mehr mit Lilith! Ich frage mich immer wieder, was mit dir zurzeit nicht stimmt! Lilith hat auf Nachfrage von mir, was sie da an der linken Hand für blaue Flecken hat erklärt, dass du sie gestern ziemlich roh behandelt hast. Hassan, du bist Lilith einiges schuldig und das solltest du in keiner

Weise vergessen. Hör endlich auf damit, denn wenn sie dich verlassen wollte, wäre sie hier nicht vor Ort geblieben. Sie wollte, dass sie gefunden wird, denn sie liebt dich bedingungslos! Bist du wirklich so blind? Lilith hat das Ende der Fahnenstange erreicht und ist am Abstürzen. Es wird durch dein Verhalten noch begünstigt, denn du versetzt ihr dauerhaft den Stoß dazu. Sie ist im steilen Freiflug nach unten und wird gnadenlos aufklatschen, da niemand da ist, der sie auffängt. Ich bereite jetzt das Mittagessen vor, bringe es ihr nach oben und hoffe, dass sie es zu sich nimmt. Ach und noch ein guter Ratschlag! Hör endlich damit auf ihren Willen brechen zu wollen! Du wirst es nicht schaffen, denn du spielst nicht in ihrer Liga!"

„Harte Ansage! Was soll ich tun Tareq?"

„Finde es selbst heraus, Hassan!"

„Das werde ich! Für mich fällt heute Mittagessen aus! Ich fahre mit der Geländemaschine etwas herum, um meinen Kopf frei zu bekommen. Bis später!"

„Geht klar, Hassan! Pass auf dich auf!"

Hassan eilte in sein Schlafzimmer, holte aus seinem Schrank die Motorradkluft und zog sich um.

Wie gerne hätte, er jetzt Lilith an seiner Seite gehabt.

Er verschwand in die Garage und düste einfach los.

Nach einer Stunde traf er an der Oase ein, nahm seinen Helm ab, erfrischte sich etwas und setzte sich in den Sand.

Gedankenverloren blickte er eine zeitlang in die Ferne.

Die Stille tat ihm gut und er verstand plötzlich Lilith, die es so oft in die Wüste zur Meditation zog.

Hier hatte alles mit Lilith angefangen und wo würde es enden, fragte er sich. Sie hatte ihm zwei wunderbare Kinder geschenkt und mehr als Respekt verdient.

Tareq hatte vollkommen recht, mit dem was er sagte.

Er sah Lilith jetzt mit anderen Augen und hoffte, dass sie ihm verzeihen konnte.

Es dämmerte bereits, als er zurückfuhr.

Tareq erwartete ihn bereits und war völlig aus dem Häuschen.

„Endlich, Hassan! Ich glaube mit Lilith stimmt etwas ganz und gar nicht! Sie hat weder zu Mittag noch zu Abend gegessen. Beide Teller stehen noch immer unberührt vor ihrem Zimmer. Auf klopfen reagiert sie nicht und die Tür ist abgeschlossen."

„Verdammt! Sie ist sicher wieder sternhagelvoll. Bleib hier, ich sehe nach ihr und melde mich dann!"

Hassan stürmte nach oben und klopfte mehrmals an die Tür von Lilith. Nichts rührte sich.

„Lilith! Öffne die verdammte Tür oder ich breche sie auf!"

Zwecklos!

Hassan machte kurzen Prozess und trat die Tür ein, die mit lautem Krachen an die Wand flog.

Gezielt eilte er zum Bett, in dem Lilith nackt auf dem Bauch lag. Sein Blick glitt an ihrem Rücken entlang und dann sah er die Ausmaße seiner Aktion gegen sie.

Seine Schläge hatten riesige blaue Flecken auf ihrer Kehrseite hinterlassen. Was hatte er nur getan.

Vorsichtig tippte er Lilith an, die kurz aufstöhnte.

Hassan atmete erleichtert auf, deckte sie zu und grinste vor sich hin.

In ihrer Haut wollte er morgen früh nicht stecken. Sie würde sicher einen Hammerschädel haben.

Er entnahm aus der Tüte die abgepackten Eiswürfel und legte sie Lilith vorsichtig aufs Hinterteil, damit die Schwellung etwas zurückging. Sie stöhnte erneut auf, brabbelte etwas vor sich hin und schlief weiter.

Vorsichtig drückte er ihr einen Kuss auf die Stirn und

ging nach unten, um Tareq Bericht zu erstatten.

„Bei Allah, Hassan! Ich hatte schon die schlimmsten Befürchtungen."

„Ganz ehrlich Tareq, ich auch. Zum Glück ist sie nur stockbesoffen. Ich gehe jetzt noch eine Runde im Pool schwimmen und schlaf dann in ihrem Wohnzimmer. Wir sehen uns morgen früh. Könntest du eventuell ein Katerfrühstück für sie vorbereiten?"

„Geht klar, Hassan!", gab er lachend zurück.

Hassan eilte erneut nach oben, zog sich aus, stieg in den Pool, drehte ein paar Runden und legte sich dann auf die Couch in Liliths Wohnzimmer. Vorsorglich ließ er dir Tür offen.

Mein Erwachen war grausam.

Ganz vorsichtig setzte ich mich stöhnend auf.

Ich hatte mich gestern so mit Alkohol abgeschossen, dass ich das Gefühl hatte, mein Kopf explodierte und mein Hinterteil schmerzte höllisch.

Mein Blick fiel auf die Tür, die irgendjemand mit Gewalt aufgebrochen hatte.

Sicher war das Hassan gewesen. Er schien mich auch zugedeckt und mir die Eiswürfel zur Kühlung auf meine Kehrseite gelegt zu haben.

Ich war etwas verwirrt über seine Hilfsbereitschaft, stand auf und zog mir einen Bademantel über.

Plötzlich wurde mir kotzübel. Ich rannte ins Bad, kniete mich vor die Toilette und übergab mich mehr als heftig.

So eine Reaktion hatte ich das letzte Mal, bei der Schwangerschaft mit den Zwillingen, schoss es mir durch den Kopf.

Würgend und gleichzeitig nach Luft schnappend hing ich über der Toilettenschüssel.

Nach gefühlten zehn Minuten beruhigte sich mein Magen endlich.

Erschöpft lehnte ich mich gegen die Fliesen, trotz der Schmerzen und atmete tief durch.

„Lilith? Geht es dir gut? Kann ich dir helfen?"

Ich zuckte sichtlich zusammen, als ich von Hassan angesprochen wurde.

Mit aufgerissenen Augen blickte ich ihn an.

„Verschwinde und lass mich zufrieden! Du siehst doch, wie es mir geht! Nein, du kannst mir nicht helfen und selbst wenn du der letzte Mensch auf diesem Planeten wärst, würde ich von dir bestimmt nichts annehmen! Du hast mir gestern schon geholfen, indem du mich verprügelt hast!"

Ich regte mich so auf, dass ich mich erneut übergeben musste. Danach putzte ich mir die Zähne, um diesen ekligen Geschmack los zu werden und erschrak als ich in den Spiegel sah.

Leichenblass und mit völlig zerzausten Haaren, blickte ich mir entgegen.

Hassan lachte und kam auf mich zu.

Abwehrend streckte ich ihm meine Hände entgegen.

„Bleib mir von der Pelle du mieser Schläger! Ich hoffe du bist über deinen Erfolg stolz. Du wirst nie meinen Willen brechen! Im Gegenteil, denn deine Aktionen machen mich nur stärker! Merk dir nur eines….*Macht ist immer lieblos. Liebe niemals machtlos. Es gibt ein altes arabisches Sprichwort… wenn die Liebe ruft, folge ihr, sind auch ihre Wege schwer und steil.* Das müsstest du kennen!"

„Darf ich davon ausgehen, dass du mich noch liebst?"

Ich blieb ihm eine Antwort schuldig und wollte das Bad verlassen.

Hassan versperrte mir den Weg und stellte sich in den Türrahmen der Badezimmertür.

Ein vorbeikommen war unmöglich.

Was hatte er nun wieder vor.

„Hassan ich bitte dich, lass mich vorbei. Mein Körper befindet sich im Ausnahmezustand."

„Selbst schuld, wenn man soviel säuft! Du als Dämon, steckst dies doch locker weg!"

Ich blickte ihn flehend an.

„Bitte, lass mich durch! Ich stecke das als Dämon auch nicht so leicht weg. Außerdem möchte ich mich nicht mit dir streiten. Weder verbal noch körperlich. Ich bin fix und fertig und muss mich noch etwas hinlegen. Wir können später gerne reden, aber nicht jetzt!"

Hassan reagierte nicht und blieb stehen.

Mein Zustand wurde immer schlimmer. Ich fror, mir wurde wieder übel, ich fing das Zittern an, mein Kopf dröhnte und mir wurde urplötzlich schwindlig. Alles drehte sich und ich griff nach Halt suchend um mich. Meine Beine versagten mir den Dienst und dann fiel ich gegen Hassan, der mich auffing.

„Lilith! Bei Allah! Verdammt, so sag doch etwas!"

Ich bekam nur am Rande mit, wie er meinen Namen rief, mich schüttelte und dann hochnahm.

Schmerzerfüllt schrie ich auf, denn meine Kehrseite machte sich bemerkbar.

„Hassan, du tust mir schon wieder weh! Jedes Mal, wenn ich auf dich treffe, geht es für mich schmerzhaft aus", gab ich noch von mir, bevor mir schwarz vor Augen wurde.

Hassan fing Lilith auf und nahm sie hoch. Kurz darauf wurde sie ohnmächtig.

Er machte sich auf den Weg nach unten, als Tareq ihm mit dem Frühstück auf der Treppe begegnete.

„Hassan, was ist denn nun schon wieder passiert?"

„Lilith hat sich mehrfach übergeben und ist dann von einer Sekunde zur anderen zusammengeklappt. Bitte bring ihr Frühstück in mein Büro. Ich nehme sie jetzt mit in mein Schlafzimmer, wo sie vorerst verbleibt und dann werde ich Mike anrufen, damit er nach ihr sieht. Ich komme dann nach unten, um ebenfalls zu frühstücken."

Tareq nickte und verschwand.

Hassan legte Lilith sehr behutsam auf seinem Bett ab, drehte sie in Bauchlage und setzte sich mit Mike in Verbindung. Im Telegramstil erklärte er, was passiert war und Mike versprach, dass er sich beeilte.

Völlig entnervt machte er sich auf den Weg in die Küche, wo er bereits von Tareq erwartet wurde, der ihm eine große Tasse Kaffee zuschob.

Hassan nickte und bedankte sich.

„Wie soll es jetzt weitergehen, Hassan? Liliths Nerven halten das nicht mehr lange durch! Sie hat sich seitdem sie sich hier aufhält, nicht ein einziges Mal nach den Kindern erkundigt. Entweder will sie keinesfalls mit dir darüber reden oder sie verdrängt alles. Irgendetwas geht in ihr vor und ich denke es geht um *Petra*."

Hassan guckte erstaunt hoch.

„Tareq, du weißt von *Petra* und um was es da geht?"

„Ja, Hassan! Lilith hat mit mir gleich von Anfang an ein Gespräch geführt, um was es geht. Fast jeder hielt sie für verrückt, wegen der Djinn. Hast du jemals schon mit ihr über diese Geschichte intensiv geredet? Sie ist Ifrit, dem Oberboss der Djinn begegnet und hat mit ihm einen Deal. Erfüllt sie diesen nicht, wird sie mehr oder weniger in einer anderen Zeitdimension für immer gefangen bleiben. Vielleicht ist das auch der Grund, dass sie sich so verhält. Ich denke sie bereitet sich auf etwas Großes und gefährliches vor."

„Deshalb also meinte Dschinn, dass es besser sei, Lilith sollte bei ihnen leben. Jetzt verstehe ich und es macht alles irgendwie Sinn. Anscheinend vertraut sie Außenstehenden mehr als mir!"

Tareq lachte.

„Kein Wunder, Hassan! Denk einfach nach, warum das so ist! Inzwischen hat sich herausgestellt, dass sie mit den Djinn recht hatte und du hast ihren bereits schon gesehen. Was wird aus ihrer Wohnung in der Innenstadt, in der sie sich die ganzen letzten Monate aufhielt?"

Hassan verschluckte sich an seinem Kaffee.

„Sie hat eine Wohnung in der Innenstadt? Du hast davon gewusst, wo sie sich aufhielt und hast es mit keinem Wort erwähnt, während wir wie verrückt nach ihr suchten?"

„Ja! Ich war immer informiert. Außerdem hat mich keiner gefragt und ich hatte ihr fest versprochen, den Mund zu halten."

„Das ist echt harter Tobak! Was für Überraschungen kommen denn noch ans Tageslicht? Ich sollte mit ihr ein sehr intensives Gespräch führen!"

„Solltest du! Mach ihr keine Vorwürfe, denn die wären falsch am Platz!"

Hassan schluckte, stöhnte, hielt sich die Hände vors Gesicht und unterdrückte die aufkommenden Tränen. Er war selbst erstaunt über diese Gefühlsregung, die er so von sich nicht kannte.

„Mein Gott, was bin ich nur für ein Idiot. Ich habe Lilith wirklich nicht verdient!"

„Welch wahre Worte, Hassan!", erklang es hinter ihm.

Mike betrat gerade die Küche und hatte einen Teil des Gespräches mitbekommen.

Hassan drehte sich um wischte sich über die Augen.

„Hallo, Mike! Schön das du kommen konntest!"
„Kein Problem und für Lilith geh ich sogar durch die Hölle! Was ist eigentlich passiert? Du hast mir nur im Telegrammstil erklärt, was vorgefallen ist. Wo ist sie?"
„Oben in meinem Schlafzimmer! Setz dich und ich werde dir alles bis ins kleinste Detail erzählen."
Nachdem er Mike alles präsentiert hatte, schüttelte dieser mit dem Kopf.
„Sei froh, dass du nicht in Deutschland lebst, denn da würdest du nach solchen Aktionen schon längst im Knast sitzen Hassan, reiß dich endlich zusammen! Ich dachte eigentlich, dass du und Lilith gut harmonieren. Anscheinend ist dies nicht der Fall! Ich sag dir jetzt was! Legst du nochmals Hand an Lilith, lernst du mich von einer anderen Seite kennen! Sie hat genug mit deinem Vorgänger durchgemacht. Lass uns jetzt nach ihr sehen!"
Hassan nickte, stand auf und Mike folgte ihm und wich erschrocken zurück, als er Lilith so liegen sah. Vorsichtig drehte er sie um, damit sie nicht aufwachte.
„Holla, die Waldfee! Lilith mit schwarzen Haaren! Welch Anblick! Sie wird immer hübscher! Du weißt ja gar nicht, was für einen Rohdiamanten du hier liegen hast! Unglaublich! Versuche auf keinen Fall an ihr herumzuschleifen, sonst verliert sie an Wert! Was sind das für blaue Flecken an ihrer linken Hand? Davon hast du nichts erwähnt. Anscheinend warst du wieder grob zu ihr. Hassan hör auf damit! Ihren verlängerten Rücken werde ich mir nicht angucken, weil ich mir denken kann wie er aussieht. Solange ich Lilith kenne, habe ich sie noch nie in einem unverletzten Zustand gesehen und das gibt mir als Arzt langsam zu denken. Ich schäme mich manchmal ein Mann zu sein, wenn ich so etwas sehe. Gewalt gegen Frauen geht gar nicht,

egal wie sie emotional reagieren. Sie sind kein Stück Vieh, dass man an den Strick nimmt, sonder eher eine Bereicherung, da sie den Fortbestand der Menschheit gewähren. So genug gefaselt und philosophiert. Also, Lilith leidet noch unter den Auswirkungen ihres Saufgelages. Nichts von Bedeutung und sie hat keine Alkoholvergiftung. Ich gebe ihr allerdings eine Spritze, die sie ein paar Tage durchschlafen lässt und zeitgleich ihre Schmerzen etwas lindert. Du musst nur ab und zu nach ihr sehen, dass ist alles. Irgendwann wird sie von alleine wieder aufwachen. Ich denke, sie benötigt diese Auszeit Lass sie einfach in Ruhe. Falls etwas ist, ruf mich an!"

„Danke, Mike!"

„Ach, Hassan! Du solltest dir selbst ein paar Tage Ruhe gönnen, denn du siehst auch nicht gut aus. Ein Patient reicht mir! Wer kümmert sich eigentlich um Liliths Appartement in der Stadt, solange sie nicht dort ist?"

Hassan starrte Mike erstaunt an.

„Du hast ebenfalls von ihrer Wohnung gewusst und wo sie sich aufhielt?"

„Ja, Hassan! Ich besitze sogar einen Zweitschlüssel, denn ich war für die Nachversorgung von Liliths Bein zuständig. Sie hatte auf eigene Verantwortung das Krankenhaus vor Monaten verlassen, trotz heftiger Beschwerden beim Gehen. Man musste sie deshalb eine Woche länger behalten. Der Arzt befürchtete, dass ihre Schlagader wieder reißt und sie innerlich verblutet."

„Ich verstehe! So war ich wohl der Einzige, der von nichts wusste. Das ist gerade wie ein heftiger Schlag ins Gesicht. Soviel zu Liliths Vertrauen in mich."

Mike schaute ihn an.

„Wundert dich das, Hassan? Ich denke du hast die Antwort selbst parat."

„Würdest du mich zu ihrem Appartement bringen, ich kümmere mich persönlich darum. Außerdem habe ich meine frühere Nanny für die Kids eingestellt, sie befinden sich zurzeit bei ihr. Wenn du mir vielleicht den Schlüssel überlässt, könnte sie dort mit ihnen einziehen. Ich regle das später mit Lilith!"

Mike nickte und versprach ihn morgen mitzunehmen.

Hassan war sehr erstaunt, als er Liliths heimliche Wohnung betrat. Sie hatte sich ein kleines Reich, wie aus tausendundeiner Nacht geschaffen. Die Räume waren mit sehr viel Liebe zum Detail eingerichtet. Er blickte sich erstaunt um. Im weiteren Verlauf fand er auch eine kleine abgetrennte Wohnung vor.

Eingerichtet für vier Kinder und einem Extraraum für eine Nanny.

Lilith hatte die Kinder doch nicht vergessen und sehr liebevoll vorgesorgt.

Hassan schluckte und brach fast in Tränen aus.

Mike klopfte ihm auf den Rücken.

„Alles okay alter Freund? Immer noch am Zweifeln, ob Lilith dich und die Kinder liebt? Ich denke nicht, denn die Wohnung spricht für sich! Außerdem hatte ich ein langes Gespräch mit Lilith. Als Arzt bin ich zur Schweigepflicht verdonnert. Ich sag nur eines… fang an, sie mit anderen Augen zu sehen!"

Hassan nickte.

„Ich habe genug gesehen, Mike! Bring mich zurück!"

Es waren bereits vier Tage vergangen und Lilith wurde immer noch nicht wach. Hassan wurde unruhig und rief Mike an.

„Keine Panik, Hassan! Alles im grünen Bereich! Sie wird spätestens morgen aufwachen, weil dann die Substanz nachlässt. Am Anfang wird sie sich eigenartig benehmen, aber das ist normal und lässt innerhalb von Stunden nach."

„Ich lass mich überraschen, Mike! Muss ich etwas bei ihr beachten?"

„Nein! Sie wird allerdings tierischen Hunger haben! Tareq könnte ihr Lieblingsessen vorbereiten! Eine Bitte hätte ich an dich ......geh sanft mit ihr um, denn sie hat es nicht einfach und nach dieser Spritze könnte sie etwas überdreht reagieren. Also, mach dich auf alles gefasst und bleib ruhig."

„Solange sie mich nicht wieder verprügeln will, habe ich mir geschworen, sie zu verwöhnen. Ich repariere morgen ihre Schlafzimmertür, um die Privatsphäre von ihr zu gewährleisten und dann sehen wir weiter."

Tareq freute sich, für Lilith endlich wieder kochen zu dürfen.

Hassan legte sein Werkzeug bereit, schwamm noch ein paar Runden und erledigte danach noch einige angefallenen Aufträge. Er war gespannt, wie Lilith morgen auf ihn reagieren würde.

Nach dem Abendessen, das er diesmal gemeinsam mit Mike und Tareq einnahm, ließ er sich noch ein paar Ratschläge für Lilith geben.

„Was war eigentlich in der Spritze?"

Mike grinste.

„Eine kleine Spezialmischung und genau dosiert, damit nichts passiert und sie nicht abhängig wird. Wirkt wahre Wunder und ist auch im Krankenhaus sehr beliebt. Cannabis!"

Hassan stöhnte auf.

„Na, Dankeschön! Erst eine extrem streitsüchtige und

schlagkräftige Lilith und nun eine verwirrte und völlig zugedröhnte. Kann ja lustig werden. Mir bleibt nichts erspart."

Mike und Tareq lachten.

„Du schaffst das schon, Hassan", gab Mike von sich und klopfte ihm auf die Schultern.

Kurz vor Mitternacht löste sich die Runde auf.

Hassan nächtigte diesmal in ihrem Schlafzimmer, um morgen früh sofort mit der Reparatur zu beginnen.

Extrem gut ausgeschlafen wachte ich auf und fühlte mich topfit. Ich gähnte und streckte mich genussvoll, setzte mich auf und verspürte komischerweise keine Schmerzen mehr.

Hassan hatte mich, nachdem ich umgekippt war, in seinem Bett schlafen lassen.

Ich gähnte noch ein paar Mal und machte mich auf den Weg in die Küche, wo ich auf Tareq traf.

„Guten Morgen, Lilith! Schön das du endlich nach vier Tagen Tiefschlaf aufgewacht bist! Scheint dir gut getan zu haben! Ich bereite dir gleich dein Frühstück zu und benötige noch ein wenig Zeit. Geh dich doch noch eine Runde im Pool erfrischen. Hassan hat auch noch nicht gefrühstückt."

„Ihr könnt mir später erzählen, was passiert ist. Wo ist er eigentlich, Tareq?"

„Er repariert deine Tür!"

„Okay, ich geh mal nach oben, mich frisch machen. Bis später!"

Zwei Stufen auf einmal nehmend, eilte ich hoch und riss die Tür auf.

Hassan war nirgends zu sehen und ich war ein wenig enttäuscht.

Ich putzte mir die Zähne, lief zurück in die Dusche

und entledigte mich meines Bademantels.

Schnell hatte ich mich erfrischt.

Herrlich!

Mir kamen ein paar Runden im Pool gerade recht und ich stieg die Stufen hinunter, als ich Hassan erblickte. Er lehnte am Türrahmen meines Schlafraumes und beobachtete mich heimlich. Ich tat so, als wenn ich ihn nicht sah, stieg nach ein paar Runden aus dem Pool, griff mir ein Handtuch und rubbelte damit mein Haar trocken.

Mit aufreizenden Schritten stolzierte ich in Richtung meines Raumes.

Ich übersah ihn mit Absicht, öffnete meinen Schrank, griff mir frische Unterwäsche und drehte mich ganz langsam zu ihm um.

Hassan stand in Boxershorts vor mir und starrte mich intensiv an. Ich hielt seinem Blick stand und wäre ihm am liebsten um den Hals gefallen.

Langsam schritt ich auf ihn zu und stolperte über eines seiner herumliegenden Werkzeuge.

„Ups!", gab ich von mir.

Er reagierte sofort und sprang auf mich zu.

„Vorsicht, Lilith! Fall nicht über den Hammer. Du scheinst wirklich noch etwas verwirrt zu sein, so wie Mike es prophezeit hatte!", gab er von sich und hielt mich am Arm fest.

Liliths Nacktheit brachte ihn etwas aus dem Konzept und er holte tief Luft. Am liebsten hätte er sie in seine Arme genommen und auf seine Art verwöhnt.

Unbewusst kam ihm Lilith mit einer Frage entgegen.

„Hassan, würdest du mir bitte den Rücken mit meiner Zimtcreme einreiben?"

Ich legte mich aufs Bett in Bauchlage und Hassan setzte sich über mich. Als er mich mit seinen Händen berührte und die Creme verteilte, fiel mir erneut auf, dass er unwahrscheinlich zarte Hände hatte.

Mein Herzschlag erhöhte sich und ich musste an mich halten, um ihn nicht anzuspringen.

„So, fertig! Auf dein Hinterteil hau ich diesmal nicht, sonst erschlägst du mich", gab er lachend von sich.

Ich drehte mich um und starrte ihn herausfordernd an.

Hassan taxierte mich von oben bis unten. Grinsend strich er mir die Haare aus dem Gesicht und drückte mir einen Kuss auf den Mund. Ich zuckte zusammen.

„Lilith, du siehst nicht nur geil aus, du bist es auch! Deine Brustwarzen stehen mal wieder und dein Blick sagt alles. Außerdem kann ich deine Halsschlagader pulsieren sehen. Kann es sein, dass du scharf auf mich bist? Vergiss es, denn ich werde dich nicht anrühren, außer du bittest mich darum."

Ich ging auf seine Bemerkung nicht ein und schob ihn von mir.

„Danke Hassan, fürs einreiben! Bekommst du meine Türe heute noch fertig? Falls nicht, kein Problem. Du kannst weiterarbeiten, während ich mich anziehe."

Wortlos stieg er von mir herunter und werkelte an meiner Tür weiter.

Zweimal klopfte er sich mit dem Hammer auf den Daumen und fluchte wie ein Pferdekutscher.

„Brauchst du Hilfe? Soll ich blasen?", fragte ich und lachte.

Hassan drehte sich um.

„Jetzt nicht, Lilith! Heb dir das für später auf!", meinte er zweideutig trocken.

„Idiot!", gab ich zurück und fönte meine Haare.

Hassan stand mit dem Rücken zu mir und ich konnte sein Muskelspiel sehen, als er die schwere Tür in die Angeln einsetzte.

Ich konnte nicht widerstehen, stand auf und stellte mich hinter ihn.

Hassan erschrak, als ich ihm über den Rücken strich und ihn dann umarmte.

„Lilith, was wird das? Was hast du vor?"

Ich lachte und steckte eine Hand in seine Boxershorts.

„Ganz einfach! Ich wollte deine Schlange etwas an die frische Luft locken! Ich wüsste da ein Feuchtbiotop, wo sie etwas spielen könnte und sie wäre bestimmt nicht abgeneigt!"

Hassan nahm meine Hand aus seiner Hose, drehte sich ganz langsam zu mir um und fing das Lachen an.

„Lilith?! Kann es sein, dass dir die Spritze von Mike nicht bekommen ist? Anscheinend Nachwirkungen!"

„Spielverderber! Ich dachte mir nur, dass es schade wäre, wenn sie verkümmert! Nun gut, wer nicht will der hat schon! Beschwer dich aber nicht, wenn du dauerhaft wieder *fünf gegen Willi* spielen musst! Ich geh dann mal frühstücken", gab ich von mir und wollte an ihm vorbeihuschen.

Hassan griff nach mir und zog mich an sich.

„Du kleines, versautes Biest! Bleib hier! Anmachen und stehen lassen gilt nicht! Ich habe Rücksprache mit meiner Schlange gehalten und sie ist nicht abgeneigt. Ein bisschen frische Luft kann nicht schaden. Sie ist in den letzten Monaten etwas vernachlässigt worden und so ein Feuchtbiotop kann sicherlich Wunder bewirken. Ich würde einen Spaziergang mit ihr nach dem Frühstück vorschlagen. Was meinst du?", fragte er mich und grinste anzüglich.

„Gute Idee! Also, lass uns beide frühstücken! Ich freu mich schon!", erklärte ich.

Hassan ergriff meine Hand und eilte mit mir nach unten. Vor seinem Schlafzimmer stoppte er kurz und bat mich zu warten.

Minuten später kam er mit Jogginghose bekleidet zu mir. Ich guckte erstaunt.

„Du und Jogginghose? Ist ja mal was ganz neues und ungewohnt! Der Neid muss es dir allerdings lassen, denn du siehst gut damit aus. Vor allem mit nackten Oberkörper", gab ich von mir.

„Danke, Teufelchen! Ich dachte diese Teile sind etwas praktischer, wenn ich mit dir in die Wüste joggen gehe! Jetzt aber ab zum Frühstücken!"

Tareq erwartete uns bereits und schenkte Kaffee ein. Ich hatte tierischen Hunger und griff fleißig zu.

Hassan schaute mich erstaunt an.

„Bei Allah, schlimmer als eine gefräßige Schlange! Stopf nicht so, Lilith! Denk daran wir haben noch einiges vor!

„Auf das Thema gefräßige Schlange, geh ich jetzt nicht näher ein. Ich muss die vier verlorenen Tage aufholen in der ich mich ohne Nahrungszufuhr befand. Ich bin ja schon fertig!", grinste ich.

Hassan stand auf, nahm zwei Flaschen Bier und machte sich auf den Weg nach oben. Kurz blieb er stehen und blickte Lilith an.

„Was ist? Kommst du mit? Unser Haustier wartet auf einen Kurztrip ins Feuchtbiotop!"

„Haustier? Welches Haustier? Seit wann haben wir hier ein Haustier und welches Feuchtbiotop? Habe ich irgendetwas verpasst?", fragte Tareq nach.

Ich nahm gerade den letzten Schluck Kaffee zu mir, den ich nach dieser Ansage prustend wieder von mir gab und merkte, wie ich feuerrot im Gesicht wurde.

„Ja, haben wir! Eine Schlange, die Lilith gerne etwas spazieren führen möchte! Damit das Biotop nicht völlig austrocknet, wird es von innen bewässert! Somit bleibt das Umfeld feucht!", gab er zwinkert an Tareq weiter.

Tareq runzelte die Stirn und brach dann in schallendes Gelächter aus.

„Ahhh, verstehe. Nun, dann wünsche ich dir viel Spaß mit dem Untier, Lilith. Einen guten Ratschlag geb ich dir noch mit….nicht so arg würgen, sonst wirst du wieder gebissen oder sie übergibt sich!"

Ich stöhnte und schlug die Hände vor mein Gesicht.

„War mir schon klar, dass ihr Typen dieses Thema wieder ausschlachten müsst!"

„Nun komm schon Lilith, sonst macht sie schlapp."

„Hassan!", brachte ich nur heraus und blieb sitzen.

Dieser kam auf mich zu, stellte die Flaschen auf den Tisch, zog mich hoch und legte mich vorsichtig über seine Schulter.

„So, du Früchtchen! Halt still, dass du nicht abstürzt. Ich muss noch die Flaschen mitnehmen."

„Vorschlag, Hassan! Ich halte die Flaschen und du hältst mich. So kommen wir gemeinsam unbeschädigt oben an."

Er lachte, steckte mir die Flaschen zu, hielt meine Beine fest und stiefelte los.

Nachdem er mich auf seinem Bett abgesetzt hatte, ging es ziemlich schnell und heftig zur Sache.

Wir waren beide nach all den Monaten ausgehungert, was Sex anbetraf und fielen übereinander her. Ich entdeckte einige neue Züge an Hassan, die mir vorher nicht aufgefallen waren und während unseres langen, intensiven Liebesspiels trickste er mich aus und verpasste mir Handschellen. Dies geschah so schnell, dass ich nicht sofort regieren konnte.

 Ich stutzte.

„Was ist los, Lilith? Öfter mal etwas Neues!"

„Hassan, was soll das? Mach mich sofort los! Ich steh nicht auf Fifthy Shades of Grey, auch wenn ich mit Nachnamen so heiße! Keine Fesselspielchen mit mir!"
„Warum? Ein kleiner Anreiz ist doch nicht abzuweisen in Sachen Sex! Oder?"
Ich geriet in Panik und hyperventilierte.
„Verdammt mach mich sofort los! Ich fühle mich dir vollkommen ausgeliefert! Ich möchte keinem Mann in dieser Art zur Verfügung stehen. Mir ist der Spaß auf Sex vergangen. Du hättest vorher mit mir darüber reden können!", brüllte ich ihn an.
Meine Panik steigerte sich immer mehr und ich fing zu heulen an.
Hassan schien über meine Reaktion erschrocken zu sein. Er bat mich still zu halten und entfernte mir dann die Handschellen.
Ich setze mich keuchend auf.
„Entschuldige vielmals, Lilith! Es war absolut nicht meine Absicht, dich so unter Druck zu setzen. Mein Fehler! Alles okay bei dir?"
„Nein! Mir ist kotzübel und du hast mir mit dieser Aktion regelrecht einen Schock versetzt! Ich kann auf derart Überraschungen gerne verzichten! Ich bin nicht prüde, aber das war des Guten zuviel! Lass dir etwas einfallen, um das wieder gut zu machen!"
Ich griff neben das Bett und nahm mir eine geöffnete Bierflasche, die ich in einem Zug leerte.
Hassan blickte mich entsetzt an.
„Guck nicht so, ich brauch das jetzt", gab ich von mir.
Hassan stand auf, zog sich seine Jogginghose an und verschwand wortlos.
Ich stöhnte auf, schloss meine Augen und lehnte mich zurück.
Hassan hatte mir mit dieser Aktion einen extremen

Schock versetzt. Ich fragte mich, warum er plötzlich auf Spielchen dieser Art stand.

Inzwischen war Mike eingetroffen, um nach Lilith zu sehen.

Tareq begrüßte ihn.

„Du kommst gerade etwas ungünstig, Mike! Hassan und Lilith führen gerade ihr Haustier im Feuchtbiotop aus und das kann dauern", gab er grinsend von sich.

Mike guckte völlig unverständlich und als Tareq ihm erklärte, um was es dabei ging, brach er in schallendes Gelächter aus.

„Nun, ich kann warten!"

Plötzlich hörten beide Lilith wie wild brüllen.

„Oha, Spaziergang beendet! Zoff im Paradies! Ich bin gespannt, was diesmal der Anlass war!", gab Mike von sich.

Keine Minute später erschien Hassan und bat Tareq um eine Tasse Kaffee.

Er war völlig verschwitzt und hatte zerzauste Haare.

Aufstöhnend nahm er Platz.

„Hallo, Mike!"

„Hi, Hassan! Wieder mal Streit im Paradies? Was war diesmal der Anlass?"

Hassan erzählte, was vorgefallen war und Mike schlug sich mit der Hand vor den Kopf.

„Du begreifst es einfach nicht. Ist es denn so schwer, Liliths Toleranzgrenze nicht zu überschreiten. Denkst du auch einmal nach. Sie hat sich mit Sicherheit an die Situation erinnert, wo sie von Amir gefesselt und dann gezüchtigt wurde. Sie hat ein Trauma und das wurde vorhin durch dein Verhalten erneut ausgelöst. Lilith hat Angst einem Mann ausgeliefert zu sein. Besprecht eure Sexaktionen vorher und gut ist. Ich sehe jetzt mal nach ihr."

Mike erhob sich, eilte nach oben und fand Lilith mit geschlossenen Augen im Bett vor sich liegend.

Vorsichtig näherte er sein Gesicht dem ihren, als sie sich in seine Haare verkrallte, ihn zu sich zog und küsste.

Ich hörte wie sich die Tür öffnete. Anscheinend war Hassan zurück und näherte sich mir.

Ich spürte, wie er sich über mich beugte und zog ihn zu mir. Verlangend küsste ich ihn und dann merkte ich, dass hier etwas nicht richtig war.

Diese Lippen fühlten sich anders an.

Ich öffnete meine Augen und fiel bald aus allen Wolken.

„Oh mein Gott! Oh mein Gott, wie peinlich ist das denn! Entschuldige, Mike! Falscher Partner! Igitt noch mal! Warum passiert mir immer so etwas! So war das nicht gedacht!", gab ich erschrocken von mir.

„War es wirklich so igitt? Ich könnte mich direkt daran gewöhnen, Lilith!", erklärte Mike grinsend.

„Untersteh dich, Mike! Dieser Bereich ist alleinig mein Vorrecht! Lilith, wenn du das nächste Mal küsst, mach es mit offenen Augen, es ist eine ganz neue Erfahrung! Teufelchen, ich dachte immer, ich genüge dir!", kam von Hassan aus dem Hintergrund, der sich vor Lachen bog.

Ich wurde wieder einmal knallrot und zog das Laken über meinen Kopf.

Mike tippte mich an.

„Geht's dir allgemein gut, Lilith?"

Ich nickte nur.

Mike stand auf, wandte sich an Hassan und erinnerte ihn an das Gespräch von vorhin.

„Entschuldige nochmals, Mike! Das war ein Versehen und wird nicht wieder vorkommen!", erklärte Lilith.

„Kein Problem, Lilith! Du kannst jetzt wieder unter deinem Laken hervor kriechen! Es war eine Erfahrung wert, denn ich werde mich nie mehr einer Frau nähern, die ihre Augen geschlossen hält! Viel Spaß noch dabei euer Haustier im Biotop auszuführen", gab er lachend von sich.

Ich zog mir die Decke vom Kopf und giftete Hassan an.

„Du alte Plaudertasche, das hat ein Nachspiel!"

Dieser grinste.

„Ich freu mich schon darauf, Lilith!"

Empört schnappte ich nach Luft.

Mike drehte sich zu mir um.

„Lilith, um eines möchte ich dich noch bitten. Trink nicht so viel Alkohol, denn du verträgst ihn nicht!"

„Ich werde es versuchen, Mike!"

„So, ich geh wieder und wünsche euch noch einen schönen Tag. Treibt es nicht so toll!"

Er winkte mir zu und verschwand.

Hassan nahm neben mir auf dem Bett Platz.

„Teufelchen, können wir nochmals darüber reden, was vorhin passiert ist?"

Ich nickte und dann hielt er mir die Handschellen hin.

Erschrocken wich ich zurück.

„Nein Hassan, ohne mich!"

„Stopp, bevor du dich unnötig aufregst! Was ist so schlimm daran, beim Sex etwas Neues auszutesten? Was macht dir Angst, Lilith? Erklär es mir! Ich möchte es gerne verstehen!"

Ich schluckte.

„Okay, Hassan! Ich werde versuchen, es dir so gut wie möglich zu erklären. Ich bin nicht abgeneigt etwas anderes beim Sex auszuprobieren. Im Gegenteil! Nur in diesem Fall bekomme ich die Panik und assoziiere es mit der Züchtigung durch Amir. Ich wäre dir hilflos ausgeliefert und du könntest mit mir machen, was du möchtest. Also, auch Schmerzen zufügen! Genau davor habe ich Angst!"

„Hast du kein Vertrauen zu mir, Lilith?"

„Doch Hassan, sonst wäre ich nicht hier! Dieses Erlebnis sitzt allerdings zu tief und blockt mich!"

„Ich mache dir einen Vorschlag, Lilith! Lass es uns doch einfach ausprobieren und du darfst es zuerst an mir austesten. Was hältst du davon? Ich zeig dir jetzt etwas und hoffe du spielst mit. Vor Wochen hab ich das schon vorbereitet!"

Hassan stand auf und holte aus seinem Schrank, vier große Metallstangen, die er an den Enden des Bettes am Boden einklinkte. An der Oberseite befanden sich Lederschlaufen zum fixieren der Handgelenke.

Ich konnte mir ein Grinsen nicht verkneifen.

„Was geschieht jetzt, Hassan? Was hast du eigentlich vor? Kommt jetzt eine dunkle Seite von dir zum Vorschein, die ich noch nicht kenne? Du kannst gerne den Rest deines Spielzeugs vervollständigen und die Teleskopstange für die Fußgelenke aus dem Schrank holen. Ich bin nicht von gestern, keine Heilige und im Bezug auf Sexspielzeug nicht völlig unbedarft! Hast du noch irgendwo ein Andreaskreuz versteckt? Also?"

Hassan blickte mich erstaunt an.

„Okay, Lilith! Ich sehe, du weißt was Sache ist und so kann ich mir in Bezug auf die Stange die Erklärung ersparen. Du hast jetzt das Vorrecht alles an mir auszuprobieren. Es gibt Regeln! Keine Schmerzen und Verletzungen zufügen! Will der Ausgelieferte das Spiel beenden, muss ein *Nein* akzeptiert werden. Hört sich doch fair an."

Ich nickte.

„Ja, ist plausibel Wie lange hattest du schon vor, mich für diese Spielchen zu gewinnen? Von wegen, ich bin ein versautes Biest! Also gut, machen wir einen kleinen Testlauf. Schließ aber die Tür ab, wäre peinlich, wenn man uns dabei erwischen würde"; erklärte ich ihm.

Hassan grinste und tat wie ihm geheißen.

Anschließend setzte er sich aufs Bett und bestärkte mich anzufangen. Ich befolgte seine Anweisungen, wie ich wo vorgehen musste. Keine fünf Minuten später lag er vor mir und ich konnte mit ihm tun und lassen, was ich wollte.

Irgendwie hatte die Situation etwas Prickelndes an sich.

Ich setzte mich über Hassan und küsste ihn.

Kurze Zeit später war er stark erregt und ich gab ihm das, was er wollte. Er stöhnte vor sich hin, machte eine ungünstige Bewegung mit seinen Beinen und ich hörte wie die Teleskopstange einrastete und er nun breitbeinig vor mir lag.

„Hassan, du weißt aber schon, dass ich jetzt mit dir machen kann, was ich möchte, auch wenn wir eine Absprache haben. Dieses Spielchen hat etwas für sich und ich glaube, ich könnte mich daran gewöhnen!"

„Schön, dass es dir gefällt Lilith! Vielleicht können wir irgendwann die Seiten wechseln!"

„Können wir gerne tun, Hassan! Falls du später noch kannst, machen wir einen Platzwechsel! Nur werde ich dich jetzt wieder losmachen. Für mich ist das nichts! Ich liebe es, von dir berührt und mit Wärme umarmt zu werden."

Langsam löste ich sämtliche Lederfesseln und Hassan brachte unser angefangenes Spielchen zu Ende.

„Lilith, ich habe Hunger! Wie sieht es mit dir aus?"
Ich nickte.
„Gehen wir uns etwas in der Küche besorgen und ich weiß auch schon was", erklärte ich.
Hassan zog seine Jogginghose an und ich warf mir den Bademantel über.
In der Küche grinste uns Tareq an.
„Na? Exkursion in das Feuchtbiotop beendet? Mit was kann ich dienen?"
„Nein, Tareq! Wir fangen jetzt gerade erst richtig an und hätten gerne etwas Proviant", gab Hassan lachend von sich.
Tareq drehte sich zu mir um.
„Sandwich mit Mayo?", fragte er und grinste mich an.
Ich nickte.
„Bitte mit ganz viel Mayo und wir wollen bis heute abends nicht gestört werden. Das Mittagessen kannst du für später vorbereiten. Danke Tareq"; gab ich von mir, stellte mich auf die Zehenspitzen und drückte ihm einen Kuss auf die Wange.
„Ich fühle mich geehrt, Lilith! Bin sofort fertig!"
Hassan holte inzwischen Sekt aus dem Kühlschrank, ich half Tareq beim Belegen der Sandwiches und dann eilten wir wieder nach oben.
Hassan stellte alles in seinem Büro ab und zog mich in Richtung Schlafzimmer.
„Lilith, mit vollem Magen lässt es sich nicht gut lieben. Würdest du mir jetzt die Ehre erweisen und dich von mir bedingungslos mit dem absolut neuen Spielzeug verwöhnen lassen?"
„Ich hatte es dir versprochen! Aber danach muss ich unbedingt etwas essen! Bitte geh behutsam mit mir um und wenn ich nicht mehr möchte, versprich mir, dass du aufhörst!"

„Versprochen, Lilith! Bring dich in Position und dann kann es losgehen. Lass dich einfach fallen!"

Ich zog meinen Bademantel aus.

Zögernd setzte ich mich aufs Bett. Als Hassan anfing mir die Hände zu Fesseln, bekam ich etwas Panik.

„Soll ich aufhören, Lilith?"

„Nein Hassan, mach weiter! Ich werde es schaffen!"

Er ging sehr vorsichtig mit mir um und ich hatte das Gefühl, dass er die Lederriemen locker anlegte, damit ich mich befreien konnte.

„Hassan? Du schummelst! Zieh die Riemen fester! Wenn schon, denn schon!"

„Bist du dir sicher, Teufelchen?"

„Ja, nun mach schon! Vielleicht finde ich Gefallen daran."

Hassan legte die Teleskopstange an und erklärte mir dann noch mal die Funktion.

„Lilith, wenn sie einmal eingerastet ist, kann man sie nicht mehr zusammenschieben, nur noch erweitern. Sag Bescheid, wenn es nicht erträglich für dich ist."

Ich nickte und da stand Hassan auf und eilte ins Büro.

„Hassan? Was machst du?"

„Bin sofort zurück! Du bekommst gleich von mir eine Sonderbehandlung!"

Kurze Zeit später erschien er wieder, zog seine Hose aus und setzte sich grinsend über mich.

„Was hast du da in deiner Hand, Hassan?"

„Ich hoffe du bist nicht extrem kitzlig, Lilith? Eine Pfauenfeder, um deine erogenen Zonen in Stimmung zu bringen und danach etwas Mayo. Ich werde diese genüsslich von deinem Körper lecken."

Hassan entpuppte sich im Laufe unseres Spielchens, als sehr einfallsreich.

Er setzte die Feder gekonnt ein und versetzte mir

einen Höhepunkt nach dem Anderen.

„Lilith, du bist völlig angespannt! Jetzt mach dich etwas locker und lass dich endlich fallen. Diese Art von Sex, ist diesmal nicht von dieser Welt. Geht es dir noch gut oder soll ich aufhören?"

„Nein, Hassan! Ich möchte, dass du weitermachst! Es ist eine völlig neue Erfahrung für mich!"

Ich stöhnte auf und bog mich ihm entgegen.

Hassan grinste und nahm die Mayotube zur Hand.

„Ich merke schon, dass es dir gefällt und du nicht abgeneigt bist! Genieß es einfach, Teufelchen!"

Kurze Zeit später, hatte ich das Gefühl explodieren zu müssen.

Hassan hatte Teile meines Körpers mit extrem viel Mayo beschmiert und leckte diese nun genussvoll ab.

Ich hatte das Gefühl, meine Fußnägel rollten sich auf. Bisher hatte ich versucht, meine Beine nicht unkontrolliert zu bewegen, was mir durch die neue Aktion von Hassan nicht gelang. Er versuchte meine Beine, mit seinen zu öffnen. Ich hielt dagegen und Hassan verstärkte seinen Druck. Stöhnend gab ich auf, machte eine falsche Bewegung und schon hörte ich die Teleskopstange einrasten. Er grinste mich an.

„Widerstand zwecklos, Lilith! Die Stellung passt und nun bekommst du eine Sonderbehandlung! Außerdem möchte ich gerne von dir wissen, was es mit deiner geheimnisvollen Wohnung auf sich hat! Keine Lügen, denn ich bin eingeweiht von Tareq und Mike! Ich kitzle es sonst aus dir mit der Feder heraus!"

Ich schluckte und war über Tareq und Mike mehr als enttäuscht. Männer! Geschwätziger als ein paar alte Waschweiber!

Mir war die Lust von einer Sekunde zur anderen am Sex vergangen.

„Hassan, bitte mach mich los. Ich möchte jetzt dieses Spiel nicht mehr fortsetzen. Ich fühle mich eingeengt und bekomme langsam doch Panik. Wir können beim Sex auch ohne dieses Equipment Spaß haben. Bitte, du hast es versprochen!"
Hassan reagierte etwas sauer, befreite mich aber.
„Danke, Hassan! Vielleicht klappt es das nächste Mal besser!"
Nach dieser Aktion, verhielt er sich distanziert zu mir.
Ich dachte mir nichts dabei und ließ ihn schmollen.
Eine Woche später musste er wieder einmal für einige Tage auf Geschäftsreise.
Hassan versprach mir an meinem runden Geburtstag pünktlich in meiner Wohnung in der Innenstadt zu erscheinen und ihn mit mir zu feiern.
Und so verging die Zeit.

Ich freute mich auf den heutigen Abend. Hassan hatte fest versprochen, meinen Geburtstag, mit mir alleine zu verbringen. Heute Morgen hatte ich bereits einiges vom Basar geholt und den halben Tag gekocht.
Ich dekorierte den Tisch, stellte das Essen warm und dann hieß es warten. Hassan wollte um zwanzig Uhr pünktlich erscheinen. Die Zeit verging und ich wartete und wartete.
Wer nicht erschien, war Hassan. Kein Anruf…Nichts!
Erst dachte ich, er hätte sich verspätet.
Kurz vor Mitternacht, stand ich auf, blies die Kerzen aus, stellte den Herd ab und griff mir die offene Flasche Rotwein.
Auf dem Weg ins Schlafzimmer brach ich enttäuscht in Tränen aus.
Soviel zu den Versprechungen von Hassan.
Wütend über mich selbst, dass ich immer wieder auf

seine Zusagen hereinfiel nur um dann enttäuscht zu werden, trank ich zügig aus der Flasche.

Angeekelt stellte ich den Wein zur Seite, denn diesmal schmeckte er mir nicht.

Ich zog mich aus, schaltete mein Handy ab und legte mich schlafen.

Hassan blickte auf die Uhr und erschrak. Jetzt hatte er doch tatsächlich Liliths Geburtstagsfeier verschwitzt.

Dieses verdammte Online-Meeting. Eigentlich hasste er diese Online-Konferenzen. Wenigstens wollte er ihr noch zu ihrem runden Geburtstag gratulieren. Hastig wählte er ihre Nummer und bekam übermittelt, dass der Teilnehmer im Moment nicht erreichbar wäre.

Sicher schlief sie schon und er bekam ein schlechtes Gewissen.

Was hinderte ihn eigentlich daran, den Zweitschlüssel von ihrer Wohnung zu nutzen.

Mike hatte ihm diesen überlassen, damit er Lilith zu ihrem Geburtstag überraschen konnte.

Hassan nutzte seine Geländemaschine und war in Nullkommanichts vor ihrer Wohnung.

Vorsichtig öffnete er ihre Türe und trat ein.

Lilith hatte in allen Räumen die indirekte Beleuchtung angelassen. So sah er den Aufwand, den sie extra für ihn vorbereitet hatte.

Er nahm eine Vase aus dem Schrank, befüllte sie mit Wasser und stellte die Blumen, die er mitgebracht hatte, hinein. Auf seinem weiteren Rundgang, fand er Lilith in ihrem Schlafzimmer vor. Hassan beugte sich über sie und sah in ihr verheultes und Make-up verschmiertes Gesicht. Die Weinflasche neben ihrem Bett, gab ihm zu denken. Zum Glück hatte sie nicht zu reichlich Alkohol konsumiert und er musste sich keine

Sorgen machen.

Diesmal würde ihm Lilith sicher nicht verzeihen.

Sein Geburtstagsgeschenk für sie, legte er auf den Esszimmertisch, stellte die Blumen dazu und ging.

Morgen wollte er mit ihr reden und sich entschuldigen.

Erschrocken schoss ich hoch.

Wie spät war es?

Ich aktivierte mein Handy und schon luden sich die ersten Mitteilungen hoch.

Es war bereits gegen zehn Uhr.

Ich stand auf, eilte ins Bad, duschte und zog mich an, während ich meine Zähne dabei putzte.

Zwischenzeitlich ließ ich den Kaffee durchlaufen und setzte mich an den Esszimmertisch, als mir die Blumen ins Auge stachen.

Sollte heute Nacht noch Mike hier gewesen sein?

Kaum! Mir kam da so ein Verdacht.

Ich entdeckte neben der Vase ein Geschenk mit einer Mitteilung von Hassan.

Er bedauerte, dass er sich gestern verspätet hatte und bat mich um Verzeihung. Gegen Mittag wollte er vorbeikommen und mir alles erklären.

Ich öffnete die kleine Schachtel und darin befand sich ein wunderschöner Diamantring.

Ich grinste.

Nur so leicht kam mir Hassan diesmal nicht davon.

Ich legte den Ring in die Schachtel zurück und teilte ihm per Handy mit, dass ich gegen Abend bei ihm zuhause vorbeischauen würde, um mit ihm etwas zu bereden.

In den nächsten Tagen würde ich ihm gezielt aus dem Weg gehen. Immer noch angesäuert, packte ich das Essen von gestern ein.

Ich würde alles Hassan mitbringen.

Kurz darauf machte ich einen Abstecher in die Räumlichkeiten nebenan, um nach den Kids zu sehen. Mit riesigem Hallo und nachträglich selbst gebastelten Geschenken wurde ich von meinen Zwergen begrüßt. Nachdem ich alle geknuddelt hatte, wandte ich mich an Sabriye, dem Kindermädchen.

„Sabriye, nachdem mich Hassan gestern vergessen hat, werde ich ihn aufsuchen. Es kann sein, dass ich ein paar Tage dort verbringen werde. Du weißt ja wo alles zu finden ist."

„Lilith, hast du wieder Probleme mit meinem kleinen Lieblingsprinz?"

„Ja, Sabriye! Ich bin es langsam leid, immer und immer nachgeben zu müssen!"

„Viel Glück, Lilith!"

„Danke und pass mir gut auf die Kleinen auf!"

Sabriye nickte. Die Kinder liebten sie über alles und es war eine gute Wahl gewesen, sie einzustellen.

Ich bestellte ein Taxi und fuhr zu Hassans Anwesen, wo mich Tareq herzlich begrüßte und mir nachträglich alles Gute wünschte.

„Hier Tareq, das Essen von gestern! Hassan war ja mehr als verhindert!"

„Es tut mir leid Lilith, dass du dir umsonst die Mühe gemacht hast!"

„Nicht der Rede wert! Ich bin es ja gewohnt vergessen zu werden! Wo ist er?"

„Kommt in ungefähr einer Stunde zurück. Er musste noch etwas Geschäftliches erledigen"

„Gut! Ich bin dann mal oben in seinem Büro, falls er mich sucht, Tareq! Sollte es im Laufe des Tages lauter werden, dann erschrick nicht! Ich werde ihm heute

einige deutliche Worte sagen!"
„Ist wohl auch nötig! Danke, dass du mich vorgewarnt hast!", bemerkte Tareq und grinste.
Lachend eilte ich nach oben und setzte mich auf die Couch. Es vergingen fast zwei Stunden und Hassan war immer noch nicht eingetroffen. Ich wurde müde, zog meine Schuhe aus und legte mich hin. Irgendwann schlief ich wohl ein und bemerkte nicht, dass Hassan bereits zurückgekehrt war.

Hassan stürmte in die Küche.
„Ist sie da, Tareq?"
„Ja, oben im Büro. Sie wartet schon einige Stunden und ich denke sie ist stocksauer! Du wirst heute dein blaues Wunder erleben. Lilith ist auf Kriegspfad. Im Kühlschrank steht für dich das Essen von gestern, dass sie mitgebracht hat. Du solltest dich mehr als schämen. Sie hat dir deine Lieblingsspeise gekocht und sich wirklich sehr viel Mühe gegeben."
„Ich werde es später mit ihr zusammen auffuttern. Jetzt muss ich mit ihr reden und einiges in Ordnung bringen."
Hassan rannte zwei Stufen auf einmal nehmend nach oben und stürmte in sein Büro, wo er Lilith schlafend vorfand.
Sie brummelte etwas vor sich hin, drehte sich zu ihm um und schlief weiter. Er setzte sich auf den Stuhl und blickte sie wieder einmal nachdenklich an.
Lilith wirkte von außen wie ein Engel, aber in ihrem tiefen Innersten, schlummerte ein Dämon, von dem er gerade einmal die Hälfte zu spüren bekommen hatte.
Sie hatte sich in jeder Situation perfekt unter Kontrolle und selbst beim Sex hielt sie sich zurück, obwohl sie

oft für kurze Augenblicke ihr wahres *Ich* zeigte. Für jede Situation fand sie eine Lösung. Sie war wirklich eine erstaunliche Frau und dafür liebte er sie auch. Die Einzigen die sie aus der Reserve locken konnten, waren die Kids. Sabriye hatte ihm schon ein paar Mal erzählt, wie hingebungsvoll sie als Mutter war.

Er stand auf, eilte in die Küche und holte zwei Flaschen Wasser. Sicher hatte Lilith Durst, wenn sie aufwachte. Es war wieder einer dieser heißen Tage und ein weiterer Sandsturm stand bevor. Dieses Jahr waren sie extrem heftig und häufig. Hassan setzte sich an den Schreibtisch und erledigte noch einige wichtige Schreiben, als ihn Lilith ansprach.

„Bist du schon lange hier, Hassan? Warum hast du mich nicht geweckt?"

„Hallo, Teufelchen! Ja, vor ungefähr einer Stunde und ich habe dich nicht geweckt, da du diesen Schlaf wohl gebraucht hast. Ich wollte mit dir ganz in Ruhe, wegen gestern reden. Es war unverzeihlich von mir und es ist unentschuldbar, was ich getan habe. Möchtest du etwas trinken? Ich bedanke mich herzlich, dass du meine Lieblingsspeise gekocht hast! Wir können nachher gerne zusammen essen, wenn du möchtest. Nun sag endlich etwas. Schrei mich an! Ohrfeige mich! Nur sag etwas!"

Ich lachte.

„Eigentlich wollte ich dir eine Szene machen, aber im Nachhinein bringt es nichts. Ich verschwende dabei nur meine Energie. Es ist passiert und nicht mehr zu ändern. Erkläre mir bitte, wie du in meine Wohnung gekommen bist!"

„Mike hat mir den Schlüssel gegeben. Er hatte ihn noch. Hast du mein Geschenk bekommen?"

„Ja, dass habe ich. Weil du es gerade ansprichst…du

kannst den Schlüssel behalten, denn du wirst ihn in der nächsten Zeit öfters nutzen müssen, als du denkst. Ich erkläre dir gleich warum. Dein Geschenk, gebe ich dir zurück, denn ich möchte es nicht."

„Was soll das jetzt, Lilith? Warum willst du mein Geschenk nicht? Suchst du Streit? Jeder Streit mit dir ist wie eine neue Tür zu öffnen!"

„Diese Türe werde ich nun hinter mir schließen und es wird keine weiteren Öffnungen geben, Hassan! Ich finde es sehr ratsam, wenn wir uns eine zeitlang nicht sehen! Dein Geschenk nehme ich deshalb nicht an, weil mir ein Abend zu meinem Geburtstag, nur mit dir alles bedeutet hätte. Es bedarf keiner Geschenke, die teuer sind. Etwas Zweisamkeit hätte gereicht. Der Ring liegt in deinem Schlafzimmer. Den Schlüssel wirst du benötigen, um in die Nebenräume der Kinder zu gelangen. Sie haben einen extra Eingang, der zwar von einem Durchgang in meine Wohnung getrennt ist, aber für dich, wenn ich zuhause bin, verschlossen bleibt. Sabriye weiß Bescheid und wird dir bei der Versorgung der Kids helfen. Unter der Woche bin ich für die Kinder zuständig und würde es befürworten, wenn du dich an den Wochenenden, um sie kümmern würdest. Somit hast du den Rücken unter der Woche für deine Arbeit und diverse Aktivitäten frei. Ein guter Ratschlag von mir an dich…..Wölfe knurren keine Löwen an. Nur extrem unwissende Welpen tun das! So, ich gehe jetzt wieder, denn es ist alles gesagt! Lass dir später das Essen schmecken!", erklärte ich ihm und stand auf.

Hassan erhob sich ebenfalls und drängte mich langsam rückwärts an die Tür.

Wütend blickte er mich an, legte seine Arme rechts und links neben mich auf die Tür und brüllte los.

„Was bildest du dir eigentlich ein, Lilith! Mich als einen Welpen hinzustellen! Unglaublich! Spinnst du? Das sagt gerade die Richtige! Du scheinst dir wohl nicht bewusst zu sein, wen du vor dir hast! Nimm dich in Acht, was du von dir gibst!"

„Sonst was, Hassan! Du kannst dir überlegen, was du für richtig hältst! Ich fahr sofort mit meinem Motorrad zurück, was ich eh vorhatte und du kannst mir später per E-Mail mitteilen, wie du dich entschieden hast. Jetzt gib den Weg frei!", schrie ich und schubste ihn von mir.

„Anscheinend benötigst du eine Zurechtweisung! Soll ich dir erneut den Hintern versohlen?"

Hassan griff nach meinen Handgelenken und drückte heftig zu. Schmerzerfüllt stöhnte ich auf und trat nach ihm.

Es gab ein kleines Gerangel. Ich lag irgendwann am Boden und dann saß er über mir.

„Lilith, du bleibst heute Nacht hier, denn es zieht ein Sandsturm auf und ich lasse dich sicher nicht einfach so gehen! Ich habe bereits Sabriye benachrichtigt!"

„Verflucht, Hassan! Ich habe deine Eigenmächtigkeit mir gegenüber einfach satt! Hör auf damit und lass endlich meine Handgelenke los, du tust mir weh!"

Er grinste und versuchte mich zu küssen, was mich nur noch mehr ausrasten ließ.

„Raubkatze! Vergiß es, denn der Wolf in mir, besiegt dich so oder so! Ich knurre nicht, ich belle und wenn du nicht endlich aufhörst, beiße ich zu!", gab er von sich.

Ich sträubte mich, so gut ich konnte und schrie wie am Spieß. Irgendwie gingen mir die Nerven durch und ich schlug mit meiner freien Hand zu.

Hassan ließ mich los, holte aus und schlug mir ohne

Vorwarnung ebenfalls ins Gesicht.

„Lilith, es reicht jetzt! Gleiches Recht für alle! Wer führt sich denn hier wie ein Welpe auf? Anscheinend muss ich dich erziehen und immer erst handgreiflich werden!"

Hassan ließ mich los und stand auf.

Ich zuckte zusammen, erhob mich, rieb mir die linke Wange und starrte ihn schweigend an.

„Das hättest du besser nicht tun sollen, Hassan!"

Bevor er erneut nach mir greifen konnte, flüchtete ich vor ihm. Ich riss die Tür auf, rannte die Treppen nach unten, durch die Vorhalle an einem erstaunten Tareq vorbei zur Tür hinaus in Richtung Garage.

Die Luft war zum Schneiden und in der Ferne hörte man ein leichtes Grollen. Der Sandsturm kündigte sich an. Wenn ich mich beeilte, konnte ich es noch bis nach Bagdad schaffen.

Ich schlüpfte in meine Motorradkluft die auf meiner Maschine lag und hatte gerade die Stiefel angezogen, als ich brutal von Hassan herumgerissen wurde.

Er riss mir den Helm und die Zündschlüssel aus der Hand, warf mich über seinen Rücken und machte sich mit mir auf den Weg zurück ins Haus. Ich schrie und hieb auf seinen Rücken ein. Hassan lief stur weiter, eilte nach oben in sein Schlafzimmer und warf mich aufs Bett, wo ich mit meinem Kopf heftig an eine der Metallstangen knallte.

„Du verdammter Mistkerl! Typisch! Ohne Gewalt mir gegenüber geht es wohl nicht! Verschwinde!"

„Gib endlich Ruhe, Teufelchen! Ich sagte dir doch es kommt ein Sturm auf und es ist zu gefährlich jetzt mit dem Motorrad durch die Wüste zu düsen. Außerdem siehst du geil aus in deinem roten Motorradoutfit und den schwarzen Stiefeln. Zieh die Kluft aus, sonst tu ich es, du Kratzbürste", gab er lachend von sich und machte einen Schritt auf mich zu.

„Untersteh dich! Fass mich nicht an! Okay, ich werde über Nacht eben hier bleiben und morgen beizeiten verschwinden!"

„Gut so! Anscheinend wirst du vernünftig! Lass uns nach unten in die Küche gehen, dein mitgebrachtes Essen zu uns nehmen und nachfeiern. Tareq wärmt es bereits auf. Deinen Zündschlüssel bekommst du allerdings erst morgen."

„Den kannst du behalten! Ich habe immer meinen Ersatzschlüssel für den Notfall einstecken! Für wie blöd hältst du mich eigentlich?"

„Für so blöd, dass du es mir gerade erzählst! Gib ihn mir!", gab er lachend von sich und streckte seine Hand aus.

Ich schüttelte den Kopf.

„Nein! Einen Teufel werde ich tun!"

„Gib ihn mir oder ich hol ihn mir!"

Ich schüttelte erneut den Kopf und schon griff Hassan nach mir.

„Wo ist er? Muss ich dich erst bis auf die nackte Haut ausziehen?"

„Du bekommst ihn nicht! Fass mich nicht an oder du bist ein toter Mann!", blaffte ich.

„Okay du willst es nicht anders, Lilith. Ich mach dir zwei Vorschläge. Entweder werde ich dich oben in deiner Wohnung einschließen oder hier im Bett an den Stangen befestigen, bis du vernünftig geworden bist. Selbst wenn es Tage dauert!"

„Mach doch was du willst! Ich gehe sogar freiwillig nach oben, denn ich habe keine Lust mich ständig zu wehren. Ich habe es satt, denn du brichst dauerhaft die Regeln in dieser Beziehung!"

„Okay, Lilith! Ich bitte dich vorzugehen!"
Ich stand auf und machte mich auf den Weg in meine Wohnräume.
Hassan folgte und bugsierte mich ins Wohnzimmer.
„Setz dich bitte und warte! Ich hol das Essen! Was möchtest du trinken?"
Ich blickte ihn an und gab keine Antwort.
Hassan schüttelte den Kopf.
„Ach, Lilith! Mach es mir doch nicht immer unnötig schwer! Ich meine es doch nur gut, denn du und die Kinder sind mir das Wichtigste in meinem Leben."
Ich lachte auf.
„Ja, alles klar! Wenn ich dir so wichtig erscheine, dann hättest du gestern meinen Geburtstag nicht vergessen! Ich weiß, du hast viel um die Ohren, doch selbst Mike, Amir und Raschid haben mir eine Nachricht gesendet. Eine kleine Mitteilung hätte mir vollkommen genügt. In letzter Zeit bin ich irgendwie für dich unsichtbar geworden. Hassan, du bist dir meiner sehr sicher! Das könnte sich als Fehler erweisen! Ich werde in ein paar Monaten nach *Petra* gehen und mein Versprechen bei den Djinn einlösen. Versuche nicht mich aufzuhalten! Jetzt geh und hol das Essen. Tareq wartet sicher schon auf dich!"
Hassan nickte, drehte sich um und ging.
Ich zog meine Motorradkluft aus und legte meinen Ersatzschlüssel auf den Tisch.
Anschließend verschwand ich ins Schlafzimmer und schloss die Tür ab.
Über Handy schrieb ich Hassan, dass sein Verhalten für mich eine Kampfansage gewesen war und ich keinen Hunger mehr verspürte. Den Zweitschlüssel könne er sich auf dem Tisch im Wohnraum abholen und für morgen dann in der Küche hinterlegen.

Keine fünf Minuten später klopfte es an meine Tür.

„Lilith, bitte mach auf und lass uns reden!"

„Nein, Hassan! Ich möchte jetzt schlafen! Es ist alles gesagt!"

„Öffne die verdammte Tür oder ich breche sie auf!"

„Wenn du meinst, dann tu es! Ich werde es nicht verhindern können, denn es ist dein Haus!"

Ich hörte wie er fluchte und mit der Faust gegen die Tür schlug.

„Verdammter Sturkopf! Also gut. Ich lege dir alles in die Küche. Num jayidaan alshaytan alsaghir – Schlaf gut Teufelchen. Ich liebe dich!"

Die Nacht verging und ein neuer Tag brach an.

Ich hatte die ganze Nacht schlecht geschlafen.

Der Sandsturm war ziemlich heftig gewesen und hatte mir den Schlaf geraubt.

Nach dem Streit mit Hassan, fühlte ich mich wieder einmal wie gerädert. Langsam stand ich auf, duschte, schwamm eine Runde, zog mich an und machte mich auf den Weg nach unten zum Frühstücken.

Als ich an der halboffenen Bürotür vorbeikam, hörte ich über Skype eine weibliche Stimme mit ihm reden. Hassan ging sehr vertraulich mit dieser Person um. Ich stutzte. Larissa konnte es nicht sein, denn ihre Stimme kannte ich. Was lief hier? Verheimlichte mir Hassan schon wieder etwas und war deshalb so brutal zu mir? Hatte er eine Freundin? Anders konnte ich sein Verhalten mir gegenüber in letzter Zeit nicht erklären. Diesmal würde ich seine Allüren im Vorfeld ersticken. Ich klopfte an und öffnete die Tür. Hassan klappte seinen Laptop zu und sah mich an.

„Guten Morgen, Lilith!"

„Hallo, Hassan! Ich geh jetzt zum Frühstück und

wollte nur wissen, ob mein Zündschlüssel bereit liegt. Ich fahre dann los."

„Nein, den hab ich noch hier! Warte ich komme mit, denn ich habe auch noch nicht gefrühstückt!"

Er erhob sich und drängte mich regelrecht auf den Gang hinaus. Nachdem wir gemeinsam in der Küche auftauchten, fragte Tareq nach unseren Wünschen. Ich gab meine Bestellung an ihn weiter und stand auf.

„Sorry, ich habe etwas in den oberen Räumen liegen lassen. Schenk mir bitte schon mal Kaffee ein, ich bin sofort zurück!"

Schnell eilte ich nach oben in Hassans Büro, um auf dem Laptop zu schauen, wer diese Unbekannte war. Die Verbindung stand noch und ich hatte Einblick in ein fremdes Wohnzimmer. Im gleichen Augenblick meldete sich sein Handy und ich nahm das Gespräch an, ohne mich zu melden.

Das Display zeigte mir eine Carol an.

„Hallo Liebling, du konntest wahrscheinlich nicht reden. Ich denke deine Lebensgefährtin ist unerhofft aufgetaucht", flötete die Stimme ins Handy.

Eiskalt drückte ich sie weg.

Mein Verdacht sollte sich wohl bestätigen. Ich wurde stinksauer, nahm Handy und Laptop vom Tisch und eilte damit nach unten.

Aufgebracht knallte ich beides vor Hassan auf den Tisch.

„Würdest du mir das bitte erklären? Wer ist Carol? Ich höre?"

Hassan blickte mich erschrocken an, stand auf und ging auf Abwehr.

„Lilith, was bildest du dir eigentlich ein, so mir nichts, dir nichts, nachzuschnüffeln?"

„Ich schnüffle dir nicht nach, sondern ich habe durch

Zufall deine vorherige Unterhaltung mitbekommen. Deine Tür stand offen. Ihr seid euch sehr vertraut und euer Geturtel war nicht zu überhören. Ist sie der Grund, dass du mich so mies behandelst? Wartest du darauf, dass ich von mir aus gehe? Kein Problem! Ich möchte eine Erklärung, Hassan!"

Tareq stellte mir eine Tasse Kaffee hin und strich mir sanft über den Arm. Ich blickte ihn an und bedankte mich.

Bevor ich anfing zu essen, zog mich Hassan hoch.

„Wir müssen reden, Lilith! Jetzt!"

„Aber ich…"

Weiter kam ich nicht, denn er deutete in Richtung Treppe.

Er schnappte sich das Handy und seinen Laptop und ergriff meine Hand.

Ich folgte ihm. Er bugsierte mich unsanft in sein Büro und legte Handy und Läpi auf den Schreibtisch.

„Setz dich, Lilith! Es wird Zeit, dass wir reden!"

Ich setzte mich auf die Couch und schaute ihn mehr als erwartungsvoll an, während meine Hände anfingen zu zittern.

„Also gut, Lilith! Während du verschwunden warst und ich dich verzweifelt suchte, lief mir Carol bei einer der Meetings über den Weg und half mir mehr oder weniger über deinen Verlust hinweg. Sie hörte und redete mir gut zu und machte mir Mut, dass ich dich finden würde. Irgendwann landete ich nach einem extremen Saufgelage mit ihr im Bett, was ich bereue."

Ich stöhnte auf, mir wurde kotzübel und diese Leere stieg wieder in mir hoch.

„Also, hat sich deine Vorgehensweise geändert! Nichts mehr mit nur küssen, denn nun scheint es richtig zur Sache zu gehen! Jetzt versteh ich auch die ganzen neuen Sexspielchen, die du mit mir austesten wolltest. Anscheinend hat dir diese Carol das gegeben, was ich dir verwehrte. War unser Sex denn so schlecht? Ihr Kerle seid euch alle gleich! Ich danke dir, dass du wenigstens ehrlich warst und mir alles erzählt hast. Schlimm finde ich nur, dass ich es auf diesem Weg erfahren musste. Ich fahre jetzt zurück nach Bagdad. Denk an unsere Abmachung mit den Kindern. Sie bleibt so bestehen wie besprochen. Wie es mit uns weitergehen soll, müssen wir noch gut bereden! Leb wohl Hassan!"

„Lilith du kannst jetzt nicht so einfach gehen. Ist das alles, was du zu sagen hast?"

„Was willst du denn hören, Hassan? Es ist, wie es ist! Ich benötige jetzt erstmal Abstand und muss das alles verarbeiten."

„Du bleibst hier! Es kommt ein neuer Sandsturm auf!"

„Hassan, dass ist mir im Moment völlig egal! Mir wird schon nichts passieren! Gib mir bitte den Schlüssel!"

Ich streckte ihm meine Hand entgegen. Er schüttelte den Kopf.

„Nein, Lilith!"

„Okay Hassan, dann schließe ich meine Maschine kurz! Wäre nicht das erste Mal, dass ich so etwas tun müsste!"

Ich stand auf.

„Wo willst du hin, Lilith?"

„Frühstücken, Hassan! Ich habe Hunger!"

Ich eilte nach unten, während mir die Tränen über die Wangen liefen und setzte mich an den Tisch.

Tareq blickte mich an.

„Lilith, was ist passiert? Warum weinst du?"

Ich zog schniefend meine Nase hoch und erklärte ihm, was vorgefallen war.

Tareq wurde kreidebleich und schaute mich entsetzt an.

„Kann ich dir helfen, Lilith?"

„Nein! Außer das ich wieder in meine Wohnung nach Bagdad ziehe und demnächst in *Petra* arbeite, bleibt alles beim Alten. Ich komme dich ab und zu einmal besuchen und lasse mich bekochen", gab ich zurück.

Ich langte kräftig zu, bedankte mich bei Tareq und lief nach oben in meine Räume.

Schnell zog ich meine Motorradkleidung an und eilte in die Garage.

Der Zündschlüssel steckte, was mich wunderte und dann sah ich Hassan neben seinem Auto stehen, der mich beobachtete.

Langsam schritt er auf mich zu, zog mich an sich und küsste mich.

Ich schob ihn von mir und wischte mit meiner Hand über die Lippen.

„Bin ich dir so zuwider, Lilith? Pass gut auf dich auf, Teufelchen! Falls du etwas benötigst, dann melde dich bei mir! Ich bin trotz allem immer für dich da! Fahr vorsichtig! Der Sandsturm naht!"

Ich nickte, setzte meinen Helm auf und fuhr los.

Keine fünf Kilometer später, musste ich umkehren.

Ich hatte mein Handy und meinen Laptop vergessen.

Außerdem wurde der Sturm urplötzlich stärker und mir wurde klar, dass ich diese Nacht noch einmal in Hassans Haus verbringen musste.

Völlig entnervt betrat ich das Haus und stieß mit ihm zusammen.

„Lilith? Ist etwas passiert?"

Ich schüttelte den Kopf.

„Nein, ich habe mein Handy und den Läpi vergessen und musste zurück. Du musst mir für heute Nacht noch einmal Asyl gewähren. Der Sandsturm ist wieder extrem heftig."

Hassan grinste.

„Kein Problem, Lilith! Ich freu mich. Wollen wir nicht so etwas wie eine kleine Abschiedsparty auf ungewisse Zeit feiern?"

Ich lachte.

„Was hast du vor, Hassan? Ich weiß wie das wieder enden wird! Ach, was soll es! Poolparty mir Sekt?"

„Jepp, Lilith! Geh schon mal vor, ich hol die Getränke und dann kann es losgehen! Bis gleich Teufelchen!"

Ich eilte nach oben.

Warum nur kam ich von Hassan nicht los?

Schnell zog ich mich aus, duschte und verschwand im Pool.

Hassan eilte in die Küche, riss den Kühlschrank auf und entnahm vier Flaschen Sekt.

Tareq warf Hassan einen schrägen Blick zu.

„Hab ich irgendetwas verpasst?"

„Lilith ist wieder da! Sie bleibt doch über Nacht wegen des Sturms! Tareq, dieser Abend mit ihr, nach diesem Dilemma, ist meine letzte Chance. Ich habe einen Fehler gemacht und versuche ihn auszubügeln."

„Mit Alkohol, Hassan? Ist das der richtige Weg?"

„Ich werde es herausfinden. Drück mir die Daumen!"

„Na, dann viel Erfolg und Spaß! Vermassle es nicht wieder!"

Er nickte, schnappte sich noch zwei Gläser und rannte nach oben.

Lilith befand sich bereits im Pool und wartete auf ihn.

Keine zehn Minuten später gesellte er sich mit einer Flasche Sekt zu ihr.

„Lilith, ich hab's verbockt! Das war falsch und ich hab nicht nachgedacht. Kann ich es wieder gut machen?"

„Ach, Hassan! Männer tun die Dinge einfach und wir Frauen müssen immer an die Konsequenzen denken. Irgendwie ist alles chaotisch mit uns. Falls es nur ein One-Night-Stand war, vergessen wir es. Ich versuche neutral zu bleiben. Manchmal braucht man Abstand zu den Dingen die man liebt, um zu erkennen, wie sehr man sie braucht. Lass uns heute nicht darüber reden. Reich mir den Sekt, ich habe Durst!"

„Oh Gott, ich bin also der Idiot der verloren hat, obwohl er das Gewinnerblatt hatte! Es war wirklich nur ein One-Night-Stand!"

Ich ging nicht darauf ein, trank die Flache fast leer und reichte sie an Hassan weiter.

Diesmal kamen keine Belehrungen und er trank den Rest.

Innerhalb einer Stunde, waren alle Sektflaschen leer und Hassan holte Nachschub.

Ich war völlig angetrunken, kicherte und lachte vor mich hin.

Einige Male ging ich unter, schluckte heftig Wasser und Hassan klopfte mir dauerhaft auf den Rücken.

Irgendwann hatte er genug und brachte mich in mein Schlafzimmer.

„Lilith, du hast inzwischen mehr Poolwasser in dir, als Sekt. Ich hole dir jetzt einen starken Kaffee!"

Hassan verschwand, ich stand auf und zog mir einen Bademantel über. Schwankend machte ich mich auf den Weg in die Küche und stieß dort auf Tareq. Hassan war nirgends zu sehen.

„Kann ich dir helfen, Lilith? Was suchst du?"

Ich kicherte, öffnete den Kühlschrank, griff eine von den halbvollen Sektflaschen und trank sie aus.

Tareq riss sie mir aus der Hand.

„Ich denke du hast für heute genug, Lilith! Dein

Kaffee ist gleich fertig!"

„Zu spät, Tareq! Alkohol bereits vernichtet! Boah, ist mir auf einmal komisch!"

Vor mir drehte sich alles und dann hatte ich wohl einen Blackout. Ich bekam nur noch mit, dass beide Männer Probleme hatten, mich unter Kontrolle zu bekommen und auf die Couch ins Büro verfrachteten.

„Danke, Tareq für deine Hilfe! Mein lieber Freund, so extrem habe ich Lilith noch nie erlebt! Sie scheint gar nicht sie selbst zu sein! An diesem ganzen Trara bin nur ich schuld! Ich bin gespannt, wenn sie aufwacht, an was sie sich noch erinnern kann. Besser wäre es für sie, sie würde alles vergessen. Die Situation, als sie auf deinem Rücken hing und Hoppelhäschen mit dir spielen wollte, war zum Brüllen. Ich muss immer noch lachen. Bis morgen! Ich kümmere mich jetzt um sie!"

„Tu das, Hassan. Bis morgen!"

Völlig verwirrt wachte ich am nächsten Tag auf. Ich konnte mich an so gut wie nichts erinnern.

Langsam erhob ich mich.

Mein Kreislauf spielte sofort verrückt und ich musste mich wieder setzen.

Warum lag ich eigentlich in Hassans Büro?

Fragen über Fragen.

Mein Schädel dröhnte, ich wartete noch ein paar Minuten, stand erneut auf und machte mich auf den Weg in die Küche, wo ich auf Tareq traf.

„Guten Morgen, Lilith! Wie fühlst du dich? So wie du aussiehst, nicht besonders! Möchtest du einen starken Kaffee?"

Ich stöhnte auf.

„Ja, bitte extra stark! Was ist gestern Nacht passiert? Ich kann mich an nicht viel erinnern! Wo ist Hassan?"

„In der Garage, deine Maschine auffüllen! Er müsste gleich wieder hier sein. Du hast dich gestern ziemlich mit Sekt abgeschossen, obwohl dieser alkoholreduziert war und dann die Kontrolle über dich verloren. So habe ich dich noch nie erlebt. Hassan und ich, hatten enorme Probleme dich zu bändigen. Wenn er dann hier erscheint erschrick nicht. Du hast ihm das Gesicht zerkratzt und ein blaues Auge verpasst. Mit mir wolltest du Hoppelhäschen spielen und ich muss jetzt noch lachen", erklärte er und grinste.

Entsetzt blickte ich ihn an.

„Ich wollte was? Hoppelhäschen mit dir spielen? Mein Gott, wie peinlich ist das denn? Ich glaub ich fahr jetzt am Besten zurück nach Bagdad!"

Im gleichen Moment ertönte Hassans Stimme hinter mir.

„Du fährst nirgendwo hin, Lilith! Solange du nicht komplett nüchtern bist, bleibst du hier! Wir beide müssen ernsthaft reden! Nach dem Frühstück oben in meinem Büro!"

Ich drehte mich um und erschrak. Hassans Gesicht war übersät mit Kratzwunden und er hatte wirklich ein blaues Auge.

Was zum Teufel, war heute Nacht vorgefallen?

„Guten Morgen, Hassan! Habe ich dich so verletzt?"

„Ja, Lilith und jetzt ist Schluss mit lustig!"

„Zumindest wirst du mit dieser Verletzung nicht von fremden Weibern angemacht! Stößt etwas ab!", gab ich garstig von mir.

„Es reicht jetzt, Lilith! Ich sollte dir eine Tracht Prügel verabreichen!", brüllte er mich an.

„Mir reicht es schon lange, Hassan! Du behandelst mich in letzter Zeit wie eine Leibeigene! Merkst du eigentlich noch etwas? Tu, was du nicht lassen kannst!

Ich bin es ja gewohnt, seelisch und körperlich verletzt zu werden!", schrie ich zurück und stand auf.

„Setz dich hin, Lilith!"

„Nein! Ich fahre jetzt zurück und du wirst mich nicht aufhalten!"

Ich rannte zwei Stufen auf einmal nehmend nach oben und hörte wie Hassan mir folgte.

Auf der vorletzten Stufe rutschte ich aus und fiel lang hin. Bevor ich aufstehen konnte, hatte Hassan mich bereits erreicht und riss mich hoch.

„Autsch!", schrie ich und rieb mir mein Knie.

„Lilith, was ist mit dir los? Heute Nacht bist du völlig ausgeartet! Du wolltest mit Tareq Hoppelhäschen spielen, der dich auf seinem Rücken zum Verrückten Hutmacher bringen sollte. Du meintest du seiest Alice im Wunderland. Der verrückte Hutmacher sollte wohl ich sein und Tareq, das weiße Kaninchen. Zuerst lachten wir noch darüber, aber als du dann wütend auf mich losgegangen bist und mein Gesicht zerkratzt hast, mussten wir dich bändigen. Du hast wie wild um dich geschlagen, mir dabei dieses blaue Auge versetzt und mich übelst beschimpft. Gerade versuchst du es erneut. Ich weiß, dass ich einen unverzeihlichen Fehler begangen und dich mehr als verletzt habe. Carol habe ich seitdem nicht mehr gesehen. Allerdings denkt diese, dass sie Chancen bei mir hat und stalkt mich dauerhaft."

„Weißt du Hassan, dass Leben findet statt während man dabei ist, neue Pläne zu machen. Anscheinend war das deine Absicht. Das Leben besteht also aus Betrug. Oder sagen wir einfach so... es war keine Entscheidung, sondern eine Reaktion. Sieh es wie du willst. Was mit mir los ist? Ich weiß es nicht und fühle mich seit Tagen schon nicht gut. Mir ist schwindelig und ich habe nachts häufig Herzrasen. Anscheinend belastet mich diese ganze Geschichte. Ich mute meinem Körper in der letzten Zeit, wahrscheinlich zu viel zu und meine Nerven hängen an einem seidenen Faden. Dieser ist wohl heute Nacht gerissen. Ich werde noch bleiben, bis ich wieder nüchtern bin und dann zurück nach Bagdad fahren. Informiere du bitte Sabriye, dass ich später erscheine wie geplant. Jetzt lass mich bitte los Hassan, denn du tust mir weh! Gehen wir ins Büro zum Reden!"

Ich nahm seine Hand von meinem Arm und humpelte zurück.

Vor seiner Bürotür drehte sich plötzlich alles vor mir und ich kippte weg. Hassan fing mich auf. Bevor ich zu Boden stürzte, hob er mich hoch und legte mich auf die Couch.

„Lilith? Geht es dir gut? Was hast du?"

„Mir ist so fürchterlich heiß und alles verschwimmt vor meinen Augen. Ich sollte das Saufen aufhören!"

Er grinste.

„Bleib liegen, wir reden später! Ich arbeite noch einige wichtige Unterlagen ab. Falls du etwas benötigst, sag Bescheid!"

Ich nickte und schloss die Augen.

Hassan machte sich ernsthafte Gedanken um Lilith und ließ sie nicht aus den Augen.

Er bekam ein schlechtes Gewissen. Mutete er ihr doch zu viel zu?

Nach einer Stunde, wurde sie unruhig und redete nur wirr vor sich hin.

Er stand auf, fühlte ihre Stirn und erschrak.

Lilith glühte und schwitzte extrem. Besorgt rief er

Mike an und bat ihn zu kommen, der auch in kürzester Zeit erschien.

„Was ist passiert, Hassan? War das Lilith mit deinem Gesicht? Mein lieber Schwan, sie hat dich ganz schön zugerichtet! Was hat du wieder angestellt?"

Während Mike, Lilith untersuchte, gab Hassan einen Kurzbericht an ihn ab.

Mike grinste ab und zu bei seinen Erzählungen und stand dann auf.

„Hassan, ich benötige einige Eisbeutel und jede Menge Wasserflaschen für Lilith. Sie hat Fieber, das sich im Laufe des Tages noch erhöhen kann. Sie muss in den nächsten Wochen geschont und beobachtet werden. Es kann für sie übel enden. Ich verdonnere dich dazu, sich gut um sie zu kümmern, denn sie benötigt jetzt sehr viel Zuwendung."

Hassan blickte ihn fragend an.

„Mach es nicht so spannend, Mike! Was zum Teufel hat sie?"

„Die Masern, Hassan! Nicht ansteckend für dich, denn du hattest sie bereits als Kind! Lilith anscheinend noch nicht! Trotzdem ist dieser Virus für Erwachsene sehr gefährlich! Wie schaut es bei euren Kids aus?"

Hassan zuckte die Achseln.

„Keine Ahnung, Mike! Lilith hat in diese Richtung nichts erwähnt! Ich rufe gleich mal Sabriye an und frage nach!"

Hassan nahm sein Handy vom Tisch und telefonierte mit ihr. Lachend drückte er sie nach Minuten weg.

„Die Kids liegen ebenfalls flach und haben alle die Masern. Sabriye hat bereits den Kinderarzt konsultiert und Lilith scheint sich bei ihnen infiziert zu haben. Wird ja lustig in den nächsten Wochen. Jetzt muss ich mich um zwei Baustellen kümmern."

Mike grinste.

„Nun, so kommst du nicht auf dumme Gedanken und kannst einiges bei Lilith gut machen! Sie wird kaum Hunger haben und sehr viel trinken wollen. Ihre Haut wird sich noch mit rötlichen Flecken einfärben. Bitte nur Schonkost! Ich gebe Tareq eine Liste! Hassan, wann wachst du in Bezug auf Lilith endlich auf? Sie hat das alles nicht verdient! Ich habe das Gefühl, ein Fluch der Djinn schwebt über ihr. Es wird Zeit, dass sie nach *Petra* geht und ihr Versprechen einlöst."

„Jetzt soll sie erstmal gesund werden, Mike!"

Beide Männer eilten in die Küche. Tareq erhielt einen Essensplan für Lilith und stellte Eisbeutel und Wasser zur Verfügung. Mike verabschiedete sich.

„Hassan, sollte sich irgendetwas am Krankheitsverlauf bei Lilith verändern, ruf mich sofort an!"

Hassan nickte, griff sich Wasser und Eisbeutel und lief nach oben. Lilith lag völlig apathisch auf der Couch und fantasierte vor sich hin. Hassan fühlte jede Stunde ihre Stirn, fügte ihr etwas Wasser zu und überprüfte ihre Temperatur. Gegen Mitternacht hatte sie über einundvierzig Grad und ihr Puls raste. Er würde heute Nacht bei ihr schlafen. Vorsichtig hob er sie hoch und setzte sie etwas zur Seite. Danach schüttelte er ihre Kissen auf, legte sie zurück, um ihr ein paar feuchte Tücher für Wadenwickel zu holen.

„Wie geht es Lilith, Hassan?", fragte Tareq.

„Nicht so prickelnd. Ihre Temperatur ist gestiegen und ich muss gestehen, ich habe Angst um sie. Hoffen wir das Beste. Ich werde ihr Wadenwickel machen."

„Lilith hält das aus. Sie ist ein Stehaufmännchen."

„Tareq, ich muss heute noch nach Bagdad zu den Kids. Sie haben auch Masern und ich möchte Sabriye nicht die ganze Pflege alleine überlassen. Könntest du solange ich weg bin auf Lilith achten? Lass sie nicht aus den Augen."

„Geht klar, Hassan! Ich werde in deiner Abwesenheit an ihrer Seite weilen. Bis später!"

Hassan dankte ihm, griff sich die Wadenwickel und eilte zu Lilith zurück. Kurze Zeit später, hatte er sie gut versorgt und hoffte, dass ihr Fieber nachließ. Er verabschiedete sich von Tareq und fuhr los.

Einige Stunden später rief ihn Mike an.

„Hassan, wo bist du? Tareq hat mich benachrichtigt. Du musst sofort kommen! Lilith geht es ziemlich schlecht. Sie ist bewusstlos und ich habe ihr Blut abgenommen und bringe es jetzt sofort ins Labor im Krankenhaus. Hoffentlich hat sie nicht Meningitis als Nebeneffekt bekommen, denn das wäre fatal. Wann bist du zurück?"

„Ich bin gerade auf dem Rückweg von den Kindern! Bei Allah! Mike fahr du schon ins Labor und rufe mich an, sobald du den Befund hast! Tareq soll bei Lilith bleiben und aufpassen! Ich beeil mich!"

„Geht klar, Hassan! Fahr vorsichtig! Tareq kühlt sie mit Tüchern aus dem Kühlschrank. Wenn das Fieber heute Nacht nicht nachlässt, überführe ich sie ins Krankenhaus!"

Hassan raste wie ein Irrer zurück und stürmte nach oben in sein Büro.

Lilith lag immer noch bewusstlos da und Tareq kühlte auf Veranlassung von Mike mit nassen Tüchern ihren Körper.

„Danke, Tareq! Ich löse dich jetzt ab! Bei Allah, Lilith glüht wie ein Ofen! Hoffentlich überlebt sie diese Nacht, denn das Thermometer zeigte zweiundvierzig Grad an und der Befund über die Blutuntersuchung steht auch noch aus."

Tareq erhob sich und nickte.

„Hassan, sie ist stark und wird es überleben! Ich denke die Djinn werden sie nicht so einfach sterben lassen, denn sie muss ihr Versprechen einlösen. Hoffen wir das Beste. Ich bin unten zu finden, wenn du noch etwas benötigst. Wie geht es den Kids?"

„Denen geht es gut! Sie haben nicht so einen schweren Verlauf wie Lilith!"

Hassan setzte sich an seinen Schreibtisch und nahm über Skype Kontakt zu Larissa auf.

„Hallo, Brüderchen! Wie geht es dir und den Rest der Bande? Warum schaust du so ernst? Was ist passiert?"

Hassan informierte sie über den Stand der Dinge und musste an sich halten, um nicht loszuheulen.

„Ich hoffe, Lilith überlebt es! Ich brauche sie!"

Larissa beruhigte ihn.

„Sie wird gesund! Du musst nur fest daran glauben! Das Schicksal hat noch einiges mit ihr vor. Nichts im Leben geschieht ohne Grund! Halt mich auf alle Fälle auf dem Laufenden!"

Hassan nickte, versprach es und trennte kurz darauf die Verbindung.

Er stand auf und überprüfte die Laken von Lilith, die bereits wieder trocken waren. Sie glühte immer noch und als er ihren Puls fühlte, stöhnte sie plötzlich auf und öffnete kurz ihre Augen. Hassan war erleichtert. Zumindest war sie aus ihrer Ohnmacht erwacht und das ließ hoffen.

Er erneuerte die Laken. Danach setzte er sich zu ihr ans Fußende, nahm ihre Füße in seine Hände und fing an, sie vorsichtig zu massieren.

Er machte sich die schlimmsten Vorwürfe, was er ihr in den letzten Monaten zugemutet und angetan hatte.

Gegen Mitternacht schrak er hoch, als sich sein Handy

meldete.

Es war Mike.

„Hallo, Hassan! Ich habe gute Nachrichten! Lilith hat keine Meningitis. Dieser Risikofaktor ist schon mal weg. Wie geht es ihr?"

„Sie ist aus ihrer Ohnmacht aufgewacht und hat ihre Augen geöffnet. Mich allerdings nicht erkannt. Fieber unverändert, der Puls rast."

„Sie ist auf dem Weg der Besserung wie es aussieht. Du musst sie weiter kühlen und Flüssigkeit einflössen. Ich komme morgen früh vorbei und dann sehen wir weiter. Einen Krankenhausaufenthalt können wir ihr ersparen."

„Bis Morgen, Mike! Ich danke dir!"

„Ich sagte dir doch, dass ich für Lilith durch die Hölle gehen würde!"

Hassan drückte das Gespräch weg und eilte in die Küche zu Tareq.

„Lilith, wird wieder gesund. Mike hat mich informiert. Keine Hirnhautentzündung! Wir sollen weiterhin ihren Körper kühlen! Morgen bleibe ich den ganzen Tag vor Ort! Gute Nacht!"

„Dir auch, Hassan! Ich lege noch einige nasse Tücher in den Kühlschrank!"

Hassan nickte, eilte wieder nach oben legte sich zu Lilith und zog sie vorsichtig in seine Arme. Die Nacht war eine Herausforderung für ihn.

Sie fantasierte, bewegte sich unruhig hin und her und er wechselte gefühlte dreimal die Laken.

Gegen morgen schlief sie endlich ein.

Hassan stand auf und flößte ihr etwas Wasser zu. Lilith verschluckte sich und hustete. Nachdem er ihre Temperatur gemessen hatte, atmete er erleichtert auf. Sie war gefallen und zeigte vierzig Grad an.

Kurze Zeit später erschien Mike.

„Die Krise ist noch nicht überstanden! Hoffen wir das Beste für Lilith!"

Hassan nickte und so verging die erste Woche. Er pendelte zwischen Lilith und den Kinder hin und her. Schlaf fand er fast keinen und sah entsprechend aus. Mitte der zweiten Woche verschlechterte sich der Zustand von Lilith erneut, während es den Kids von Tag zu Tag immer besser ging.

Sabriye schickte Hassan zu Lilith und erklärte, dass sie sich alleine um die Kinder kümmern würde. Er sollte sich komplett auf sie konzentrieren und sehen, dass Lilith so schnell wie möglich gesund wurde.

Hassan dankte ihr und fuhr zurück in sein Anwesen.

Liliths Temperatur war erneut auf zweiundvierzig Grad gestiegen und das ganze Spiel ging von vorne los. Sie war völlig abgemagert und er würde sie wieder aufpäppeln müssen.

Ende der Woche fiel das Fieber wieder und sie nahm zumindest Flüssigkeit auf. Ansprechbar war sie nur bedingt. Sie war extrem lethargisch und driftete immer wieder ab.

In der dritten Woche änderte sich dies schlagartig und das Fieber sank auf achtunddreißig Grad.

Hassan musste für einige Tage auf Geschäftsreise und übergab die Aufsicht für Lilith an Mike ab.

Tareq und Mike kümmerten sich liebevoll um sie und ihre Genesung machte gute Fortschritte.

Tareq schaffte es sogar, dass sie endlich aß und wieder an Kräften gewann.

Hassan meldete sich jeden Abend und erkundigte sich nach ihrem Befinden. Allerdings wollte sie mit ihm nicht sprechen und überließ die Telefonate Mike. Er erzählte ihr auch, dass sie sich bei den Kids angesteckt hatte und diese inzwischen genesen waren.

Lilith beabsichtigte die darauf folgende Woche wieder nach Bagdad zu ziehen.

Mike hatte Mühe sie auszubremsen und erklärte, dass sie erst richtig gesunden müsste, da sie noch viel zu schwach war.

„Wann kommt Hassan zurück?"

„Morgen, Lilith! Warum fragst du?"

„Weil ich morgen wieder in meinen eigenen Räumen schlafen werde! Ich kann Hassan nicht ertragen! Nicht nachdem ihm dieser Ausrutscher passiert ist! Wer weiß ob er sich auf seiner Geschäftsreise mit dieser Carol erneut getroffen hat! Ich brauche Abstand, auch wenn er während meiner Krankheit, Tag und Nacht an meiner Seite weilte. Tareq ich nehme mein Frühstück morgen früh in der Küche zu mir."

„Bist du dazu nicht noch etwas zu schwach, Lilith?"

„Ich werde es überstehen, Tareq!"

„Wie du meinst! Ich erwarte dich gegen neun Uhr."

Lilith nickte und legte sich zurück.

„Möchtest du reden?", fragte Mike und sie schüttelte den Kopf.

„Danke, Mike! Wenn ich Bedarf danach habe, melde ich mich! Meine Kinder sind mir zurzeit am Nächsten und vorrangig. Außerdem komme ich alleine besser zurecht. Ich benötige keinen Mann, der mich betrügt und belügt! Es war ein extremer Fehler wieder hierher zu kommen!"

„Liebst du Hassan noch? Soll ich mit ihm sprechen?"

„Ich weiß es nicht, Mike! Nein, halte dich da raus!"

„Okay, Lilith! Allerdings bin ich für dich da, wenn du reden möchtest!"

„Ich weiß! Danke!"

Hassan kam am nächsten Tag gegen neun Uhr zurück und eilte zuerst in sein Büro, um nach Lilith zu sehen. Außerdem musste er mit ihr reden. Er öffnete die Tür und fand eine leere Couch vor.

Was war hier los?

Nachdem er Lilith nirgendwo in den oberen Räumen finden konnte, eilte er in die Küche.

„Tareq, wo ist Lilith? Was ist passiert?"

Dieser hielt den Zeigefinger an seine Lippen.

„Pssst! Leise Hassan! Dreh dich um! Lilith schläft am Tisch! Sie wollte unbedingt in der Küche frühstücken, war aber noch recht schwach und wackelig unterwegs. Sie ist während des Frühstücks eingeschlafen."

Hassan drehte sich um und grinste.

Liliths Arme lagen auf dem Tisch und darauf hatte sie ihren Kopf gebettet und schlief.

Am liebsten hätte er sie an sich gerissen und geküsst. Was nicht ist kann noch werden, dachte er und bat um eine Tasse Kaffee.

„Ich hoffe sie friert nicht! Nur mit Bademantel bekleidet! Hoffentlich erkältet sie sich nicht!"

Hassan trank seinen Kaffee, stand auf und legte seine Hand auf die Stirn von Lilith. Erschrocken zog er sie zurück und fühlte ihren Puls.

„Verdammt sie glüht schon wieder wie ein Hochofen! Sind noch feuchte Laken da? Ich bring sie jetzt hoch!"

Tareq nickte.

„Ich habe zum Glück vorgesorgt! Bring du sie nach oben und ich komme mit den feuchten Laken hinterher. Eigentlich ging es ihr bis kurz vor deinem Erscheinen gut und das Fieber war auf achtunddreißig Grad gesunken. Sie ist einfach noch zu schwach und dadurch anfällig."

Hassan hob Lilith vorsichtig hoch, damit sie nicht

aufwachte und machte sich auf den Weg nach oben in sein Büro. Auf dem halben Weg wurde er von Lilith ausgebremst, die plötzlich erwachte und ihn anbrüllte, dass er sie herunterlassen sollte.

Er ignorierte ihren Wunsch und lief weiter.

„Verdammt, Hassan! Hörst du schlecht? Bleib stehen und lass mich sofort runter! Ich kann alleine laufen! Du bist kaum hier und schon bevormundest du mich wieder und schränkst mich ein!"

Hassan blieb stehen, blickte Lilith an und setzte sie so unsanft ab, dass sie das Gleichgewicht verlor und fast gestürzt wäre.

„Mach doch was du willst, Sturkopf!"

„Typisch! Nur Gewalt! Und? Hattest du Erfolg bei Carol?", blaffte sie ihn an.

„Du bist doch paranoid, Lilith!"

Hassan ließ sie einfach stehen und lief ohne weiteren Kommentar weiter.

Langsam versuchte ich die Stufen zu bewältigen und zog mich am Geländer nach oben. Nach fünf Stufen musste ich innehalten, da es mir schwindlig wurde. Völlig entnervt setzte ich mich auf die Treppe.

Tareq kam kurze Zeit später dazu und half Lilith hoch.

„Bei Allah, was ist denn jetzt schon wieder los! Wo ist Hassan?"

„Ich wollte ohne seine Hilfe nach oben, denn ich kann es zurzeit nicht ertragen, wenn er mich anfasst! Hilf mir bitte in meine Räume! Ich möchte nicht in seiner Nähe sein und ich komme alleine klar!"

Tareq hakte sich bei Lilith unter und nahm Stufe für Stufe mit ihr nach oben. Sie war immer noch schwach auf den Beinen und musste einige Male innehalten.

Kurz bevor sie die Türe zu ihren Räumen öffnete

wurde sie von Hassan hochgehoben und zurück auf die Couch in seinem Büro verbracht.

Tareq folgte und grinste vor sich hin.

„Keine Kommentare, Lilith! Ich weiß du hasst mich zurzeit und das zu Recht! Allerdings habe ich für dich eine Verantwortung zu tragen. Schon alleine wegen der Kids. Du bleibst solange unter meiner Aufsicht, bis du völlig genesen bist. Dein Fieber scheint erneut zu steigen und um das im Vorfeld zu unterbinden, wickle ich dich erneut in kühle Tücher. Also gib jetzt Ruhe, denn es geschieht alles zu deinem Besten."

„Mach doch was du willst, du Ekel! Ich bin einfach zu schwach, um mich zu wehren!"

Ich gab meine Kampfstellung vorläufig auf und legte mich stöhnend zurück in die Kissen.

Als Hassan die Laken wechseln wollte, schlug ich ihm die Hände weg.

„Nein! Fass mich nicht an! Ich will das nicht!"

„Lilith, sei vernünftig! Dein Fieber steigt wieder! Ich meine es doch nur gut!"

„Mein Fieber fällt in dem Moment, wenn ich dich nicht mehr ansehen muss! Geh einfach, denn zurzeit bist du für mich so toxisch wie ein Reaktor kurz vor der Kernschmelze!"

Hassan blickte Lilith lange an, stand auf und verließ den Raum.

Tareq schüttelte den Kopf.

„Lilith, das war jetzt ziemlich harter Tobak, was du da von dir gegeben hast! Ich muss Hassan deshalb in dem Fall in Schutz nehmen! Er ist drei Wochen lang von hier nach Bagdad gefahren, um dich und die Kinder zu pflegen!"

„Ich habe ihn nicht darum gebeten, Tareq!"

„Bei Allah, Lilith! Weißt du eigentlich noch, was du

sagst? Du bist eiskalt geworden!"

„Ist doch bestens so! Hassan ist einige Male über sein Ziel hinausgeschossen und damit ist jetzt Schluss. Vergiß nicht, die Tücher mit nach unten zu nehmen!", gab ich sarkastisch zur Antwort und drehte mich um.

Tareq machte sich auf den Weg nach unten und traf auf Hassan, der gedankenverloren auf einem Stuhl in der Küche saß. Er tippte ihn an und als sich Hassan zu ihm drehte, erschrak er regelrecht. Dieser schien von einer Sekunde zur anderen um Jahre gealtert zu ein.

„Wie geht es Lilith, Tareq?"

„Sie hat sich etwas beruhigt, weigert sich allerdings die Laken zu wechseln. Am Besten ist, wir lassen sie jetzt einfach in Ruhe. Sie bekommt sich schon wieder in den Griff."

Er erzählte ihm noch, was sie an Sprüchen vom Stapel gelassen hatte. Hasan schüttelte den Kopf.

„Tareq, ich bin mit meinem Latein und Nerven völlig am Ende, was Lilith betrifft. Ich denke, dass war es mit unserer Beziehung, denn ich habe alles zerstört. Sicher geht nach ihrer Genesung das Gerangel um die Kids los."

Tareq schüttelte ebenfalls den Kopf.

„Glaube ich nicht! Lilith hat Stil und es wird nicht so enden, wie du denkst! Eher steckt sie zurück und lässt die Kinder bei dir!"

„Warten wir es ab, Tareq!", gab Hassan von sich und stand auf.

Zwei Wochen später ging es Lilith wieder besser und sie fuhr zurück in ihre Wohnung. Dies geschah alles in der Zeit, wo Hassan auf Geschäftsreise weilte.

Ohne ihm auch nur eine Nachricht zu hinterlassen, verschwand sie von einem Tag auf den anderen aus seinem Haus.

Die Kids und Sabriye freute es und Lilith blühte wieder auf. Hassan erfuhr von Tareq, dass sie sein Anwesen verlassen hatte und ahnte fürchterliches. Auf Anrufe und E-Mails reagierte sie nicht. Zwei Monate vergingen, bevor er seine Geschäftsreise beenden und zurückfliegen konnte.

Er hatte Mike gebeten sie zu informieren, dass er bald wieder vor Ort sein würde und unbedingt mir ihr reden musste. Mike führte ein längeres Gespräch mit ihr und bat sie, wenigstens auf seine Sprachanrufe zu antworten. Lilith ließ sich überreden und schrieb, dass sie zu einer Unterredung mit ihm bereits sei und er ihr schreiben sollte, wann er wieder eintraf.

Mein Handy meldete sich und nach einem Blick aufs Display, erkannte ich Hassans Nummer. Ich nahm das Gespräch an und vereinbarte einen Termin mit ihm für das darauf folgende Wochenende.

„Okay, Lilith! Ich freue mich schon auf ein Treffen! Bei dir oder bei mir?"

„Ich komme zu dir, Hassan und bringe die Kids mit, denn sie haben schon nach dir gefragt."

„Teufelchen, ich halte es für ratsamer, wenn du erst alleine kommst und ich den nächsten Tag bei dir zu Besuch erscheine."

„Okay, Hassan! Ich habe verstanden, denn es scheint eine ernste Unterhaltung zu werden."

„So ist es!"

Sabriye die unsere Unterhaltung mitbekommen hatte, wollte wissen, was während meiner Krankheit passiert war. Ich erklärte es ihr.

„Lilith, sicher wendet sich alles zum Guten. Ihr seid so ein schönes Paar."

„Glaube ich nicht! Wir streiten uns nur noch, nach diesem Ausrutscher von Hassan. Ganz ehrlich bin ich es auch leid. Ich wünsche mir einen Mann, der mein Vertrauen für ihn nicht immer in Frage stellt, sondern auf den ich mich blind verlassen kann! Ich liebe Hassan und das wird auf ewig so bleiben. Oft ist eine Trennung aber besser."

Das Wochenende nahte und ich machte mich auf den Weg zu ihm.

Langsam fuhr ich mit meiner Geländemaschine in seine Garage und fand ihn da auch vor. Ich nahm meinen Helm und meine Handschuhe ab und schon kam er mir entgegen.

Die Begrüßung von seiner Seite war sehr frostig.

„Hallo, Lilith! Wie geht es dir?"

„Danke, Hassan! Krankheit überstanden! Was machen die Geschäfte?"

„Bestens! Gut das du dieses Thema ansprichst, denn ich habe mit dir etwas zu bereden!"

„Wo möchtest du mit mir reden? Wollen wir dazu ins Haus?"

„Nein, Lilith! Ich denke es lohnt sich nicht!"

„So schlimm?"

„Ja, Lilith! Ich mache es kurz und schmerzlos! Lilith, ich gebe dich frei, denn ich habe auf meiner Reise eine Andere kennen gelernt. Wir hatten allerdings noch keinen Körperkontakt. Sie ist die Tochter eines meiner Geschäftspartner. Es ergab sich so. Wir werden in vier Wochen heiraten. Der Termin steht fest und ich möchte, dass du zur Hochzeit erscheinst. Sie weiß von dir und möchte dich vorher noch kennen lernen. Wir müssen jetzt nur noch klären, wer sich um die Kids kümmert."

Nach dieser knallharten Eröffnung wurde es mir

urplötzlich übel.

Ich schloss meine Augen und schluckte.

Diese Mitteilung traf mich wie ein Fausthieb, obwohl ich mit so etwas in der Art gerechnet hatte.

„Lilith? Geht es dir gut? Du bist kreidebleich!"

Ich öffnete meine Augen wieder und blickte ihn an.

„So eine Frage kannst auch nur du stellen, Hassan! Wie soll es mir nach dieser Offenbarung schon gehen. Danke, dass du so ehrlich bist. Ich nehme es hin und bitte dich trotzdem morgen in meiner Wohnung zu erscheinen. Du hast es den Kids versprochen und es geht auch um sie."

„Willst du mir keine Szene machen, Lilith?"

Ich lachte auf.

„Für was, Hassan! Es würde nichts an der Tatsache ändern und ich habe schon lange auf so eine Reaktion von dir gewartet. Wie heißt es doch…die Zeit ist ein Spiegel, die dir zeigt, wer du vorher warst! Lass uns die Beziehung ohne Rosenkrieg beenden. Ich wünsche dir viel Glück in deiner neuen Beziehung. Nur ob ich zur Hochzeit erscheinen werde, weiß ich nicht! Ich finde es eine Frechheit von dir, mich einzuladen! So, ich fahre zurück! Denk an morgen!"

So schnell ich konnte eilte ich zu meiner Maschine, setzte den Helm auf, startete und fuhr wie vom Teufel verfolgt zurück.

Kaum war ich in meiner Wohnung angekommen, brach ich heulend zusammen.

Sabriye konnte mich kaum beruhigen und war mehr als entsetzt über Hassan.

„Er kommt morgen, um mit mir zu besprechen, wie es mit den Kids weitergeht."

Ein Stunde später stand Hassan plötzlich in meinem Wohnzimmer. Ich erschrak und blickte ihn mit weit aufgerissenen Augen an. Langsam schritt er auf mich zu und zog mich an sich.

Ich zuckte zusammen und schob ihn von mir.

„Nicht, Hassan! Denk daran, du bist frisch liiert und so etwas schickt sich nicht! Was willst du heute schon hier?"

„Lass uns später ein romantisches Abschiedsessen mit Kerzenlicht machen. Ich habe alles dabei und werde für dich kochen. Ich war vorhin noch auf dem Basar. Alles frisch. Es tut mir leid, dass ich dich vorhin so eiskalt abgefertigt habe. Was hältst du von meinem Vorschlag?"

„Nicht viel, aber es sei dir gewährt! Wir können vorher noch besprechen, wie wir die Kids aufteilen. Amirs Kinder haben mit dir nichts zu tun und ich werde sie bei mir behalten. Die Zwillinge überlasse ich schweren Herzens dir. Ich hatte dir im Vorfeld das Sorgerecht bereits überschrieben. Dabei bleibt es auch und deine männliche Ahnenreihe wird weiter bestehen. Nur ab und zu möchte ich sie besuchen dürfen und ich hoffe du wirst es mir uneingeschränkt zugestehen. Möchtest du etwas trinken?"

Hassan nickte. Ich stand auf und eilte in die Küche, nahm Gläser und Rotwein aus dem Schrank und stellte alles auf den Tisch im Wohnzimmer.

Hassan entkorkte die Flaschen und schenkte ein.

„Hier Teufelchen, trink langsam! Ich werde dich natürlich finanziell unterstützen und dir angemessen Unterhalt zahlen!"

„Vergiss es, Hassan! Wir sind nicht verheiratet und ich verdiene selbst genug! Ich möchte nur, dass du meinen Wunsch respektierst und ich die Kids in Abständen sehen kann. Alles andere interessiert mich nicht."

„Willst du etwa wieder arbeiten? Was wird in der Zeit

mit Oasis und Sheherazade?"
„Das geht dich nichts an, denn es sind nicht deine
Kinder! Entweder Nanny oder ich nehme sie mit zu
den Ausgrabungen. Sonst noch Fragen?"
Er schüttelte den Kopf und stand auf, um in der
Küche das Essen vorzubereiten. Ich half ihm dabei.
„Lilith, darf ich dich etwas fragen?"
Ich nickte.
„Liebst du mich eigentlich noch?"
Ich schnippelte gerade Karotten, rutschte bei seiner
Frage ab und schnitt mich in den Finger. Erschrocken
schrie ich auf und schon war alles voller Blut.
Hassan nahm meine Hand und hielt sie unter kaltes,
laufendes Wasser.
„Bleib so, ich hole Verbandszeug. Wo finde ich es?"
„Rechts oben, dort im Küchenschrank."
Hassan verband mir den Finger und lotste mich
wieder ins Wohnzimmer. Bestimmend drückte er mich
auf die Couch und reichte mir mein Weinglas.
„Lilith, du hast meine Frage noch nicht beantwortet!"
Ich trank mein Glas auf ex aus und stellte es ab.
„Bis in den Tod, Hassan! Ich werde dich mein Leben
lang nicht vergessen! Schade, dass es so endet! Ich
halte mich an folgendes….schließe ab, mit dem was
war. Sei glücklich mit dem was ist und sei offen, für
das was kommt."
Hassan schenkte die Gläser nach und strich mir sanft
über mein Gesicht. Erschrocken wich ich zurück.
„Nicht, Hassan!", gab ich von mir.
„Ich koche jetzt weiter und du schaust mir zu. In einer
halben Stunde bin ich fertig."
Ich nickte und dachte nur, ich auch, mit dem Trinken.
Entschlossen griff ich nach der Flasche und trank sie
leer, bevor er das Essen fertig hatte.

Danach war ich angetrunken und bekam nur noch die Hälfte von dem mit, was er mir erzählte.

„Bei Allah! Lilith, du Dämon! Keine Sekunde kann man dich mit Alkohol alleine lassen!"

Ich giggelte vor mich hin.

„Hassan, dass kann dir völlig egal sein, denn es geht dich nichts mehr an. Wir sind getrennt! Also lass deine Belehrungen und hebe sie für deine Neue auf!"

„Lilith du...."

„Sei still Hassan, sonst kannst du gehen! Ist das Essen fertig?"

„Ja und der Tisch bereits im Esszimmer gedeckt! Du kannst dich setzen."

Unser gemeinsamer Abend verlief schweigsam und ich war nach der zweiten Flasche Wein wieder einmal völlig außer Kontrolle. Hassan war ebenfalls leicht angetrunken und brachte mich ins Wohnzimmer. Während ich mehrere Male von der Couch rutschte und mich darüber köstlich amüsierte, ging Hassan mit mir äußerst liebevoll um.

„Lilith, ist es möglich, dass ich hier übernachten kann? Ich habe zuviel Wein intus und bin angetrunken!"

Grinsend blickte ich ihn an.

„Ja, du wolltest morgen sowieso wieder kommen und ersparst dir so nochmals den Weg. Ich mache dir schnell das Gästezimmer zurecht."

Vorsichtig stand ich auf und stolperte über seine Füße. Mit einem Aufschrei fiel ich auf ihn und Hassan nutzte schamlos die Situation, um mich zu küssen. Ich wehrte mich verzweifelt, aber er hielt mich eisern fest.

„Hassan! Nicht!"

„Sei endlich ruhig Lilith und halt still! Du entkommst mir nicht! Widerstand zwecklos!"

„Hast du vergessen, dass du anderweitig verlobt bist?"

„Ich sagte dir doch, dass ich noch nichts mit ihr hatte! Ihr Vater ist einer meiner Geschäftspartner."
„Ja und? Du solltest dich schämen! Denk daran, sie will mich kennen lernen! Ich müsste ihr mit einem schlechten Gewissen gegenübertreten! Wie heißt sie eigentlich?"
„Leyla!"
„Schöner Name und bedeutet die Nacht."
„Du erstaunst mich immer wieder mit deinen äußerst fundierten Kenntnissen, Teufelchen. Kein Wunder, dass du in deinem Alter schon Professorin bist."
„Danke für deine Anerkennung und nun lass mich los!"
Hasan schüttelte den Kopf, zog mich wieder zu sich und küsste mich erneut, bis mir die Luft wegblieb.
Obwohl ich mich erheblich sträubte, gelang es mir nicht, mich aus seinen Armen zu winden. Nach einem kleinen Gerangel gab ich auf und es kam so, wie es kommen musste…..ich landete mit Hassan im Bett.

Der nächste Morgen begann für mich mit einem dicken Schädel und der Erkenntnis, was heute Nacht passiert war.
Ich stöhnte auf und schob es dem Alkohol zu.
Hassan lag nicht mehr neben mir. Allerdings hörte ich fröhliches Geplapper aus der Küche. Er schien sich um die Kids zu kümmern. Ich stand auf, machte mich frisch und eilte in die Küche, wo mich Hassan bereits erwartete.
„Guten Morgen, Teufelchen! Ich hoffe du hast nach dieser Nacht gut geschlafen?"
„Guten Morgen! Sie wird unvergesslich bleiben, da es unsere letzte gemeinsame war, Hassan! Wie lange bleibst du? Wir hatten das Nötigste bereits gestern so

gut wie es ging geregelt. Bist du mit deinem Auto da?"
„Nein! Ich habe meine Maschine genutzt! Was hältst du von einer gemeinsamen Fahrt in die Wüste? So als Abschluss? Ich wollte dies schon vor längerer Zeit mit dir machen!"
Ich überlegte kurz und nickte.
„Gute Idee, Hassan! Wohin?"
„Zur Oase, wo alles begann..."
„...und wo es jetzt wohl endet!", vollendete ich seinen Satz.
Er nickte.
„Hassan, ich sage Sabriye Bescheid und dann können wir los! Ist das in Ordnung?"
„Geht klar, Lilith! Kleiner Zwischenstopp nach dem Ausflug bei mir?"
Ich nickte und dann fuhren wir los.
Nach eineinhalb Stunden erreichten wir die Oase und erfrischten uns.
Alte Erinnerungen kamen wieder hoch und wir ließen alles Revue passieren.
Für einen kurzen Moment überkam mich so etwas wie Wehmut und ich brach in Tränen aus.
Hassan zog mich ohne lange zu fragen an sich und versuchte mich zu trösten.
„Bei Allah, Lilith! Ich liebe dich immer noch und in meinem tiefsten Inneren, möchte ich nicht das du gehst. Vielleicht findet sich eine Lösung. Würdest du mich zurücknehmen, wenn ich dich darum bitte? Und könntest du mir verzeihen?"
Ich schluckte und bevor ich antworten konnte, küsste er mich.
„Lass uns zurückfahren, Hassan!", bat ich ihn und schob ihn von mir.
„Bekomme ich dann später noch eine Antwort auf

meine Fragen? Ich mache einen Deal mit dir! Wer zuerst mit der Geländemaschine zuhause ist, darf auch bestimmen, wie der Abend endet!"

Ich lachte.

„Hassan, du bist immer für eine Überraschung gut! Du wirst verlieren! Aber okay, machen wir den Deal!"

„Na, dann los Lilith! Die Wette gilt und es ist alles erlaubt! Wir sehen uns später!"

Ich grinste, setzte meinen Helm auf und startete mein Motorrad. Hassan tat es mir gleich und schon ging es los. Er hatte allerdings die besseren Karten, da er die Wüste von klein auf, wie seine Westentasche kannte. Ich stürzte ein paar Mal und verlor so an Minuten. Er fuhr unbeirrt weiter und blickte sich nur einmal um. So ein Schuft dachte ich mir, denn ich wusste was er vorhatte.

Ich fasste einen Entschluss und würde ihn gewinnen lassen. Mir gingen seine Worte nicht aus dem Sinn…..

Ich liebe dich immer noch und in meinem tiefsten Inneren, möchte ich nicht das du gehst. Vielleicht findet sich eine Lösung. Würdest du mich zurücknehmen, wenn ich dich darum bitte? Und könntest du mir verzeihen?

Nachdem ich ihm die Antwort schuldig geblieben war, änderte ich meinem Plan, ihm zu folgen und fuhr weiter Richtung Bagdad.

Erleichtert über diese Entscheidung erreichte ich meine Wohnung. Ich begrüßte die Kids, zog mich aus und duschte. Kaum entstieg ich erfrischt, meldete sich mein Handy.

„Hallo Hassan, sei nicht böse. Ich bin bereits zuhause und wollte uns die Peinlichkeit ersparen, übereinander herzufallen. Außerdem bin ich einige Male gestürzt und mir tut alle weh."

„Ich hätte dich gerne verarztet, Teufelchen! Ist es sehr

schlimm?"

Ich lachte.

„Nein! Wie dieses verarzten ausgesehen hätte, war mir im Vorfeld klar, deshalb bin ich weitergefahren. Wir sehen uns am Wochenende wieder und ich wünsche dir eine angenehme Woche. Bis demnächst Hassan!"

„Bis bald, Lilith! Da, ich gewonnen habe, bist du mir noch etwas schuldig! Irgendwann musst du es bei mir einlösen!"

„Geht klar du Schwerenöter! Versprochen!"

Hasan blickte während der Fahrt zurück und sah Lilith mit dem Motorrad stürzen.

Erst wollte er zurückfahren, entschied sich aber um. Sie wusste sich schon zu helfen. Er musste auf alle Fälle gewinnen und freute sich schon darauf. Keine zehn Minuten später erreichte er sein Domizil und sah auf die Uhr. Lilith müsste demnächst eintreffen, denn sie war ihm trotz der Stürze auf den Fersen gewesen. Nur traf sie nicht ein und er ahnte, dass sie auf dem Weg nachhause war. Eine Stunde später rief er sie an.

Hassan wusste, dass er Lilith in eine dumme Situation gebracht hatte und sicherlich war sie verstört darüber. Er brauchte jetzt dringend jemand zum Reden.

Mike erreichte er nicht und so blieb ihm nur noch Raschid.

Kurze Zeit später hatte er ihn am Handy.

„Hallo, Hassan! Was ist los?"

„Raschid ich muss unbedingt mit dir reden es ist mehr als wichtig!"

„Okay! Wann und wo?"

„Sofort und bei mir! Kannst du das einrichten?"

„Ich komme! Bis dann!"

Kurze Zeit später war er vor Ort und hörte sich an,

was Hassan zu sagen hatte. Dieser erzählte ihm, was vorgefallen war und bat um einen Rat.

Raschid räusperte sich.

„Also, sind die Gerüchte doch wahr, was man so hört. Welcher Teufel hat dich eigentlich geritten, dass du so mit Lilith umspringst. Ich versteh dich einfach nicht. Wie geht es nun weiter? Was wird aus den Kids?"

„Die Zwillinge bleiben bei mir und Lilith möchte sie in Abständen besuchen dürfen. Ich werde es ihr nicht verwehren. Amirs Kids nimmt sie mit. Allerdings weiß ich nicht, wo sie wohnhaft bleibt. Leyla kommt dieses Wochenende, das erste mal zu Besuch. Sie möchte vor der Hochzeit Lilith kennen lernen."

„Was sagt Lilith dazu? Ich finde es verwerflich, dass du mit ihr noch einmal Sex hattest und ihr dann auch noch diese Sprüche reingedrückt hast. Das muss für sie ziemlich verstörend gewesen sein. Warum jetzt so urplötzlich Leyla? Soviel ich weiß, hat sie einen Freund und wollte diesen heiraten. Anscheinend hat ihr Vater wieder Druck ausgeübt. Hast du mit ihr geschlafen?"

„Nein, Raschid! Ich hatte noch nichts mit Leyla und du hast Recht, dass ihr Vater Druck ausgeübt hat. Es wird eine Scheinehe. Ihm passt der Freund nicht, obwohl er reichlich Besitz hat und finanziell bestens betucht ist."

„Warum in Allahs Namen, hast du dich dann darauf eingelassen? Willst du Lilith bestrafen, weil sie dich nach deinen Eskapaden nicht mehr rangelassen hat? Ganz ehrlich Hassan, du bist kein Stückchen besser als Amir! Nur auf andere Art und Weise! Ich mach dir einen Vorschlag! Komm am Wochenende mit Leyla vorbei. Lilith besucht Amir wieder mit den Kids. So kannst du eine eventuelle Eskalation beider Frauen mit Sicherheit ausschließen. Ich berede alles mit Yasmina.

Was meinst du? Lassen wir das Treffen wie einen Zufall aussehen!"

Hassan überlegte.

„Okay, Raschid! Gute Idee!"

Eine neue Woche begann und ich setzte mich mit Abdesalem in Verbindung.

„Hallo, Lilith! Krankheit gut überstanden wie ich sehe. Schön das du dich meldest. Wie geht es dem Rest der Familie?"

„Alle wohlauf! Danke! Ich fliege demnächst nach *Petra*, um mein Versprechen einzulösen. Wie geht es der Gruppe?"

„Bestens und sie freuen sich auf dein Kommen! Wir haben noch einige unterirdische Gänge gefunden und eine Wasserquelle. Das musst du dir ansehen."

„Ich melde mich, sobald ich von hier loskomme, denn ich habe einiges zu erzählen. Bis bald."

Kurz darauf machte ich mich auf den Weg zum Basar, wo ich auf Raschid und Yasmina traf.

„Hallo Lilith, schön dich zu sehen! Du scheinst deine Krankheit gut überstanden zu haben?"

„Hallo, ihr Beiden! Ja, den Kids und mir gehts wieder gut. Woher wusstet ihr das eigentlich?"

„Von Hassan! Hast du Lust auf einen Kaffee?"

Ich nickte.

Kurz darauf saßen wir gemütlich zusammen.

„Bleibt es beim Wochenende mit den Kids, Lilith? Wir freuen uns schon auf euch. Bringst du Hassan mit?"

Ich schüttelte den Kopf.

„Nein! Wir sind nicht mehr zusammen! Hassan hat sich umorientiert und heiratet demnächst."

„Was sagst du da, Lilith? Warum? Was ist passiert? Du kannst mit uns darüber reden, wenn du möchtest?"

Raschid war froh einen Übergang zu diesem Thema gefunden zu haben, um mit Lilith zu reden.

Lilith schluckte und legte los. Raschid und Yasmina hörten ihr geduldig zu.

„Wisst ihr was für mich am schlimmsten ist? Er sagte zu mir folgendes... *Ich liebe dich immer noch und in meinem tiefsten Inneren, möchte ich nicht das du gehst. Vielleicht findet sich eine Lösung. Würdest du mich zurücknehmen, wenn ich dich darum bitte? Und könntest du mir verzeihen?* Ich frage mich, warum er mich dann erst verlässt? Es ist alles so verwirrend und ich weiß im Moment nicht, wo mir der Kopf steht! Jetzt will mich seine Zukünftige auch noch kennen lernen! Ich weiß nicht, wie ich damit umgehen soll!"

Yasmina strich Lilith beruhigend über den Arm.

„Lilith, ich rede ja nicht viel, aber du schaffst das und wir stehen dir bei!"

Nach diesem Gespräch fühlte ich mich erleichtert und machte mich auf den Heimweg.

Die Woche verging ohne besondere Vorkommnisse und dann nahte das Wochenende und das Treffen bei Amir. Ich backte wie immer zwei Kuchen und nahm sie mit.

Wir Frauen kümmerten uns um den Kaffeetisch und die Kids spielten in einem der Kinderzimmer.

„Lilith könntest du bitte etwa Zucker aus der Küche holen? Ich hab ihn vergessen!"

Ich nickte und eilte nach unten.

„Und bitte noch Milch!", hörte ich sie rufen.

Ich drehte mich um.

„Geht klar, Yasmina! Ich bringe alles mit!", rief ich nach oben und lief weiter.

Im gleichen Moment prallte ich mit jemand zusammen und setzte mich unfreiwillig auf mein Hinterteil.

„Autsch! Nicht schon wieder!"
Erschrocken blickte ich hoch und sah Hassan vor mir.
„Hast du dir wehgetan, Teufelchen?", gab er von sich und zog mich vorsichtig hoch und an sich.
„Nein, alles gut! Ich bin es ja gewohnt, dass ich mit dir immer aneinander gerate. Was machst du hier?"
„Raschid und Yasmina haben uns eingeladen. Das trifft sich gut! Darf ich dir Leyla vorstellen?"
Ich schaute an Hassan vorbei und erblickte seine Neue.
„Hallo, sehr erfreut! Geht doch beide schon mal in den ersten Stock. Ich komme sofort nach."
Ich rannte regelrecht in die Küche und lehnte mich zitternd gegen den Kühlschrank.
„Geht es dir nicht gut, Lilith?", sprach mich plötzlich Hassan an und ich zuckte zusammen.
„Wie soll es mir nach dieser Aktion schon gehen? Was denkst du? Geh! Leyla soll nichts Falsches denken!"
Ich blickte ihn an, öffnete den Kühlschrank und drückte ihm die gewünschten Sachen in die Hand.
„Bring das nach oben, sonst fällt es auf! Wir reden später!"
Hassan nickte und verschwand, während ich ein paar Sekunden später folgte. Mir war klar, dass Raschid da wohl wieder getrickst hatte und wurde wütend.
Nach dem Kaffee verschwand ich heimlich nach oben auf die Dachterrasse, setzte mich auf die Zinnen und blickte in die Ferne.
Nichts hatte sich verändert.
Plötzlich spürte ich eine Hand auf meiner Schulter und drehte mich um.
Leyla stand vor mir und bat mich um ein Gespräch.
Ich nickte und wir setzten uns auf die riesige Liege.
„Lilith, darf ich dich etwas fragen? Liebst du eigentlich

Hassan noch? Ich habe ihn vorhin beobachtet, als du auf in geprallt bist und wie er dich an sich gedrückt hat. Verbindet euch noch etwas? Ich muss es wissen!"

„Außer den Kindern verbindet mich mit ihm, meine endlose Liebe bis zum Tod. Er weiß das. Warum?"

„Ich möchte Hassan nicht als Ehemann gewinnen, denn ich habe bereits einen Favoriten! Das ist alles die Schuld meines Vaters! Bitte hilf mir und alles wird wieder gut!"

Sie erzählte mir ihre Geschichte und ich versprach ihr zu helfen. Wir heckten gemeinsam einen Plan aus, von dem wir niemanden etwas erzählten. Ich dankte ihr und dann gesellte sich Hassan zu uns.

„Habt ihr beiden euch schon etwas kennen gelernt?" Wir nickten und er atmete erleichtert auf.

„Hassan, du kannst Leyla die Zwillinge vorstellen. Sie spielen mit den anderen im Kinderzimmer."

Er nickte und brachte Leyla nach unten, während ich bereits einen Plan schmiedete.

Nach dem Abendessen fuhr ich mit Sheherazade, Oasis, Shaaheen und Ayaan zurück.

Kurz darauf klingelte es an der Tür und Hassan stand davor.

„Lilith, ich wollte mich bei dir bedanken, dass du keine Szene veranstaltet hast. Wie es aussieht verstehst du dich gut mit Leyla."

„Kein Problem, Hassan! Leyla hat mich gebeten, dass ich ihre Trauzeugin sein soll und ich habe zugesagt! Komm doch herein! Möchtest du einen Kaffee?"

Er nickte und stiefelte ins Wohnzimmer.

Während wir Kaffee tranken machte mir Hassan einen Vorschlag.

„Teufelchen, was hältst du davon, wenn ich dich als meine Zweitfrau behalte und du weiterhin in meinem

Domizil lebst?"

Ich verschluckte mich heftig an meinem Kaffee und blickte ihn entsetzt an. Ich brauchte Minuten, um ihm eine Antwort zu geben.

„Hörst du dich gerade reden, Hassan? Vergiss es! Also war ich bis jetzt immer nur der Lückenbüßer für dich und eine Zweitbesetzung wie in einem billigen Film auf Abruf? Unglaublich! Schämst du dich gar nicht, mir so etwas zu unterbreiten. Ich dachte du liebst mich von Herzen! Was für ein Albtraum! Bitte geh jetzt, Hassan! Was habe ich in unserer Beziehung falsch gemacht, dass du mich jetzt so abstrafst? Und wieder muss ich eine bittere Erfahrung einstecken!"

Mich hatten seine Worte so hart getroffen, dass ich in Tränen ausbrach.

Er stand auf, zog mich hoch und an sich.

„Lilith ich bitte dich! Es liegt nicht an dir!"

Ich stieß ihn von mir.

„An was dann, Hassan? Ich sollte das Angebot der Djinn annehmen und bei ihnen bleiben! Vielleicht finde ich dann endlich meine Erfüllung!"

„Nicht doch, Lilith!"

„Bitte geh jetzt, Hassan! Ich muss nachdenken und benötige meine Ruhe dazu! Frag doch einfach Carol, ob sie die Nummer zwei an deiner Seite sein möchte! Ich werde es nicht sein! Leylas Wunsch werde ich noch umsetzen und dann verschwinde ich nach *Petra*. Wir sehen uns in den nächsten Tagen."

„Darf ich dich noch einmal küssen, Lilith?"

Entsetzt starrte ich ihn an.

„Hassan verschwinde, bevor ich mich vergesse!", brüllte ich.

Er stand auf und bevor er meine Wohnung verließ, drehte er sich noch einmal zu mir um.

„Überleg es dir, Lilith! Mein Angebot steht!"
Wütend stieß ich ihn zur Tür hinaus.
Die nächsten Tage, war ich mit den Vorbereitungen
von Leyla und ihrem Zukünftigen beschäftigt.
Ich hatte ihr erzählt, was Hassan vorgeschlagen hatte
und sie war ziemlich entsetzt.
„Ich werde ihm den Kopf zurechtstutzen! Lilith, willst
du ihn denn trotzdem noch zurück?"
„Ich weiß es nicht, Leyla! Eine Frau die oft verletzt
worden ist, rechnet immer mit dem Schlimmsten.
Wenn ihr mal was Gutes passiert, zweifelt sie daran so
sehr, dass sie ihr Glück selbst kaputt macht!"

Tage später stand Hassan völlig unerwartet in meiner
Wohnung, griff nach meinem Oberarm und zog mich
heftig mit sich in die Küche. Ich stolperte und wäre
fast gestürzt.
„Autsch, Hassan!"
„Hier, Lilith! Erklär mir, was das soll? Setz dich!"
Hassan zog einige Fotos aus seiner Anzugtasche und
knallte sie auf den Tisch.
Ich stöhnte auf.
„Dumm gelaufen für mich, Hassan! Erwischt! Was
willst du wissen?"
„Wer ist das und wieso kommt ihr beide ausgerechnet
aus dem Standesamt? Ist das dein neuer Lover, den du
heiratest? Wie lange geht das schon?"
Hassan hatte mich wohl beschatten lassen und nun
musste ich mir etwas einfallen lassen, dass die Aktion
von Leyla nicht aufflog.
„Was geht das dich an? Observierst du mich etwa?
Was soll das? Wir sind kein Paar mehr!"
„Das nicht, aber du ruinierst mir den guten Namen,
wenn das in die Medien gelangt! Außerdem solltest du

an die Kids denken! Du benimmst dich wie eine billige Hure, Lilith!"

„Danke Hassan, dass du mich so siehst! Wie gesagt, es geht dich nichts an und nun lass meinen Arm los! Was fällt dir eigentlich ein? Du vögelst dich durch die ganze Gegend und wagst es, mich zu beschimpfen! Geh!", brüllte ich ihn an.

„Ich geh erst, wenn ich weiß, wer das ist!"

„Du wirst es einige Tage vor deiner Hochzeit erfahren, Hassan! Diese Auskunft muss dir genügen und jetzt geh endlich! Wir sehen uns an deiner Vermählung!"

Hassan zog mich erneut brutal hoch, schüttelte mich und schlug zu.

„Wage es nicht, dich an einen anderen zu binden! Du gehörst mir!"

Ich erschrak, schrie auf und schon lief mir das Blut aus der Nase und tropfte zu Boden.

Erschrocken blickte ich ihn an.

Er lief wortlos ins Bad, kam mit einem Handtuch zurück und reichte es mir.

„Hier! Wisch dir das Blut aus dem Gesicht!"

Ich hielt es inzwischen an die Nase, die fürchterlich zu schmerzen anfing, starrte vor mich hin und setzte mich auf die Couch im Wohnzimmer.

Unglaublich, was da gerade geschehen war.

„Warum tust du das, Hassan? Hasst du mich so sehr?"

Ich stand auf, um mir Eiswürfel zu holen.

„Wo willst du hin, Lilith?"

„Eiswürfel holen, um meine Schmerzen zu lindern! Hassan, verschwinde und komme nicht wieder! Du hast den Bogen gerade überspannt! Nimm die Kids und Sabriye mit und trete mir nicht mehr unter die Augen! Was zum Teufel stimmt mit dir nicht? Warum schlägst du mich grundlos! – Ma hu alkhata maeak?

Limadha tadrabni bidun sbb!"
„Du hat es verdient, Lilith! – ánt tastahiqu dhlk ya
Lylith!"
Ich schluckte.
„Wegen Nichtigkeiten, die dich sowieso nichts mehr
angehen? Verschwinde, bevor ich austicke!"
Hassan verabschiedete sich und ging.
Ich holte mir die Eiswürfel und legte mich hin.
Mein Schädel dröhnte fürchterlich und mir wurde
plötzlich schlecht.
Ich rannte in die Toilette, sackte auf die Knie und
erbrach mich wieder einmal fürchterlich.
Plötzlich zog mich jemand hoch.
Verstört suchte ich Blickkontakt.
Hassan!
Ich schob ihn bestimmend von mir.
„Geht es dir gut, Teufelchen? Ich möchte mich bei dir
entschuldigen! Es war unnötig und ein unverzeihlicher
Fehler von mir! Entschuldige!"
„Steck dir deine Entschuldigung sonst wohin, wie so
oft! Hassan, dass war es entgültig mit uns! Und erspare
mir ab heute deine Kosenamen für mich! Verdammt,
wie kommst du hier herein?"
„Die Verbindungstür war nicht abgeschlossen! Ich war
noch bei den Kids!"
Ich eilte zum Durchgang und verriegelte ihn.
„Fehler behoben und jetzt hau endlich ab!"
Ich schob ihn regelrecht Richtung Flur, öffnete die
Tür und stieß ihn hinaus.
Wütend knallte ich sie zu.
Mein Plan stand fest. Ich rief Leyla an und erklärte ihr,
was vorgefallen war. Sie musste die letzten Tage sehen,
wie sie alles selbst in den Griff bekam.
Sie war mehr als entsetzt.

„Lilith, was hast du jetzt vor?"
„Ich verschwinde erstmal mit Sheherazade und Oasis!
Hassan behält seine Kinder bei sich! Wohin weiß ich
noch nicht! Nur raus hier! Du kannst mich weiterhin
über mein Handy erreichen, Leyla!"
„Viel Glück, Lilith! Ich bin auf Hassans dummes
Gesicht und das meines Vaters gespannt, wenn ich
beide in wenigen Tagen über die nicht stattfindende
Hochzeit aufkläre und anderweitig heirate! Ich nehme
sogar in Kauf, dass mich meine Familie verstößt!"
„Dir auch viel Glück, Leyla!"
Ich packte die Koffer der Kids und meinen nur mit
dem Nötigsten und rief meinen Chef in München an.
„Hallo, Lilith! Nimmst du das Angebot für Ägypten
doch an?"
„Ja! Ich fliege morgen bereits mit zwei meiner Kinder!
Ist das okay?"
„Was ist passiert, dass deine Entscheidung so schnell
fiel?"
Ich erklärte ihm, was vorgefallen war und er gab sofort
grünes Licht.
„Lilith, das halbe Jahr wird dir gut tun. Genieße die
Zeit, auch wenn sie mit Arbeit verbunden ist! Ich
schicke dir nachher noch eine Nachricht, wo alles
hinterlegt wurde. Pass auf dich auf und gute Reise!"
„Danke! Ich freu mich schon! Keine Auskunft an
Hassan! Nur George darf wissen wo ich bin!"
„Geht klar, Lilith!"
Eine Stunde später erhielt ich meine Informationen.
Ich holte Sheherazade und Oasis aus ihren Zimmern
und verabschiedete mich von Sabriye, Ayaan und
Shaaheen. Sabriye machte noch ein Foto von uns und
dann legte ich mich mit Oasis und Sheherazade zum
Schlafen.

Der nächste Morgen begann stressfrei.

Ich frühstückte, rief ein Taxi und fuhr entspannt zum Flughafen.

Zwei Stunden später landete ich in Kairo und wurde dort von den ägyptischen Archäologen abgeholt. Nach fünfzehn Kilometern erreichten wir unser Ziel......die Pyramiden von Gizeh am westlichen Rand vom Niltal. Auch hier benötigte man dringend meine fundierten Kenntnisse der Hieroglyphen und über die der Djinn. Ich war ziemlich erstaunt, dass solche in Ägypten ebenfalls existierten. Man lernte eben nie aus.

Mir wies man ein riesiges Zelt für mich und die Kids zu.

Ein neues Abenteuer konnte beginnen.

Zwei Tage lebte ich bereits an den Pyramiden, als Hasan versuchte mich zu erreichen.

Widerwillig meldete ich mich.

„Verdammt Lilith, wo bist du! Keiner weiß es!"

„Hassan, das geht dich nichts mehr an! Was willst du? Du hast das Sorgerecht für die Zwillinge und ich hab das für Amirs Kinder! Alles geklärt! Lass mich endlich in Ruhe, denn wir sind nicht verheiratet!"

„Weil du das gerade ansprichst! Leyla und ich werden nicht heiraten! Sie hat es mir heute erzählt...!"

Ich unterbrach ihn.

„Hassan ich weiß, denn ich habe ihr geholfen! Sie hat es dir sicher erklärt und mein angeblicher Lover, war ihr Zukünftiger! Wir haben beide alles auf dem Amt erledigt! Soviel dazu! Die Hure hat somit deinen guten Ruf in keinster Weise geschädigt! Ich schalte jetzt mein Handy wieder ab und bin somit nicht erreichbar! Pass mir gut auf Shaaheen und Ayaan auf, denn ich komme für das nächste halbe Jahr nicht zurück! Wenn überhaupt!"

„Lilith, dass kannst du mir doch nicht antun!"

„Doch, dass kann ich! Wer sollte mich daran hintern? Wenn ich mich dir erst anpassen muss, um von dir geliebt zu werden, umgebe ich mich mit dem falschen Menschen! Leb wohl, Hassan!"

Ich drückte ihn weg, schaltete das Handy aus, um nicht per GPS auffindbar zu sein und kämpfte mit den Tränen.

So vergingen die sechs Monate wie im Flug und das Team erzielte neue, wichtige Kenntnisse. Zum Glück wurde die Expedition von den Medien abgeschirmt, sonst hätte Hassan gewusst, wo ich mich befand.

Ich verausgabte mich körperlich wieder einmal völlig, brach vier Tage vor der Rückreise zusammen und meine Kollegen fuhren mich ins Krankenhaus. Nach der Untersuchung traf mich fast der Schlag, denn ich war bereits Mitte siebten Monat schwanger. Nicht schon wieder, war mein erster Gedanke. Hassan hatte wohl wieder einen Zufallstreffer gelandet.

Mir kam der Abend in Erinnerung, wo er mir kurz zuvor die geplante Hochzeit mit Leyla präsentiert hatte. Danach waren wir im Bett gelandet. Ich schlug die Hände vors Gesicht und stöhnte laut auf. Man sah mir die Schwangerschaft nicht an, denn ich hatte keinen typischen Babybauch und keine Symptome, wie Übelkeit. Der Arzt erklärte mir nur, dass dieses Kind nicht unterernährt, aber sehr zierlich sei für einen Jungen. Nach ein paar Stunden Aufenthalt, erhielt ich ein Ultraschallbild in 3D und durfte gehen. Das ganze Team freute sich und beglückwünschte mich.

Ich benachrichtigte meinen Chef und teilte ihm die Neuigkeit mit.

„Und nun, Lilith? Gehst du zurück nach Bagdad?"

„Definitiv! Nein! Nur geht jetzt alles von vorne los!

Ich weigere mich, Hassan davon in Kenntnis zu setzen und werde es solange wie möglich vertuschen! Ich bleibe in München und schreibe bis zur Entbindung meinen Fachbericht! Danach sehen wir weiter!"
„Lilith, denke daran, es ist auch Hassans Kind!"
„Ja, aber es ist mein Bauch in dem es wächst! Warum macht ihr Männer das immer so schwierig! Wir sehen uns in ein paar Tagen und bitte weiterhin keine Informationen wo ich bin!"
„Geht klar, Lilith! Bis bald!"
Es nervte mich schon wieder, dass jeder versuchte, mich von irgendetwas zu überzeugen, was ich nicht wollte.
Nachdem ich im Lager eintraf, packte ich die Koffer und teilte den Kids mit, dass sie noch ein Brüderchen bekommen würden. Hellauf begeistert wurde ich von ihnen geknuddelt und mit Fragen gelöchert.

Der Rückflug von Kairo nach München dauerte knapp vier Stunden und ich war wie gerädert.
George holte mich und die Kids ab.
Froh endlich zuhause zu sein, kochte ich mir erstmal einen Kaffee. Oasis und Sheherazade gönnten sich noch etwas Schlaf und ich aktivierte mein Ersthandy.
Sofort luden sich hunderte von Nachrichten hoch. Die meisten von Hassan. Auch Amir, Mike und Raschid hatten versucht mich zu erreichen.
Ich seufzte auf und rief zuerst Mike über Skype an.
„Hallo, Lilith! Schön dich zu sehen! Dachte schon, du bist verschollen! Wie geht's dir und den Kids? Amir und Hassan suchen dich bereits verzweifelt! Hassan hast du ja ganz schön abgestraft! Er ist nervlich fix und fertig, aber das geschieht ihm recht! Amir dachte dir ist etwas passiert!"

Ich lachte.

„Alles im grünen Bereich, Mike! Ich war in Ägypten mit den Kindern für ein halbes Jahr von der Fakultät aus. Neue Erkenntnisse über Ausgrabungen finden. War sehr aufschlussreich. Mein Fachbericht erscheint Ende des nächsten Monats und ich bereite mich auf meinen neuen Kurs für Djinnfans vor. In vier Monaten ist wieder Semesterbeginn und mit drei Kids nicht so einfach zu bewältigen."

Mike stutzte.

„Wieso drei Kinder, Lilith?"

„Mike, Hassan hat wieder einen Volltreffer gelandet, kurz nachdem wir uns getrennt haben! Ich bin im siebten Monat und es wird ein Junge. Nur weiß er noch nichts davon und ich beabsichtige auch nichts zu sagen. Er wird es sicherlich über Larissa erfahren."

„Und dann, Lilith?"

„Nichts, Mike! Wir sind nicht verheiratet! Rasin bleibt bei mir! Er ist für einen Jungen zwar zierlich, aber sehr widerstandsfähig. Deshalb der Name. Ich hab es auch erst vor einigen Tagen erfahren und bin aus allen Wolken gefallen. Soviel dazu, dass Hassan steril ist!"

„Hattest du keine Schwangerschaftssymptome?"

„Nein, auch jetzt noch nicht! Man sieht keinen Bauch und mir war auch nicht übel! Dem Baby geht's gut! Ich hab ein 3D Bild von ihm! Bitte bewahre Hassan gegenüber Stillschweigen!"

„Geht klar, Lilith! Du solltest ihn kontaktieren!"

„Nein! Strafe muss sein! Ich hoffe nur, er taucht hier nicht auf!"

„Das kann allerdings passieren! Du kennst ihn ja!"

„Abwarten! So, ich melde mich schnell bei Amir! Man sieht sich irgendwann, Mike! Machs gut!"

Mike nickte und dann kontaktierte ich Amir.

„Na endlich, Lilith! Was ist los? Ich wollte dich schon weltweit suchen lassen!"

„Alles paletti, Amir! Ich war beruflich in Ägypten und den Kids und mir geht's gut! Mike hat mich schon über alles informiert. Vor drei Monaten komme ich nicht nach Bagdad, denn ich muss für eine Zeitschrift meine Facharbeit abliefern. Ich melde mich aber über Skype. Grüß mir Raschid und Yasmina."

„Hast du schon Hassan kontaktiert?"

„Nein und ich werde das auch nicht tun! Ich habe meine Gründe und ich denke, Larissa sorgt schon für reichlich Information an ihn. Sei nicht böse Amir, aber ich bin völlig ausgepowert und muss etwas schlafen! Ich melde mich wieder!"

„Okay, Lilith! Bis bald!"

Ich nickte und kappte die Leitung.

Von George erfuhr ich, dass Larissa und Nash für eine Woche zu Fotoshootings unterwegs waren. Sie kam in ein paar Tagen zurück.

Also, hatte ich noch eine Galgenfrist.

Noch am Abend erreichte mich eine Nachricht über Whatsapp von Hassan.

Er teilte mir unmissverständlich mit, wenn ich mich bei ihm nicht meldete, dass er nach Deutschland fliegen würde.

Ich grinste. Die Buschtrommeln schienen bereits zu funktionieren.

Ich schrieb zurück, dass ich mich morgen gegen Mittag bei ihm, per Skype melden würde. Nun musste ich doch in den sauren Apfel beißen.

Lieber so, als wenn er hier erschien.

Ausgeruht wachte ich am nächsten Tag auf und besorgte mit den Kids einiges in der Stadt.

Nachdem wir zurück waren, klingelte es kurze Zeit

später an der Haustür und ich zuckte zusammen. Ich befürchtete schon, dass Hassan mir einen Besuch abstatten wollte. Zum Glück stand nur Larissa davor.

„Hallo, Lilith! Schön, dass du wieder hier bist! Hassan hat mich kontaktiert und gebeten nach dir zu sehen. Dir scheint es gut zu gehen. Einen schönen Schreck hast du uns mit deinem Verschwinden eingejagt."

„Larissa? Wieso klingelst du?"

Sie lachte.

„Die Verbindungstür vom Pool zu deinem Wohnraum ist verschlossen. Blieb mir nur dieser Weg."

„Ja, den hatte ich verschlossen. Komm doch auf einen Kaffee herein und dann können wir quatschen."

„Gerne!"

Larissa folgte mir in die Küche und so erfuhr ich von ihr, dass Hassan bereute, was er mit mir abgezogen. hatte. Sie sollte zwischen mir und ihm vermitteln.

Innerlich musste ich lachen, teilte ihr jedoch mit, dass ich kein Interesse mehr an ihm hatte.

Zuviel war zwischen uns vorgefallen.

„Lilith, bist du dir absolut sicher? Gibt es bereits einen anderen Mann in deinem Leben?"

Ich schüttelte den Kopf.

„Nein! Es gibt niemanden in meinem Leben! Ich bleib alleine. Somit vermeide ich Stress und Ärger."

„Liebst du ihn denn nicht mehr?"

„Doch, Larissa! Er weiß es auch. Nur ist zwischen uns zuviel passiert. Mein Vertrauen in ihn ist erschöpft. Ich sag es immer wieder. Männer und Frauen taugen nur als Kumpels und nicht als Ehepartner. Männer sind und bleiben Verlierer in dieser Evolution. Es fing gut an und ich durfte für kurze Zeit glücklich sein. Ich gebe mich damit zufrieden. Es geschieht nichts ohne Grund."

„Was ist mit euren gemeinsamen Kindern? Hast du keine Sehnsucht nach ihnen?"

„Es tut mir ihm Herzen weh, sie nicht bei mir zu haben, aber ich kann sie jederzeit kontaktieren oder besuchen, um sie aufwachsen zu sehen. Dank Skype, täglich. Außerdem habe ich einen Trumpf im Ärmel. Ich wollte es eigentlich noch geheim halten. Ich bin von Hassan erneut schwanger. Mitte siebter Monat. Er hat nochmals einen Treffer erzielt. Sollte wohl so sein. Es wird ein Junge und er wird bei mir aufwachsen."

Larissa musterte mich.

„Man sieht doch gar keinen Bauch bei dir!"

„Ich weiß! Hier das Ultraschallbild. Wurde vor ein paar Tagen gemacht. Diese Schwangerschaft ist mehr als außergewöhnlich und ich weiß es auch erst nach diesem Ultraschall. Ich war völlig überarbeitet und bin zusammengeklappt. Danach erhielt ich das Ergebnis."

„Hast du schon einen Namen?"

Ich nickte.

„Rasin, wird er heißen! Der Arzt teilte mir mit, dass er für einen Jungen sehr zart, aber äußerst gesund sei. Deshalb kein großer Bauch und deshalb dieser Name. Ich bitte dich, Hassan nicht in Kenntnis davon zu setzen. Irgendwann tu ich es selbst."

Larissa nickte.

„Bist du dir sicher, dass es kein Mädchen wird?"

„Schau dir das 3D Bild genau an und du siehst, dass es ein Junge wird. Nicht zu übersehen Lass uns bitte von etwas anderem reden. Wie geht es denn mit deinen Fotoshootings voran?", gab ich grinsend von mir.

„Gut! Noch ein paar Tage und dann bist du Nash und mich los. Nächstes Ziel ist New York. Ein guter Freund von Nash lässt anfragen, ob du ihm bis wir in einigen Monaten wieder zurück sind, die Wohnung zur

Verfügung stellen könntest. Er studiert Ägyptologie hier in München. Er ist auch ein Scheich und trägt die traditionelle Wüstenkluft. Erschrick also nicht, wenn du ihn siehst. Zugeknöpft bis oben hin. Er ist sehr wortkarg, da er seit Kindheit etwas stottert. Also wundere dich nicht, wenn er nur nickt oder den Kopf schüttelt und wenn er spricht, dann nur arabisch. Deutsch ist für ihn ein Handicap wegen seiner Stotterei. Sonst ist er äußerst pflegeleicht."

„Kein Problem! Gib ihm den Schlüssel und der Rest ergibt sich. Ihr beide habt mich auch in keinster Weise gestört. Läuft da etwas, zwischen Nash und dir?"

Larissa wurde rot und nickte.

„Ja!"

„Ich hoffe du hast mehr Glück als ich!"

„Was machst du nach der Entbindung, Lilith?"

„Ich habe noch ein Versprechen einzulösen in *Petra*! Wie es danach weitergeht, weiß ich nicht. Ich werde in der Fakultät Kurse halten und auf Nachfrage meinem Beruf als Archäologin nachgehen."

„Bleib gesund und viel Glück und Erfolg, Lilith!"

„Danke, Larissa."

Wir unterhielten uns noch über verschiedene Dinge und dann ging Larissa wieder.

Ich grinste vor mich hin, denn ich hatte sie bereits durchschaut.

Sie wollte mir Hassan mit einem fadenscheinigen Argument unterschieben.

Ich war mir sicher, dass sie ihn gerade benachrichtigen und von ihrem Plan erzählen würde. Sollte sie nur, ich war gewappnet und Hassan würde sein blaues Wunder erleben.

Tage später flogen Nash und Larissa nach New York

und der geheimnisvolle Gast erschien. Ich erblickte ihn kurz beim Müll wegbringen und grüßte. Er nickte nur. Im Stillen dachte ich nur......Hassan, wen du wüsstest.

Die ersten beiden Tage mit dem vermeintlichen neuen Untermieter verliefen ohne Vorkommnisse.

Am dritten Tag ließ ich die Verbindungstür vom Pool zum Wohnzimmer mit Absicht unverschlossen. Ich wollte wissen, wie weit Hassan gehen würde und sollte auch in diesem Fall nicht enttäuscht werden.

Ich war vor dem Fernseh eingeschlafen und mein Shirt schien von meiner Schulter gerutscht zu sein.

Wach wurde ich dadurch, dass mich jemand auf meine nackte Schulter küsste, mir die Haare aus der Stirn strich und über meinen Bauch streichelte. Ich drehte mich um und spielte die Schlafende. Kurze Zeit später, legte er mir eine Decke über. Larissa hatte also geplaudert und Hassan wusste über meinen Zustand Bescheid. Ich legte mir gerade einen Plan zurecht und grinste in mich hinein. Bis Ende der Woche würde ich ihn völlig kirre machen.

Am nächsten Morgen schrieb ich ihm ein paar Zeilen und fragte nach, ob alles zu seiner Zufriedenheit sei. Ich gestattete ihm die Nutzung des Pools und legte fest, wer wann an welchem Tag darüber verfügen konnte. Stunden später bekam ich eine Rückantwort. Er bedankte sich für mein Angebot, überließ mir aber die alleinige Nutzung des Pools. War mir klar, denn sonst müsste er sich enttarnen.

Ich sprach ihm eine Einladung für sonntagabends zum Essen aus und er nahm an.

Als ich nach seinen Vorlieben an arabischen Speisen fragte, ließ er mich wissen, dass ich ihn überraschen und in Nadim nennen sollte.

Okay Hassan, dass Spielchen konnte beginnen.

Ich nutzte ab da, täglich den Pool und da man von der Einliegerwohnung einen guten Einblick über das Küchenfenster hinein hatte, präsentierte ich mich täglich völlig nackt vor dem riesigen Poolfenster.

Ich war mir sicher, dass Hassan mein Anblick völlig ausrasten ließ und ihn zum Schwitzen bringen musste.

Zwischenzeitlich bekam ich einen Anruf von Larissa, die sich nach dem Untermieter erkundigte.

„Alles in Ordnung! Ich habe ihn am Sonntag für ein gemeinsames Abendessen eingeladen und er hat doch tatsächlich angenommen."

„Na dann, viel Vergnügen Lilith!"

„Das werde ich sicherlich haben! Ist der Scheich liiert?"

„Warum, Lilith?"

„Mal sehn, ob da was geht!"

„Lilith, bist du verrückt? Denk an Hassan!"

„Warum? Wir sind kein Paar mehr!"

Im Stillen lachte ich mir eins. Larissa würde Hassan mit Sicherheit über unser Gespräch informieren.

Die Woche verging und am Sonntag war ich den ganzen Tag mit kochen und backen beschäftigt. Ich deckte gerade den Tisch ein, als es an der Haustür klingelte. Mein Besuch erschien.

Ich öffnete, bat ihn herein und bugsierte ihn erstmal ins Wohnzimmer.

„Nadim, möchten sie einen Kaffee?"

Er nickte und ich brachte ihm das Gewünschte.

Wie er allerdings in seinem Gewand essen und trinken wollte, war mir ein Rätsel.

Man konnte nur seine Augen erkennen.

Ich konnte es mir nicht verkneifen und holte ihm ein Röhrchen zum Trinken.

Fragend blickte er mich an.

„Ich dachte wegen ihres Umhangs ist es wohl etwas schwierig sich zu verkösigen. Ich weiß von ihrem Problem. Wollen sie ihn nicht abnehmen"

Er schüttelte den Kopf und lüftete ihn etwas. Nahm die Tasse mit dem Tee vom Tisch, steckte den Halm hinein und ließ alles unterm Umhang verschwinden.

Ich lachte.

„Okay, so geht das natürlich auch! Wie machen wir es dann mit dem Essen? Soll ich es lieber verpacken und sie nehmen es später mit nach drüben?"

Er nickte.

„Gut, dann haben wir eben nur einen gemütlichen Abend! Trinken sie Rotwein?"

Wieder ein nicken.

Ich stand auf, holte zwei Flaschen Rotwein und Gläser dazu.

Was mein Pseudo-Nadim nicht wusste war, dass sich in einer der Flaschen nur Traubensaft für mich befand.

Ich schenkte ein und trank mein Glas auf Ex.

Dies veranstaltete ich mehrmals und erntete einen mehr als entsetzten Blick von meinem Gast.

Innerlich platzte ich vor Lachen und war gespannt, wie lange Hassan sich ruhig verhielt. Alkohol und eine schwangere Frau, ging gar nicht für ihn.

Irgendwann würde er eingreifen, denn er wurde schon unruhig.

Ich fragte ihn lallend, ob ihm denn der Rotwein nicht schmecken würde.

Er nickte, hob sein Glas prostete mir zu und stellte sein Glas wieder ab.

Warte nur Freundchen, dachte ich mir.

Bevor er sich versah, hatte ich mich breitbeinig über in

gesetzt und umschlang ihn. Verzweifelt versuchte er mich von sich zu ziehen, was ihm nicht gelang.
Aufstöhnend gab er auf.
Ich ließ ihn noch etwas zappeln und küsste ihn dann auf die Stirn.
„Du kannst deine filmreife Vorstellung abbrechen, Hassan! Bei solchen Aktionen sollte man weder Uhr noch Rasierwasser verwenden, dass der Betroffene kennt, den man hereinlegen will! Außerdem habe ich dich an deinen auffallenden Augen erkannt! Larissa hat mich unterschätzt, wie es jeder von euch immer wieder tut! Kapiert es doch endlich, ihr spielt nicht in meiner Liga! Nimm dein Bettlaken ab, Hassan!"
„Verdammt, Lilith! Du bist wirklich ein durchtriebenes Biest! Wenn du dir schon die Mühe gemacht hast zu kochen, können wir jetzt essen. Kannst du denn noch nach deinem Alkoholgenuss stehen?"
Lachend drückte er mich zur Seite und stand auf.
„Bist du naiv, Hassan! Riech mal an meiner Flasche!"
Er setzte es in die Tat um.
„Traubensaft? Weshalb?"
Ich nickte.
„Frag nicht so dumm, denn du weißt doch bereits über meinen Zustand Bescheid!"
„Allerdings, Lilith! Deshalb bin ich hier! Wir müssen reden! Ist das möglich, Lilith?"
Ich blickte ihn durchdringend an und nickte.
„Ja, Hassan! Jetzt zieh die Kutte aus, ist doch sicher ungemütlich und nur für Reisen durch die Wüste gut!"
Er grinste und tat wie ihm befohlen.
Ich stand ebenfalls auf und er musterte mich von oben bis unten.
„Bist du dir sicher, dass du schwanger bist? Man sieht doch keinen Bauch!"

„Ja, bin ich! Ich weiß es auch erst seit Tagen. Es ist diesmal eine außergewöhnliche Schwangerschaft. Geh ins Büro und nimm das 3D-Bild vom Schreibtisch. Da kannst du deinen Sohn sehen. Ich geh schon mal das Essen auftragen und stehe dir danach Rede und Antwort."

Schnell verließ ich das Wohnzimmer.

Kurze Zeit später folgte mir Hassan, griff meinen Arm und zog mich an sich. Ich drückte dagegen und sah ihm in die Augen.

„Später, Hassan! Nach dem Essen! Bitte!"

Er nickte und ließ mich los.

Ich stürzte mich mit Heißhunger über das Essen.

Hassan ebenso.

Danach setzten wir uns wieder ins Wohnzimmer, wo er mir einige Fragen stellte.

„Lilith, im wievielten Monat bist du? Geht es dir gut? Wo warst du? Bist du neu liiert? Habe ich eine Chance, dass du wieder mit nach Bagdad kommst? Ich bereue ernsthaft, was ich von mir gegeben habe! Ayaan und Shaaheen vermissen dich sehr und mir fallen keine Ausreden mehr ein.

„Ich bin Mitte siebten Monat, Hassan und mir und dem Kind geht es ausgezeichnet. Ich war ein halbes Jahr in Ägypten von der Fakultät aus. Nein, ich bin nicht liiert und denke auch nicht daran. Die Chance, dass ich mit nach Bagdad komme ist sehr gering. Es ist zwischen uns zuviel passiert und hat einen mehr als üblen Nachgeschmack bei mir hinterlassen. Ayaan und Shaaheen vermisse ich auch sehr. Ich besuche sie aber gerne wenn ich Rasin entbunden habe. Sie sollen doch ihr Brüderchen kennen lernen. Er bleibt aber bei mir und es ist nicht verhandelbar, dass du ihn bekommst. Möchtest du noch etwas wissen, Hassan?"

„Lilith, darf ich heute Nacht neben dir schlafen?"
„Hassan, für was soll das gut sein? Du weißt wie es
wieder endet! Ich kann das nicht mehr."
„Bitte, Lilith! Ich möchte nur deine Nähe."
Ich überlegt kurz.
„Okay, Hassan!"
Er hielt sein Versprechen und ich fand seine Nähe
trotz allem, äußerst angenehm. Zaghaft zog er mich in
seine Arme, als er neben mir lag. Ich wünschte ihm
eine erholsame Nacht und schlief irgendwann ein, um
am nächsten Morgen mit einem langen Kuss von ihm
geweckt zu werden. Ich gähnte vor mich hin und sah
ihn fragend an.
„Guten Morgen, Teufelchen! Ich hoffe du hattest eine
angenehme Nacht. Kommst du in die Küche? Ich
habe bereits Frühstück gemacht! Außerdem muss ich
mit dir reden."
Ich nickte.
„Hassan, geh schon mal vor. Ich dusche schnell und
komme dann nach."
Hassan grinste, ich verzog mich ins Bad und fragte
mich, was er von mir wollte.
Kaum saß ich am Tisch, legte er auch schon los.
„Lilith, ich habe mir folgenden Plan überlegt! Bis zur
Geburt unseres Sohnes, werde ich hier vor Ort bleiben
und bei der Entbindung dabei sein. Meine Geschäfte
werde ich von hier aus führen, damit ich in deiner
Nähe bin, wenn es losgeht. Sabriye wird sich solange
um Shaaheen und Ayaan kümmern. Ich werde an den
Wochenenden nach Bagdad fliegen, um nach dem
Rechten zu sehen. Ich würde mich freuen, wenn du
mitkommen würdest. Falls nicht, hole ich auf Wunsch
die Kinder hierher. Was meinst du dazu?"
„Hassan, du versuchst mich erneut zu überrumpeln.

So habe ich mir das nicht vorgestellt. Du kannst gerne in der Einliegerwohnung bleiben, solange Nash und Larissa weg sind. Ich denke, sie hat es terminlich bereits so abgeklärt. Wie gesagt, ich bin nicht auf den Kopf gefallen. Mit nach Bagdad komme ich nicht und du kannst dies gerne alleine tun. Ich bin mir sicher, dass Sabriye die Kids gut versorgt. Ob ich dich bei der Entbindung dabei haben möchte, darüber müssen wir noch einmal reden. Mir reicht es noch vom letzten Mal, wo dich das ganze Team wegräumen musste. Jetzt frühstücke ich erstmal und dann werde ich mit der Facharbeit beginnen. Würdest du Oasis und Sheherazade zu Amir bringen, sobald du fliegst? Er möchte sie bis zu meiner Entbindung bei sich haben, da er sie über sechs Monate nicht gesehen hat. Die Kids freuen sich schon. Es ist nur gerecht und ich verwehre ihm das auch nicht. Somit habe ich etwas Luft und Entlastung."

„Kein Problem, Lilith! Wie du es wünscht!"

„Wann fliegst du?"

„Noch heute und ich nehme die Kinder von Amir mit. Würdest du ihn benachrichtigen?"

Ich nickte stand auf und betrat mein Büro.

Minuten später hatte ich Amir über Skype erreicht.

„Hallo Lilith, wie geht es dir?"

„Danke, der Nachfrage Amir! Ich würde sofort dein Angebot annehmen, dass du Oasis und Sheherazade zu dir nimmst, bis ich entbunden habe. Hassan fliegt noch heute zurück und würde sie dir bringen. Ist das für dich machbar? Ich könnte meinen Fachbericht in Ruhe zu Ende bringen."

Amir grinste.

„Und Hassan? Fliegt er dann zurück?"

Ich seufzte.

„Ja! Er möchte bei der Geburt dabei sein, was noch offen steht. Mir wird dies schon wieder zuviel, denn wir sind kein Paar mehr! Hassan und ich, mit ihm bis zur Geburt zusammen, dass geht nicht gut. Ärger ist da bereits vorprogrammiert!"

„Es wird schon werden, Lilith! Kopf hoch, denn du bist eine starke Frau!"

„Darauf kann ich gut und gerne verzichten, Amir!"

„Ich freue mich auf die Kids und melde mich täglich bei dir."

„Danke, Amir! Ich gebe somit Hassan grünes Licht! Bis demnächst!"

Während ich das Gespräch trennte erschien Hassan.

„Und?"

„Alles klar! Du sollst Amir die Kids bringen!"

„Kommst du mit, Lilith?"

Ich schüttelte den Kopf.

„Nein! Ich werde mich für die nächsten Wochen mit dir rüsten, denn es wird nicht einfach werden. Wir sehen uns am Dienstagabend wieder. Grüß mir alle."

Hassan zog mich an sich und versuchte mich zu küssen. Ich schob ihn von mir.

„Nein, Hassan! Nicht so!"

Inzwischen waren Oasis und Sheherazade aufgewacht und ich teilte ihnen die Neuigkeit mit. Sie freuten sich und nach dem Frühstück packten wir gemeinsam ihre Koffer.

Am späten Nachmittag verabschiedete sich Hassan, schnappte sich die Kinder und flog zurück nach Bagdad.

Erleichtert nahm ich ein heißes Bad und machte es mir danach so richtig gemütlich.

Meine Gedanken schweiften ab. Hoffentlich machte mir Hassan bis zur Entbindung keinen Stress.

Der nächste Tag verlief ruhig und gegen Abend erschien Hassan wieder auf der Bühne.

Ich stand am Herd, als ich plötzlich umarmt wurde.

Erschrocken fuhr ich herum.

„Hassan! Bitte gewöhne dir endlich ab, mich in diesem Zustand zu erschrecken. Mein Gott, mir wird übel."

Völlig entnervt drückte ich ihm den Kochlöffel in die Hand und rannte zur Toilette.

Kurze Zeit später folgte mir Hassan und entschuldigte sich. Ich winkte ab und bat ihn, sich um das Essen zu kümmern.

Mir zumindest war der Appetit vergangen, während er sich mit Heißhunger darüber stürzte.

Ich nahm mit einem Glas Wasser vorlieb.

Nach dem Essen räumte Hassan kommentarlos auf und zog mich ins Wohnzimmer auf die Couch.

„Viele Grüße von Amir, dem Rest der Familie und den Freunden!"

„Danke, Hassan!"

„Lilith, ich habe eine riesige Bitte an dich und hoffe du schlägst sie mir nicht aus! In der nächsten Woche sind einige Geschäftsfreunde vor Ort, die ich gerne auf einen gemütlichen Abend hierher einladen würde. Könntest du an diesem Abend arabisch kochen? Ich würde mich freuen und es ist sehr wichtig für weitere Geschäftsverbindungen."

Ich stöhnte auf.

„Hassan, du weißt schon, dass ich schwanger bin und mich bis zur Entbindung schonen soll! Außerdem sind wir nicht mehr zusammen und ich bin nicht für die Verköstigung deiner Kollegen zuständig. Immer diese unabgesprochenen Entscheidungen von deiner Seite. Es ist das letzte Mal, dass ich dir helfe und möchte, dass du mit mir in Zukunft alles vorher absprichst."

Hassan zog mich an sich.

„Ich danke dir, Lilith!"

Ich schob ihn von mir.

„Was bevorzugen deine Freunde? Schreib mir alles auf und ich koche es euch. Ich habe nur eine kleine Bitte. Besorge mir die Zutaten. Mit wie viel Personen muss ich rechnen?"

„Ich denke ungefähr fünfzehn Geschäftsleute werden hier aufschlagen", gab er mir preis.

„Na, vielen Dank auch!"

„Keine Panik, Teufelchen. Ich sorge für Getränke und bringe die Zutaten mit. Dir bleibt die Schlepperei in diesem Fall erspart. Du bist nur für die Zubereitung zuständig."

„Hoffentlich geht das nicht in die Hose", unkte ich.

Hassan lachte.

„Glaube ich nicht. Du bist inzwischen perfekt. Tareq war ein guter Lehrmeister."

Die restlichen Tage bis zum Sonntag verlieren mehr als harmonisch und ich wurde täglich von Hassan mehr als bekocht und verwöhnt.

Am Montagmorgen traf mich allerdings fast der Schlag und ich wurde stinksauer.

Hassan hatte mir auf dem Küchentisch eine Nachricht hinterlassen, mit der Bitte, selbst für die Einkäufe zu sorgen.

Er war ganz früh zu einigen wichtigen Meetings gerufen worden und würde am Donnerstag mit seinen Geschäftsfreunden zum Essen erscheinen. Die Liste für Getränke und Lebensmittel lag der Nachricht bei.

Ich regte mich unnötig auf, was zur Folge hatte, dass ich mich wieder übergeben musste.

George war diesmal zu meiner Entlastung nicht vor Ort und so musste ich mich mit der Beschaffung selbst herumärgern.

Hassan brauchte ich gar nicht anzurufen, da er bei den Meetings sein Handy grundsätzlich deaktiviert hatte.

Ich begann noch am gleichen Tag mit der Bestückung des Esstisches. Ich faltete Servietten und besorgte bereits einige Lebensmittel. Dienstag und Mittwoch, war ich mit Vorbereitungen und der Beschaffung aller gewünschten Getränke beschäftigt.

Am Donnerstag gegen Nachmittag, teilte mir Hassan mit, wann er mit seinen Geschäftsfreunden erscheinen würde.

Ich antwortete nur knapp, dass alles vorbereitet war.

Den ganzen Morgen hatte ich ein leichtes Ziehen im Rücken und mir war dauerhaft übel.

Ich hatte mich anscheinend mit der Schlepperei der schweren Kästen überanstrengt.

Außerdem sah ich aus wie ausgespuckt und beschloss die traditionelle Burka anzuziehen.

Ich begutachtete nochmals den Tisch und rückte hier und da, noch etwas zurecht, als Hassan mit seinen Kollegen eintraf.

Er stellte mich vor, ich wurde herzlich begrüßt und er bat alle Platz zu nehmen.

Ungeduldig zog er mich in die Küche.

„Hast du alles fertig? Wo sind die Getränke? Schön, dass du die Burka trägst! Macht einen guten Eindruck bei meinen Geschäftsfreunden! Wir haben alle extrem Hunger und du kannst schon einmal anfangen, alle Vorspeisen aufzutragen!"

Hassan schnappte sich den Wein und verschwand ins Esszimmer.

Ich war stinksauer.

Was bildete er sich ein, mich wie eine Bedienstete zu behandeln!

Am liebsten hätte ich alles hingeschmissen und mich in mein Schlafzimmer verzogen.

Allerdings wollte ich ihn nicht blamieren und so trug ich artig, wie es sich für eine Muslima gehörte, die Speisen nach und nach auf.

Meine Kochkünste ernteten großes Lob.

Wenigstens wurde dies honoriert.

Gegen Mitternacht bat ich um Verständnis, wegen meiner fortgeschrittenen Schwangerschaft und zog mich ins Schlafzimmer zurück.

Ich war fix und fertig.

Meine Füße brannten wie Feuer, meine Beine waren stark angeschwollen und mir ging es überhaupt nicht gut.

Ich schaffte es noch, meine Kleidung auszuziehen und ließ mich ins Bett fallen.

Sekunden später, war ich eingeschlafen.

Hassan und seine Freunde feierten fleißig weiter und gegen fünf Uhr löste sich die Runde auf.

Kurz danach räumte er die Küche auf. Lilith sollte alles, wenn sie dann aufstand, gereinigt vorfinden. Sie hatte sich viel Mühe gegeben. Schnell eilte er nach oben, öffnete leise die Tür, schlich an ihr Bett und erschrak.

Lilith lag leichenblass vor ihm und sah gar nicht gut aus.

In diesem Moment wurde ihm klar, dass er ihr in dem Zustand zuviel zugemutet hatte. Vorsichtig deckte er sie zu und eilte nach unten in die Küche zurück.

Er bereitete ein deftiges Frühstück für sie vor und legte sich zum Schlafen auf die Couch, wo er gegen Mittag erwachte. Hassan war erstaunt über die Ruhe im Haus.

Er stand auf und durchstreifte die Räume.
Lilith schien wohl noch zu schlafen, denn sie hatte das
Frühstück noch nicht angerührt. Er ließ sie schlafen
und gegen Abend erschien sie völlig verpeilt in der
Küche.
„Hast du gut geschlafen, Teufelchen? Ich möchte
mich bei dir für den gestrigen Abend bedanken. Er
war ein voller Erfolg. Ich soll dir liebe Grüße von
meinen Geschäftsfreunden ausrichten und sie haben
schon lange nicht mehr so gut gespeist und würden es
gerne nochmals wiederholen."
„Vergiss es, Hassan! Nachdem du mich gestern wie
eine Dienstmagd behandelt hast, musst du dir jemand
anders für derartige Ausschweifungen suchen! Vor
allen Dingen, wird dergleichen nicht mehr in meinem
Haus stattfinden! Ach und bevor ich es vergesse,
danke, dass du mir die ganze Schleiferei für dieses
Fress- und Saufgelage alleine überlassen hast! Mir ging
es die ganze Nacht nicht gut, denn ich hatte tierische
Schmerzen und Angst, dass Kind zu verlieren! Ich geh
jetzt eine Runde schwimmen und dann wieder zurück
ins Bett. Bis morgen."
Hassan blickte Lilith nach, bis sie im Swimmingpool
verschwunden war. Sie war äußerst angesäuert und er
vermied, sie zu reizen.
Vielleicht ging es ihr morgen wieder besser.
Langsam folgte er ihr.
„Lilith! Darf ich mich zu dir gesellen?"
Ich drehte mich um.
„Das ist mir völlig egal, Hassan! Versuche nur nicht,
mich in irgendeiner Art und Weise zu bedrängen! Hast
du das verstanden? Falls nicht, schmeiß ich dich raus!"
Er zuckte zusammen und nickte.
Ich entkleidete mich und stieg langsam in den Pool.

Hassan folgte mir, blieb jedoch auf Abstand.
Nach einigen Runden lehnte ich mich an den Rand
des Pools, da mir urplötzlich schlecht wurde und ich
ein schmerzhaftes Ziehen im Bauch verspürte.
Minuten später blieb mir regelrecht die Luft weg und
ich krümmte mich zusammen.
Vorsichtig zog ich meine Beine an und versuchte tief
und gleichmäßig zu atmen.
Vergebens!
Hassan war gerade im Begriff den Pool zu verlassen,
als mich die nächste Schmerzwelle überraschte und
mich aufkeuchen ließ. Ich bekam fürchterliche Panik.
Unter Schmerzen wandte ich mich an ihn.
„Hassan, bitte hilf mir! Ich glaube mit dem Kind
stimmt etwas nicht! Mein Bauch schmerzt und mir ist
unglaublich übel! Ich habe mich wohl überanstrengt
mit der gestrigen Aktion. Bitte bring mich so schnell
wie möglich ins Krankenhaus!"
Hassan war leichenblass geworden, stieg wieder in den
Pool und nahm mich in seine Arme.
Ich klammerte mich an ihm fest und betete, dass unser
Kind nicht zu früh kam.
Hassan eilte mit mir ins Wohnzimmer und zog mir die
Burka über. Fragend blickte ich ihn an.
„Notlösung, Lilith! Wir haben keine Zeit dich korrekt
anzuziehen. Nimm es einfach jetzt so hin!"
Ich nickte nur und Hassan schlüpfte so nass wie er
wahr in seine Hose und Hemd.
Schnell brachte er mich in mein Auto und fuhr los.
Ich erklärte ihm die Fahrtroute ins Krankenhaus und
schon waren wir vor Ort.
Hassan brachte mich im Eiltempo zur Notaufnahme.
Vor dem Untersuchungsraum bremste man ihn aus,
fragte was ich für Symptome hatte und dann wurde

ich gründlich untersucht.

Wie immer landete ich am Tropf und dann gab es auch noch eine Hiobsbotschaft.

Der Arzt teilte mir mit, dass ich bis zur Entbindung im Krankenhaus, liegend verbringen musste.

Die Sauerstoffsättigung fürs Kind, war in den Keller gesunken.

Ich war so geschockt, dass ich mich unnötig aufregte und in Tränen ausbrach.

Alles nur wegen dieses bescheuerten Geschäftsessens.

Ich war wütend auf mich und auf Hassan.

Auf mich, weil ich dies alles in meinem Zustand so einfach hingenommen hatte und auf Hassan, dass er dies von mir verlangte.

Man wies mir ein Einzelzimmer zu und ordnete für mich vollständige Ruhe an. Zumindest für die nächste Woche. Ich geriet deshalb mit dem zuständigen Arzt in einen Streit.

„Frau Gray, wollen sie das Kind verlieren oder eine eventuelle Totgeburt riskieren? Überlegen sie gut!"

„Okay, ich bleibe unter einer Bedingung!"

„Welche?"

„Ich will, dass mein Lebenspartner und Vater dieses Kindes, mich besuchen kann, wann er möchte!"

„Gut, solange er sie nicht unnötig aufregt!"

„Dafür werde ich schon sorgen!"

Der Arzt grinste und gestattete mir meinen Wunsch.

Erleichtert atmete ich auf und dann durfte endlich Hassan zu mir.

„Teufelchen, geht es auch beiden gut?"

Ich schüttelte den Kopf und klärte Hassan über die Diagnose des Arztes auf.

„Es tut mir leid, Lilith! Alles nur meine Schuld! Ich habe dich einfach überfordert und komme dich täglich besuchen."

Ich seufzte.

„Jeder zweite Tag reicht völlig aus und versprich bitte nicht wieder etwas, was du nicht einhalten kannst!"

Wir unterhielten uns noch und dann musste ich wohl eingeschlafen sein.

Die Wochen bis zur Entbindung vergingen wie im Flug und ohne besondere Vorkommnisse. Mein Bauch zum Ende der Geburt hin, war sogar endlich sichtbar. Nicht extrem, aber doch erkennbar. Auch das Baby war etwas gewachsen und der Arzt war sehr zufrieden mit mir.

„Miss Gray, es war eine gute Entscheidung hier bis zur Entbindung im Krankenhaus zu bleiben. In wenigen Tagen ist es soweit! Möchten sie die letzten Tage ihren Lebenspartner mit im Zimmer haben?"

„Nein, auf gar keinen Fall! Es reicht, wenn er bei der Geburt anwesend ist! Alles andere wäre to much!"

Der Arzt lachte.

„Falls sie ihre Meinung doch ändern, lassen sie es mich wissen."

Ich nickte.

Vier Tage später machte sich das Baby auf den Weg.

Hassan kam völlig außer Atem auf der Station an.

„Lilith, geht es dir gut? Hast du arge Schmerzen?"

Ich musste grinsen.

„Nein, Hassan! Du vergisst, dass ich bereits mehrmals entbunden habe. Es ist alles im grünen Bereich. Willst du nicht lieber draußen warten, bis alles vorbei ist?"

„Nein, ich werde dir beistehen Lilith! Ich bin es dir auf alle Fälle schuldig!"

„Hassan, du wirst sicher wieder in Ohnmacht fallen!"

„Diesmal nicht, Lilith!"

Ich lachte und dann platzte die Fruchtblase.

Hassan rief nach der Stationsschwester, man fuhr mich in den Kreissaal und dann ging es auch schon los.

Während des Geburtsvorganges sah ich mehrmals zu Hassan und verkrallte mich in seiner Hand. Ich hatte diesmal das Gefühl, dass etwas nicht stimmte.

Der Arzt teilte mir einige Stunden später mit, dass sich das Baby während der Geburt aus unerklärlichen Gründen noch einmal gedreht hatte.

„Miss Gray, so wie es aussieht, wird wahrscheinlich ein Kaiserschnitt nötig sein."

„Wäre ja auch ein Wunder gewesen, wenn eine meiner Geburten normal verlaufen würde. Kann man das Kind nicht drehen?", fragte ich ihn.

„Ginge schon. Sie wissen, mit was für Schmerzen das verbunden ist? Wollen sie das in Kauf nehmen?"

Ich nickte.

„Gut, ich werde es versuchen!"

Ich ergriff erneut die Hände von Hassan. Mir wurde schlecht und ich schrie wie am Spieß, als der Arzt sein Vorhaben durchsetzte.

Nach drei Versuchen war es geschafft und das Baby konnte den normalen Weg nehmen.

Allerdings war ich fix und fertig und zu nichts mehr fähig.

„Miss Gray! Sie müssen pressen, ich sehe den Kopf schon. Mit den nächsten Wehen ist es überstanden."

Ich befolgte den Rat des Arztes und dann war es geschafft. Mein Blick richtete sich auf Hassan, der von einer Sekunde zur anderen in Ohnmacht fiel.

Ich musste lachen.

Der Arzt grinste.

„Typisch Männer! Immer die große Klappe und wir

müssen sie dann jedes Mal wegräumen. Bringt ihn in Miss Grays Zimmer. Respekt, sie haben sich wirklich tapfer gehalten. Mutter und Kind wohlauf! Schlafen sie jetzt und erholen sie sich von den Strapazen!"
Ich nickte und war kurz darauf eingeschlafen.

Hasan küsste mich am nächsten Tag wach und hatte bereits das Frühstück geholt.
„Guten Morgen, Lilith! Wie fühlst du dich? Leider bin ich wieder umgekippt", gab er lachend von sich.
„Danke, mir geht es soweit gut. Mutter und Kind laut Doktor okay. Jetzt muss ich mich stärken, denn ich habe unwahrscheinlichen Hunger."
Hassan grinste und setzte sich zu mir.
Ich wandte mich zu ihm.
„Hast du deinen Sohn schon gesehen?", fragte ich.
Er schüttelte mit dem Kopf.
„Ich auch nicht, denn ich bin sofort eingeschlafen. Dann haben wir beide Premiere."
Kaum ausgesprochen erschien die Stationsschwester mit dem Kleinen.
„Herzlichen Glückwunsch Miss Gray! Sie hatten leider gestern nicht mehr Gelegenheit, ihr Kind zu sehen."
„Geht es meinem Sohn gut?"
„Ja, alles in Ordnung und ich denke er hat Hunger."
„Ich würde gerne später den Arzt sprechen. Ist das möglich?"
„Ja, während der Visite. Ich geb ihm Bescheid, dass sie mit ihm reden möchten."
Ich bedankte mich und dann blickte ich das erste Mal in die Augen von Rasin. Ich lächelte.
„Hier Hassan, dein Sohn! Er ist dir wie aus dem Gesicht geschnitten!"
Er nahm ihn vorsichtig entgegen und grinste mich an.

„Wieder einmal gut gelungen, Lilith! Ich danke dir und hoffe, dass wir uns über dieses Kind wieder etwas näher kommen."

„Wir werden sehen", gab ich von mir.

Gegen Mittag erschien der Arzt und fragte mich nach meinen Wünschen.

„Da bei mir und dem Baby alles okay ist, möchte ich noch heute nachhause!"

„In Ordnung Miss Gray, ich werde alles veranlassen!"

Hassan blickte mich entsetzt an.

„Lilith! Solltest du dich nicht etwas schonen? Was tust du schon wieder? Du hast erst frisch entbunden!"

„Ja und, Hassan? Ich fühle mich äußerst fit! Hör auf mich schon wieder bevormunden zu wollen, sonst kannst du verschwinden! So wird das nichts mehr mit uns! Mein Leben, meine Entscheidung! Am besten ist, du gehst jetzt! Ich überlasse es dir, ob du wieder nach Bagdad fliegst oder hier in München bleibst! Wir sehen uns vielleicht später!"

Hassan sah mich mehr als erschrocken an und stand auf.

„Wir sehen uns, Lilith! Ich liebe dich!"

Kurz darauf ging er.

Die ganze Situation brachte meine Gefühlswelt schon wieder durcheinander und ich fragte mich, wie es in naher Zukunft weitergehen sollte.

Gegen Nachmittag verließ ich das Krankenhaus und fuhr mit einem Taxi nachhause.

Hassan war nicht mehr vor Ort und tatsächlich nach Bagdad zurückgeflogen.

Nun gut. Reisende sollte man nicht aufhalten. Er würde sich schon melden, wenn er etwas wollte.

Ich versorgte Rasin, legte ihn schlafen und checkte kurz meine Mails.

Kurz darauf versuchte mich Hassan über Skype zu erreichen.

„Hallo, Hassan! Wie ich bemerkt habe, bist du wieder in Bagdad!"

„Ja, Lilith! Eigentlich war es nicht beabsichtigt! Bitte setz dich, denn ich habe dir etwas mitzuteilen!"

„Ich sitze schon! Was ist los, Hassan?"

„Du musst kommen, Lilith! Shaaheen hat sich beim Spielen den Arm gebrochen und verlangt ständig nach dir!"

Ich reagierte völlig hysterisch und fing zu heulen an.

Im Moment war ich ziemlich nahe am Wasser gebaut.

Anscheinend hatte ich eine Wochenbettdepression.

„Hassan, kannst du mich bitte abholen? Falls ja, wann? Selbstverständlich komme ich!"

„Beruhige dich bitte, Lilith! Alles halb so schlimm! Ich fliege noch heute zurück und hole dich! Shaaheen geht es gut, nur verlangt sie nach dir."

„Bis später, Hassan!"

Ich war fix und fertig, nach dieser Nachricht. Schnell packte ich einige Sachen zusammen und informierte George. Die Stunden bis zur Ankunft von Hassan zogen sich wie Gummi und dann klingelte es endlich an der Haustür.

Ich riss sie auf und da stand nicht nur er, sondern auch Shaaheen, die mir sofort in die Arme fiel.

Hassan räusperte sich.

„Darf ich hereinkommen, Lilith? Shaaheen wollte auf alle Fälle mitfliegen."

Ich nickte und lotste beide in die Küche.

„Hat sich dein Plan, mich mit nach Bagdad zu nehmen geändert oder besteht er noch?"

„Wir können jederzeit zurückfliegen, Lilith! Wo ist Rasin?"

„Oben im Kinderzimmer! Du kannst ihn holen und dann kann es losgehen!"

Fünf Stunden später trafen wir in Hassans Domizil ein und ich wurde von Tareq gebührend empfangen.
„Hallo, Lilith! Schön, dass du wieder vor Ort bist! Ich bereite schnell eine Kleinigkeit für dich zu. Benötigst du etwas für unseren neuen Erdenbürger? Lass mich ihn doch einmal ansehen!"
Ich lachte und hielt Tareq den Kindersitz mit Rasin hin.
„Eindeutig Hassans Kind! Er ist ihm wie aus dem Gesicht geschnitten! Verleugnen kann er ihn nicht!"
„Das habe ich auch nicht vor, Tareq", ertönte Hassans Stimme hinter uns und dann umarmte er mich.
Ich zuckte zusammen, denn alles sträubte sich in mir gegen seine Berührung.
„Ach, Lilith! Ich habe einige Änderungen im Hause vorgenommen. Dein Appartement ist aus Gründen der Sicherheit, wegen der Kids zurzeit verschlossen. Ich habe mein oberes Büro und das Schlafzimmer in zwei Kinderzimmer umgewandelt. Eines für die Jungs und eines für die Mädchen. Du kannst sie nach dem Essen begutachten."
„Und wo schläfst du, Hassan?"
Er grinste.
„Im unteren Büro! Der Raum ist groß genug, um dort ein Bett unterzubringen!"
„Kann ich heute oben bei den Kindern schlafen? Wo ist eigentlich Ayaan?"
Tareq wandte sich an mich und lachte.
„Eingeschlafen, kurz bevor ihr eingetroffen seid!"
„Du kannst gerne bei den Kindern schlafen oder auch in deinem Appartement. Ich habe es nur verschlossen,

damit keines der Kids in den Pool fällt, Lilith. Ich wollte dich allerdings noch bei mir zu einem kleinen Willkommenstrunk einladen. Würdest du mir die Ehre erweisen?", gab mir Hassan zu Antwort.

Ich nickte.

„Ja, sehr gerne Hassan! Sobald ich Rasin gestillt habe und er schläft, komme ich in dein Büro. Stell schon mal den Sekt kalt", lachte ich.

Hassan grinste anzüglich und stand auf.

„Okay, Lilith! Ich drehe einige Runden im Pool. Bis später!"

Kurz darauf, brachte ich Shaaheen und Rasin nach oben. Im Bett fand ich auch Ayaan schlafend vor.

Shaaheen schaute mir noch neugierig beim Stillen zu und legte sich dann ebenfalls schlafen.

Ich las ihr noch etwas vor, aktivierte das Babyfone, falls Rasin aufwachte, machte mich auf den Weg zu Hassan und klopfte an seine Bürotür.

Er forderte mich auf einzutreten und war gerade dabei, sich anzuziehen.

Ich schluckte bei seinem nackten Anblick und stöhnte innerlich auf.

Hassan schlüpfte in seine Jogginghose und kam mit nacktem Oberkörper auf mich zu. Bevor ich reagieren konnte, zog er mich an sich.

„Danke, dass du mitgekommen bist. Wie lange wirst du bleiben, Teufelchen?"

„Bis Shaaheen ihren Gips los ist! Warum fragst du?"

„Na dann haben wir ja einige spannende Wochen vor uns", antwortete er und küsste mich.

Ich war so überrascht, dass ich es geschehen ließ und umarmte ihn.

Hassan ließ mich los, zog mich aufs Bett, öffnete die Sektflasche, schenkte die Gläser voll und prostete mir zu.

„Was hast du vor, Hassan?"

„Nichts, Lilith! Ich möchte nur, dass du dich hier wohl fühlst."

„Das werde ich sicherlich, solange du mich in keiner Weise einschränkst."

Hassan räusperte sich.

„Lilith, so wie ich dich kenne, wirst du sicherlich nach Petra reisen wollen."

„Ja, aber erst in einigen Monaten. Wir haben also noch genügend Zeit."

Er blickt mich durchdringend an.

„Für was, Lilith?"

Ich blieb ihm eine Antwort schuldig und prostete im zu.

Zwei Stunden später meldete sich Rasin über das Babyfone und ich stand auf.

„Danke für den schönen Abend, Hassan! Ich geh jetzt nach oben. Rasin hat sicher Hunger oder ist nass. Ich werde morgen nach Bagdad gehen und einige Artikel besorgen. Falls du Lust hast, kannst du ja mit. Ich muss auch die Stadtwohnung überprüfen, ob alles okay ist."

„Kein Problem, Teufelchen. Ich werde dich tatkräftig dabei unterstützen. Schlaf gut", gab er von sich und drückte mir einen Kuss auf die Wange.

„Du auch. Bis morgen."

Ich eilte nach oben, versorgte Rasin, zog mich aus und legte mich schlafen. Shaaheen und Ayaan kuschelten sich im Laufe der Nacht eng an mich.

Hassan war alle zwei Stunden aufgewacht.

Lilith hatte das Babyfone vergessen und so bekam er mit, wie sie den Kleinen versorgte. Irgendwie tat sie ihm leid, denn ihn nervte das Gebrüll und er nahm die Batterien aus dem Fone.

Gegen sieben Uhr wachte er auf und eilte in die Küche, wo Tareq bereits das Frühstück vorbereitete.

„Guten Morgen, Hassan! Du siehst unausgeschlafen aus. Ist irgendetwas vorgefallen?"

„Nein, Tareq! Nur hat mich Rasin die halbe Nacht mehr oder weniger wach gehalten. Lilith hat das Babyfone in meinem Büro vergessen und der Kleine war alle zwei Stunden am Brüllen und wollte gestillt werden. Ich frage mich, wie sie das aushält. Ich werde nach ihr sehen."

Tareq lachte und Hassan eilte nach oben.

Vorsichtig öffnete er die Tür zum Mädchenzimmer und grinste.

Ayaan und Shaaheen lagen rechts und links eng an Lilith gekuschelt.

Rasin lag auf ihrem Bauch und nuckelte an einem ihrer Brüste herum.

Sie selbst schlief noch und war etwas blass im Gesicht.

Hassan nahm Rasin von ihr und eilte mit ihm in die Küche.

Tareq blickte ihn erstaunt an und lachte, als Hassan ihm erzählte, in was für einer Situation er Lilith im Zimmer vorgefunden hatte.

„Der Knirps entpuppt sich bereits jetzt schon als Selbstversorger."

Rasin war inzwischen eingeschlafen und Hassan legte ihn auf sein Bett im Büro. Danach schenkte er sich einen starken Kaffee ein.

„Lilith sieht etwas geschwächt aus und ich werde sie in den nächsten Wochen, mehr als entlasten. Sie hat das Krankenhaus kurz nach der Entbindung verlassen. Wir fahren heute nach Bagdad und kommen erst spät zurück. Würdest du ihr Lieblingsessen für abends zubereiten?"

„Geht klar, Hassan! Ich wünsche euch einen schönen Tag."

Ich wachte auf und erschrak. Rasin lag nicht mehr auf meinem Bauch und ich blickte mich nach ihm um. Ayaan und Shaaheen lagen rechts und links an mich gekuschelt, nur Rasin fehlte.
Anscheinend hatte Hassan ihn mitgenommen.
Vorsichtig, damit die Zwillinge nicht aufwachten, erhob ich mich und eilte in die Küche, wo ich auf Hassan und Tareq traf.
Beide begrüßten mich und Tareq stellte mir eine Tasse Kaffee auf den Tisch.
Hassan sah mich an und grinste.
„Lilith, du siehst richtig fertig aus. Es wäre vielleicht besser gewesen, wenn du im Krankenhaus geblieben wärst. Falls du Rasin suchst, er liegt in meinem Büro und schläft. Ich habe ihn nuckelnd auf deinem Bauch vorgefunden und vorsorglich mitgenommen. Wie geht es dir? Vor allen Dingen, wie hältst du die Strapaze aus, alle zwei Stunden den Säugling zu versorgen. Ich bin bald wahnsinnig geworden. Du hattest vergessen, dass Babyfone mitzunehmen und ich bin ebenfalls alle zwei Stunden mit aufgewacht. Irgendwann habe ich dann die Batterien entfernt. Noch etwas, Lilith! Ich muss übermorgen für ein paar Tage geschäftlich nach Dubai. Ich kontaktiere dich noch im Laufe der Woche und du musst dann nachkommen, denn ich hätte dich gerne bei der Eröffnungsfeier dabei."
„Geht klar, Hassan und ich freue mich schon darauf. So komme ich endlich wieder unter Menschen. Ab und zu ist das ganz gut", gab ich lachend von mir.

Drei Tage später bekam Hassan einen Anruf.
Er verabschiedete sich von mir und kontaktierte mich noch am selben Abend über Skype.
„Hallo, Teufelchen! Ich bin gut angekommen und bitte dich in einer Woche hierher zu fliegen. Mein Pilot weiß Bescheid und holt dich ab. Bitte mach dich hübsch zurecht. Keine traditionelle Bekleidung, denn du bist Europäerin und musst dich nicht anpassen. Da du einen Hang zu orientalischer Kleidung hast, kann es ruhig etwas verspielt sein. Ich freue mich auf dich!"
„Ich kann es kaum erwarten, Hassan! Bis bald!"
Wir plauderten noch etwas und dann kappte ich die Leitung.
Ich hatte vor längerer Zeit auf dem Basar ein mehr als traumhaftes Kleidungsstück ergattert und es mir für besondere Anlässe mitgenommen.
Dieser schien wohl jetzt gekommen zu sein
Von der Unterwäsche bis zu den Schuhen, war alles perfekt aufeinander abgestimmt. Hassan würde Augen machen und nicht nur er.
Die Tage vergingen und dann war es soweit.
Sein Pilot holte mich ab und flog mich nach Dubai in das teuerste Hotel, dass ich kannte....Burj al Arab.
Ich war völlig geflasht. Hassan hatte eine Suite für mich gebucht und an der Rezeption überreichte man mir eine Nachricht von ihm.
Etwas enttäuscht nahm ich sie entgegen, denn ich hatte gehofft, dass er mich abholen würde.
Hassan teilte mir mit, dass er am Abend der Feier bei mir erscheinen würde.
Ich seufzte.
Anscheinend war er wieder komplett in sein Projekt eingespannt und hatte im Moment keine Zeit für mich.

Egal!

Ich kostete sämtliche Annehmlichkeiten des Hotels aus und wunderte mich, dass mich die Angestellten extrem hofierten und sich vor mir verneigten, als wäre ich die Königin von Saba. Mir wurde das langsam peinlich und ich fragte nach, was das sollte.

Zur Antwort bekam ich, dass die ganze Belegschaft die Order bekommen hatte, mich so zu behandeln.

Nach und nach bekam ich am Rande mit, dass man mich, auch wenn ich nur die Zweitfrau eines Scheichs sei, so zu behandeln hatte. Diese Information machte mich etwas stutzig, aber gab mir keinen großen Anlass, um darüber nachzudenken. Sicher ein Missverständnis.

Nach zwei weiteren Tagen, rief mich Hassan an und teilte mit, dass er mich erwarten würde.

„Hassan, wolltest du mich nicht abholen?", gab ich mehr als enttäuscht von mir.

„Teufelchen nicht böse sein! Ich schaffe es zeitmäßig nicht! Frage an der Rezeption nach und sie bringen dich zur Feier! Ich liebe dich, Lilith!"

Bevor ich antworten konnte, hatte er aufgelegt.

Ich machte mich zurecht und war mit dem Ergebnis mehr als zufrieden.

Gegen zwanzig Uhr machte ich mich auf den Weg.

An der Rezeption wartete bereits ein Angestellter und brachte mich zu einem riesigen Saal.

Ich war erneut geflasht und blickte mich staunend um.

„Miss Gray, wenn sie Scheich Hassan suchen, er ist dort vorne und hat mit Samira ein Fotoshooting. Ich wünsche ihnen einen wunderschönen Abend."

Ich folgte seinen Blicken und erspähte Hassan.

Freudig eilte ich nach vorne und wurde kurz davor von ein paar Security ausgebremst.

Erstaunt blickte ich zu Hassan und erstarrte.

Da stand er eng an diese Samira gedrückt, umarmte sie und drückte ihr einen Kuss auf die Wange.

Mir wurde ganz anders und ich fragte mich, was da für ein Film ablief.

Hinter mir waren inzwischen neue Gäste eingetroffen und ich verstand immer nur, dass er geheiratet hätte und Samir seine Erstfrau sei und sie heute Abend auf die zukünftige Zweitfrau treffen sollte.

Verwirrt wandte ich mich an einen der Security und erklärte ihm wer ich war. Dieser eilte zu Hassan und flüsterte ihm ins Ohr. Kurz traf mich sein Blick und er winkte mir zu. Auch er sagte etwas zu diesem Security und dieser schritt zu mir zurück.

„Miss Gray, ich soll ihnen von Scheich Hassan einen schönen Abend wünschen und sobald er Zeit hat, wird er erscheinen."

Entgeistert blickte ich den Security an und schluckte mehrmals.

Was passierte hier gerade.

Und wieder war mir zum Heulen zumute.

Ich stand mittlerweile wie geplättet am Buffet und starrte vor mich hin. Sollte es wirklich stimmen, dass Hassan heimlich geheiratet hatte?

Zumindest machte es den Eindruck, denn er sah die Frau an seiner Seite liebevoll an.

Ich stapelte meinen Teller mit allem möglichen voll und wandte mich zum Gehen, wobei ich mit einem der männlichen Gäste zusammenstieß und mir alles aus der Hand fiel.

Erschrocken schrie ich auf, entschuldigte mich dann mehrere Male bei ihm und sah in seine Augen.

Ich erstarrte und blickte ihn mit offenem Mund an.

Was für ein Bild von einem Mann!

Augen so blau, wie das Meer. Schwarzes Haar und ein

leichter Vollbart, umrahmt von einer Shemagh mit Agal.

Der Typ sah aus wie Jesus.

Er grinste mich an und reichte mir die Hand.

„Hallo, Miss Gray! `iinani`atatalie `iilaa altaearuf ealayk shkhsyana - Ich freue mich, sie persönlich kennen zu lernen!"

Als ich nicht reagierte, schüttelte er mir die Hand.

Ich wachte aufs meiner Erstarrung auf und erkundigte mich nach seinem Namen.

„Einfach nur Hamad! Der Rest ist unaussprechlich und zu lang, Miss Gray! Darf ich sie Lilith nennen und bleiben wir doch bei einem Du."

Ich nickte.

„kayf taerifuni?" - Woher kennen sie mich?

Er grinste.

„Ich bin ein entfernter Verwandter von Hassan und seit einigen Tagen aus den Staaten zurück. Allerdings habe ich schon viel von ihnen gehört. Wie geht es den Kindern? Wieso stehen sie als seine Frau nicht an seiner Seite, sondern diese Person?"

Ich schluckte.

„Ganz einfach! Ich habe gerade eben so nebenbei aus einigen Gesprächen erfahren, dass Hassan, sie wohl so mir nichts dir nichts geheiratet hat. Deshalb bin ich aus diesem Grund auf sie geprallt und mir ist dieses kleine Missgeschick passiert."

„Wir waren doch bei einem Du, Lilith! Möchtest du darüber reden?"

Ich schüttelte den Kopf.

„Nein! Erstens kenne ich dich nicht! Zweitens muss ich wie eh und je damit alleine klar kommen und drittens kannst du mich zum Tanzen auffordern, damit ich auf andere Gedanken komme! Ich werde mit

Hassan ein Gespräch unter vier Augen führen müssen. Ich kann dir nur sagen, dass dies die letzte Aktion von Hassan sein wird, um mich zu verletzen. Mein Budget an Verständnis für ihn ist erschöpft! Weißt du zufällig wie sie heißt?"

„Ja! So viel ich weiß… Samira! Warum?"

„Also doch! Ich möchte nicht dumm sterben", gab ich zurück.

Er lachte, schnappte meine Hand und zog mich auf die Tanzfläche.

Dort versetzte er mich erneut ins Staunen. Er war ein unwahrscheinlich guter Tänzer und ich schwebte wie eine Feder in seinen Armen über das Parkett.

„Ach übrigens Lilith, du siehst fantastisch in diesem Kleid aus. Wie eine Prinzessin aus tausendundeiner Nacht."

Ich lachte.

Ein paar Mal tanzten wir an Hassan vorbei, der mich mit erstauntem Blick musterte.

Nach einigen Tänzen zog er mich aus Hamads Armen.

„Kannst du mir verraten, was das soll? Wieso wirfst du dich ihm so an den Hals? Was bezweckst du damit?"

„Hassan, ich tanze doch nur! Was ist denn mit dir los? Ich glaube wir müssen miteinander reden! Mir kamen heute Abend einige Gerüchte zu Ohr, was die Dame neben dir betrifft! Hast du sie wirklich geheiratet, ohne es mir zu sagen? Bin ich dir nichts mehr wert?"

Hassan zog mich nach draußen auf die Terrasse.

„Lilith, du gehst sofort in deine Suite und wartest dort auf mich!"

Ich schüttelte seinen Arm ab.

„Nein, Hassan! Ich werde das nicht tun! Entweder kommst du jetzt sofort mit oder ich gehe und das für immer! Du weißt, dass mir die Djinn diese Option

noch offen gelassen haben, zu ihnen überzusiedeln!"
„Tu was du nicht lassen kannst, Lilith! Hör auf, mich ständig damit erpressen zu wollen! Du setzt es doch sowieso nicht um!"
Ich war mehr als entsetzt.
„Gut Hassan, wie du wünscht! Dschinn sagte mir einmal… *Lilith, es heißt, dass Engel, die Seelen tragen wenn man im Schlaf stirbt. Doch sie können sehr ungeschickt sein und lassen die Seele unabsichtlich fallen!* Dies war wohl öfters bei mir der Fall und ich knallte immer wieder hart auf und erwachte! Wir sehen uns dann morgen früh! Ich überschreibe dir das Sorgerecht für Rasin! Schlaf gut Hassan! Vergiß nie, ich liebe dich, egal was passiert!"
Ich drehte mich um und ging ohne auf eine Antwort von ihm zu warten.
Mehr als geflasht eilte ich in meine Suite und forderte den Piloten von Hassan an. Ich bat ihn darum, dass er mich sofort nach Bagdad zurückflog. Während er sich das okay von Hassan holte, packte ich meine Koffer.
Nach knapp zweieinhalb Stunden kamen wir dort an und ich fuhr mit dem Taxi in Hassans Anwesen.
Ich begrüßte kurz Tareq und Sabriye, die das Taxi übernahmen und mit Ayaan und Shaaheen in meine Stadtwohnung verschwanden.
Tareq schaute mich wieder einmal durchringend an.
„Alles gut, Lilith?"
„Nein, Tareq! Wie gehabt! Frag Hassan! Ich denke er fliegt heute ebenfalls noch zurück! Ich habe keine Lust diese verflixte Angelegenheit erneut Revue passieren zu lassen! Mir reicht es für heute!"
Ich eilte in die Küche und nahm mir eine Flasche Sekt mit auf die Dachterrasse.
Was war nur aus uns geworden?

Heulend warf ich mich auf die Liege und verfluchte alle Männer auf diesem Planeten.
Völlig entnervt und besoffen schlief ich ein.

Hassan grinste und wandte sich an Hamad.
„Gut das Lilith nicht weiß, dass dies alles nur eine der größten Werbekampagnen und Samira deine Frau ist! Wenn sie es schon für echt abkaufte, dann wird es die breite Masse ebenfalls!"
„Hassan, mal ganz ehrlich von Mann zu Mann! Der Schuss wird diesmal für dich komplett nach hinten losgehen! Flieg nachhause und rette, was noch zu retten ist! Lilith hat mir folgendes gesagt.... *es heißt, dass Engel, die Seelen tragen wenn man im Schlaf stirbt. Doch sie können sehr ungeschickt sein und lassen die Seele gerne unabsichtlich fallen!* Wie oft deiner Meinung nach, ist Lilith in dieser Art schon gestorben? Sie hat mir sehr leid getan und ich habe gesehen, wie sie mit den Tränen zu kämpfen hatte! Unsere Kampagne wurde sehr erfolgreich gestartet, doch es ist jetzt an der Zeit, Lilith darüber aufzuklären!"
Hassan wurde nachdenklich.
„Ich glaube du hast vollkommen Recht! Lilith hat mir den gleichen Spruch reingedrückt. Ich fliege jetzt zurück und hoffe Lilith ist noch nüchtern! In solchen Fällen neigt sie dazu, sich sinnlos zu besaufen! Ich mache mir jetzt doch Sorgen um den Kleinen. Ich melde mich bei dir und erstatte Bericht! Machs gut Hamad und schönen Abend noch!"
Dieser grinste und wünschte Hassan ebenfalls alles Gute.

Hassan hörte bereits beim Eintreten in sein Anwesen, das Rasin wie am Spieß brüllte und er eilte nach oben, um nach ihm zu sehen.

Lilith befand sich nicht im Zimmer und der Kleine schien Hunger zu haben.

Hassan nahm ihn aus dem Bett und lief mit ihm in die Küche, um eine Flasche zuzubereiten. Außerdem war er patschnass.

Hassan verschwand mit Rasin in sein Büro, legte ihn aufs Bett und holte für ihn frische Kleidung. Schnell war er versorgt und beruhigte sich auch wieder. Hassan würde ihn heute Nacht bei sich im Büro behalten.

Jetzt wollte er sich auf die Suche nach Lilith machen.

Wo war sie?

In keinem der Räume war sie aufzufinden und so blieb nur noch die Dachterrasse, wo er sie auch vorfand und wie er es sich auch gedacht hatte.

Lilith war wieder einmal stockbesoffen, ihr Make-up völlig verschmiert und sie war nicht ansprechbar. Er hob sie vorsichtig hoch und brachte sie nach unten in ihr Schlafzimmer, wo er sie wieder einmal längere Zeit beobachtete.

Hatte er den Bogen diesmal zu arg überspannt?

Wahrscheinlich schon, denn Lilith hätte sonst in so einem Fall, nie das Wohl der Kinder vergessen. Sie schien völlig neben der Spur zu laufen.

Er würde es morgen erfahren.

Mir war nach meiner Saufaktion wieder einmal mehr als elend und ich quälte mich hoch.

Irgendwer schien mich vom Dach geholt und in mein Bett verfrachtet zu haben.

Ich ging davon aus, dass Hassan wieder zurück war.

Außerdem hatte er sich wohl um Rasin gekümmert.

Ich schwamm einige Runden, wickelte mich in ein

Laken und verschwand wieder nach oben aufs Dach, wo ich es mir auf der Liege bequem machte und mehr als nachdenklich in die Ferne blickte.

Für einen kurzen Augenblick schloss ich meine Augen und dachte an die Anfangszeit von uns beiden. So bemerkte ich nicht, dass Hassan hinter mir stand und erschrak, als er mich ansprach.

Ich schnellte herum und blickte ihn an.

„Was willst du Hassan? Geh und lass mich endlich zufrieden! Ich werde dir später das Sorgerecht für Rasin überlassen und unterschreiben! Ich gehe in die Zeit der Djinn zurück, wo mir sicher sehr viel Respekt entgegengebracht wird! Dies hier kann ich alles nicht mehr, denn ich bin es müde, nur als Lückenbüßer und Spielball zu dienen."

„Lilith, darüber wollte ich mit dir beim Frühstück noch einmal reden! Kommst du? Ich habe den Tisch schon eingedeckt! Rasin ist gut versorgt und schläft schon wieder. Wir können in Ruhe und vernünftig über alles reden! Hamad hat mir gestern nach deinem Verschwinden geraten, alles zu klären! Bist du bereit für eine Aussprache?"

Ich lachte.

„Was Hassan, wenn ich das alles nicht mehr möchte, trotz positivem Ergebnis? Ich könnte durchdrehen, aber ich muss mich wohl wieder einmal durchbeißen. Geh schon mal voraus, ich komme nach. Lass dir im Vorfeld noch eines gesagt sein. Streite, diskutiere und schimpfe ich mit dir, kämpfe ich noch innerlich um dich. Werde ich leise, still und schweige, hast du alles verloren. Eine Frau, die innerlich losgelassen hat und geht, kommt nie mehr zurück. Merk dir das gut! Ich zieh mir nur etwas an. Ist Tareq schon da?"

Hassan verneinte.

„Okay, bis gleich!"

Hassan ging und ich zog mich an.

Außerdem war ich gespannt, was er mir diesmal für eine Story erzählen würde.

Hassan verschwand nach unten und stieß mit Tareq zusammen, der gerade erschien.

„Guten Morgen, Hassan! Warst du schon bei Lilith? Sie kam gestern völlig aufgelöst hier an, schnappte sich eine Flasche und verschwand nach oben. Was ist bei euch beiden schon wieder vorgefallen?"

„Ich erzähle dir sofort was geschehen ist, denn ich muss mit Lilith etwas klären. Ich kontaktiere nur noch meinen Cousin Hamad und seine Frau. Sie müssen hier schnellstens erscheinen, sonst verlier ich Lilith! Bis gleich!"

Hassan eilte in sein Büro und kontaktierte Hamad über Skype. Kurz erzählte er ihm, was vorgefallen war und bat ihn, sofort zu kommen. Dieser sagte zu und bat Hassan, ihn und Samira nachmittags am Fughafen abzuholen.

Hassan bedankte sich und ging in die Küche zurück, wo inzwischen Lilith am Tisch saß, gedankenverloren vor sich hinstarrte und Kaffee trank.

Er räusperte sich.

„Lilith, hast du heute Nachmittag Zeit für mich, um ein Gespräch zu führen?"

Sie reagierte nicht und er musste nachhaken.

„Was hast du gesagt, Hassan?"

Er wiederholte die Frage.

„Ich geh dann etwas joggen, um meinen Kopf etwas freizubekommen. Ja, ich werde zur Aussprache da sein und hoffe du hast eine plausible Erklärung. Jetzt lass mich bitte bis dahin zufrieden und nerv nicht. Ich muss da Erlebte verdauen, denn wenn es stimmt, ist es harter Tobak!"

Lilith trank ihren Kaffee aus, stand auf, befüllte sich eine Wasserflasche und verschwand ohne ein Wort zu sagen.

Tareq blickte ihr besorgt nach und wandte sich dann an Hassan.

„Was in drei Teufels Namen Hassan, ist gestern in Dubai passiert?"

Hassan klärte Tareq auf und dieser wurde ein paar Mal kreidebleich.

Kopfschüttelnd stellte er das Frühstück vor ihm ab.

„Hassan, ich denke das war es zwischen euch! Sie hatte dich bereits vorgewarnt. Du lernst es nicht und sie wird ohne Abschied verschwinden!"

Lilith erschien, teilte mit, dass sie sich umentschieden hatte und eine Spritztour mit dem Motorrad machen würde.

Sie drehte sich um und verschwand in die obere Etage.

Hassan eilte ihr hinterher, fing sie kurz vor ihren Räumen ab und hielt sie am Arm fest.

„Lilith, du wirst doch keinen Unsinn machen? Jetzt doch nicht joggen? Wo fährst du hin?"

„In meine Stadtwohnung, nach den Kindern sehen und dann kurz in den Basar, um mir etwas Öl für mein Parfüm zu kaufen! Bitte lass meinen Arm los!"

Hassan nickte, zog sie an sich und küsste sie auf den Mund. Sie ließ es geschehen, reagierte aber nicht.

Enttäuscht gab er sie frei und machte sich auf den Weg nach unten.

Ich zog in Windeseile meine Motorradkleidung an, schnappte mir meinen Laptop samt Rucksack und eilte in die Garage.

Nur weg von hier!

Der Kuss von Hassan brannte auf meinen Lippen, aber hatte mich völlig kalt gelassen.

Ich war es leid!

Ich schob meine Maschine nach draußen, stieg auf, startete sie und fuhr los.

Kurze Zeit später traf ich in meiner Wohnung ein und zog mir normale Kleidung an. Ich drückte meine Kids an mich und danach bestellte ich mir ein Taxi zum Flughafen.

Ich hatte Glück, dass ich noch einen Platz bekam, checkte ein und flog zurück nach Deutschland.

Allerdings mietete ich mich in ein Hotel ein, denn ich wollte vermeiden, dass mir Hassan folgte.

Vorsichtshalber schaltete ich mein GPS aus und prompt bekam ich auch gegen abends einen Anruf von ihm.

„Lilith, wo zum Teufel bist du? Ist alles in Ordnung?"

„Mir geht es gut und ich komme nicht mehr zurück! Du hattest deine Chancen, Hassan! Ich bin es leid nur von dir angelogen zu werden. Das alleinige Sorgerecht für Rasin liegt in meinem Wohnraum auf dem Tisch. Ich bitte dich, gut auf die Kinder aufzupassen und gib ihnen ein Küsschen von mir."

„Lilith, was tust du schon wieder?"

„Hassan, geliebte Menschen können wir nicht immer in unseren Armen halten, aber in unseren Herzen. Ich habe mich entschieden!"

„Verdammt, Lilith! Ich werde dich finden!"

Ich lachte.

„Diesmal nicht! Nur zu deiner Information, Hassan! Ich habe einen neuen Rucksack! Somit hast du keinen Zugriff auf mich! Ich sagte dir doch….wer mit dem Teufel spielt, sollte das Feuer beherrschen können!"

„Lilith, ich beschwöre dich! Komm zurück! Denk an

die Kinder!"

„Mein Gott, Hassan! Du kommst auch ohne mich gut klar mit ihnen! Die Djinn freuen sich schon auf mein Kommen! Hör doch auf, mir dauerhaft ein schlechtes Gewissen einreden zu wollen! Das klappt nicht mehr!"

„Lilith, ich wollte dich heiraten!"

„Ja, klaro und das als Zweitfrau an deiner Seite! Du hast den Schuss auch noch nicht gehört! Vergiß es! Wenn ein Herzmensch zum Kopfmenschen werden muss um zu überleben, dann haben Arschlöcher ganze Arbeit geleistet! Ich drücke dich jetzt weg! Ich will nichts mehr hören! Leb wohl! Lass es dir gut gehen!"

Ich unterbrach das Gespräch und wieder brach ich in Tränen aus.

Kurze Zeit später machte ich mich etwas zurecht und eilte in die Hotelbar, um mir erneut zu besaufen.

Ich machte es mir gerade bequem, als mir jemand auf die Schulter tippte. Langsam drehte ich mich um.

„Penny?"

Ich schluckte.

Neben mir stand meine Jugendliebe Sam und grinste mich frech an.

„Hallo, Sam! Was treibt dich denn nach München? Du warst doch in den Staaten unterwegs. In Nevada? Wo ist Grit? Seid ihr noch zusammen? Hör auf mich Penny zu nennen! Ich hasse diesen Namen! "

Er lachte.

„Ja, Grit und ich sind noch zusammen. Zurzeit bin ich auf Welttournee mit meiner Truppe. Wie geht es dir? Ich habe von deinem Schicksal gehört. Seit unserer Trennung, habe ich deinen Werdegang verfolgt. Das mit deinem Vater tut mir leid. Erzähl doch! Bist du jetzt mit deinem Scheich glücklich verheiratet? Ist er hier?"

Ich schüttelte den Kopf, brach in Tränen aus und dann erzählte ich ihm, was passiert war.

Grit war inzwischen dazugekommen, hatte bereits einiges von meiner Erzählung mitbekommen und legte ihren Arm um mich.

Langsam beruhigte ich mich wieder und Sam war mehr als schockiert.

„Und jetzt, Lilith?"

„Nichts, Sam! Wie geht es euch denn?"

„Sag mal Lilith, tanzt du noch? Ich bräuchte dringend und sofort eine Ersatzpartnerin für die Show. Grit hat sich gestern verletzt und kann nicht auftreten. Falls du Lust hast, würde ich dich für die nächste Zeit engagieren und du kämst auf andere Gedanken. Was meinst du?"

Ich blickte Grit an.

„Superidee! Damit wäre uns allen geholfen!", erklärte diese.

Ich überlegte kurz.

„Okay! Und um gleich im Vorfeld Missverständnisse auszuschließen, ich will nichts von Sam. Grit du musst dir also keine Gedanken machen. Allerdings brauche ich noch ein paar Tanzstunden, zur Auffrischung, um wieder einzusteigen."

Sam lachte.

„Deal, Lilith! Ich freu mich und zu deiner Info…..Grit und ich sind verheiratet. Also alles im grünen Bereich. Morgen fangen wir an, damit du abends fit bist."

Ich lachte, wir besprachen noch ein paar Einzelheiten und dann ging ich schlafen.

Der nächste Tag brachte mich fast an meine Grenzen.

Sam stellte mich der Crew vor und ich wurde herzlich aufgenommen.

Ich war komplett eingerostet und stürzte ein paar Mal

während der Hebeübungen ab.
Beim Battle-Rap verpasste ich einig Male den Einsatz und fluchte vor mich hin. Nach vier Stunden war ich völlig schweißgebadet.
„Okay, Lilith! Du bist fast perfekt und gehst dich jetzt ausruhen. Die Schritte hast du drauf und falls du aus dem Takt kommst, improvisiere und mach Freestyle. Wir treffen uns um neunzehn Uhr hier in der Lobby. Für Klamotten ist gesorgt. Bis später und toi, toi, toi."
Ich eilte auf mein Zimmer, duschte und schaltete dann mein Handy ein. Jede Menge Sprachnachrichten luden sich hoch. Larissa, Hassan und George versuchten mich zu erreichen.
Der Einzige den ich kontaktierte war George.
„Lilith, wo bist du? Hassan hat mich informiert, was geschehen ist. Du bist nirgends zu finden."
„Keine Angst, George! Ich bin ganz in der Nähe und mir geht es Bestens. Ich vertrete eine Bekannte für einige Monate in der Arbeit. Kein Wort wie immer zu Larissa und Hassan! Ich muss mir über einiges klar werden! Keine Angst, ich mache keine Dummheiten! Ich werde dich in kurzen Abständen anrufen, wie es meine Zeit erlaubt! Bis bald!"
George wünschte mir alle Gute und klinkte sich aus.
Ich stellte den Wecker und legte mich noch etwas hin, um für den Abend gewappnet zu sein.
Stunden später stand ich auf, machte mich zurecht und eilte in die Lobby. Ich war so aufgeregt, dass ich ständig zur Toilette musste und dann war es soweit.
Premiere für mich und ich meisterte alles perfekt.
Das Publikum tobte und wir ernteten jede Menge Applaus.
Sam drückte mich an sich und gab mir einen Kuss auf die Wange.

Gritt und die Crew beglückwünschten mich.

Ben, der beste Freund von Sam, zwinkerte mir zu.

„Respekt, Lilith! Du hast uns echt den Arsch gerettet!"

„Danke, Leute! Ich bin jetzt echt geschafft und geh schlafen. Bis morgen."

Ich duschte und fiel vor Müdigkeit ins Bett.

Wenn das so weiterging, würde ich sicherlich wieder so dünn wie ein Skelett.

Die Monate vergingen und George hielt mich auf dem Laufenden.

Hassan konnte mich nirgendwo finden und war wohl am Ende mit seinen Nerven. Ich grinste vor mich hin.

Er war sogar für ein paar Tage auf Besuch bei Larissa gewesen, um sich selbst davon zu überzeugen, dass ich nicht vor Ort war.

Und dann passierte wieder einer dieser mehr als dummen Zufälle. Nur wusste ich davon nichts und das Schicksal nahm seinen Lauf.

Larissa und Nash hatten von einer Supershow in einer der renommierten Hotels gehört und wollten sich die unbedingt ansehen.

Die Karten waren schwer zu bekommen, da sie täglich ausverkauft waren. Die Agentur von Nash und Larissa besorgten irgendwie fünf Freikarten für die Laufzeit der Show.

Larissa glaubte Tage später ihren Augen nicht zu trauen, als sie auf der Bühne Lilith erkannte.

In der Pause eilte ich nach draußen und verständigte sofort Hassan.

„Hassan, was meinst du, wen wir gefunden haben? Halt dich fest! Lilith! Sie tanzt hier in München auf der Bühne. Battle-Rap! Lilith geht ab wie eine Rakete und ist bereits auch so beim Publikum eingeschlagen. Komm so schnell du kannst! Wir haben Karten! Es wird am Besten sein, wenn du Hamad und Samira zur entgültigen Aufklärung mitbringst! Lilith, tanzt als Vertretung für eine Freundin, die sich verletzt hat. Der Typ mit dem sie tanzt, scheint ihre Jugendliebe zu sein. Das konnte ich schon herausfinden. Wen du sie wieder zurück möchtest, beeil dich!"

„Bei Allah, ihm sei Dank! Larissa ich komme morgen gegen Mittag an."

Hassan war überglücklich. Endlich eine heiße Spur von ihr.

Dieses Schauspiel wollte er sich nicht entgehen lassen und würde bereits morgen Abend die Show besuchen. Hamad und Samira würden mitfliegen und alles in Ordnung bringen.

Gegen Mittag trafen alle drei am nächsten Tag ein und Hassan ließ sich alles genau erzählen.

Lilith hatte sich wohl im Hotel einquartiert, um nicht so schnell gefunden zu werden.

Er musste lachen. Sie war und blieb ein kleiner Teufel.

Gegen Abend machten sich Hassan, Larissa, Nash, Hamad und Samira auf den Weg zur Show.

Der Saal war voll bis zum Bersten und Larissa hatte ein Gespräch zwischen Sam und Hassan organisiert.

Lilith sollte nichts davon erfahren und Sam war damit einverstanden. Larissa hatte ihm erzählt, was zwischen Hassan und Lilith vorgefallen war.

Beide Männer trafen sich in der Hotelbar kurz vor dem Beginn der Show und Hassan wollte wissen, was Sache zwischen Sam und Lilith war.

Sam beruhigte ihn und klärte ihn auf, dass er zwar eine Jugendliebe von Lilith war, aber mit einer anderen liiert sei.

„Ich war früher in Penny verliebt, Hassan! Nur habe ich einen bösen Fehler begangen! Weil sie nicht mit mir schlafen wollte, habe ich sie verlassen! Einer meiner größten Fehler, denn Penny ist ein herrliches und liebenswürdiges Geschöpf. Sie hätte einen Mann verdient, der sie auf Händen trägt. Anscheinend bist du das auch nicht. Guck nicht so erstaunt. Sie hat mir und Grit alles erzählt und fürchterlich geweint. Penny leidet. Wir haben im Moment sehr viel Erfolg mit der Show und das haben wir nur ihr zu verdanken. Ich mache dir jetzt einen Vorschlag. Ich trainiere dich etwas und schmuggle dich mit auf die Bühne, wo du mit ihr ein Battle tanzen kannst. Freier Oberkörper und Maske. So erkennt sie dich nicht sofort und vielleicht kannst du sie wieder für dich gewinnen."

Hassan lachte.

„Versuchen kann ich es ja, denn ich hab nichts mehr zu verlieren! Eine Frage an dich. Wieso nennst du Lilith eigentlich Penny?"

Sam grinste.

„Hat sie dir nicht erzählt, dass sie eigentlich einen Doppelnamen hat? Tatsächlich heißt sie Penelope-Lilith. Allerdings hasst sie den ersten Namen und möchte nur mit Lilith angesprochen werden. Nur ich durfte sie Penny nennen, aber inzwischen möchte sie auch dies nicht mehr. Du scheinst recht wenig über sie zu wissen! Egal! Also, dann starten wir morgen bereits mit dem Training. In ein paar Tagen beherrscht du dann bereits die Grundkenntnisse. Streng dich an, damit du Lilith wieder für dich gewinnst! Wie sie allerdings reagiert, wenn sie auf der Bühne mit dir zusammentrifft, kann ich nicht sagen. Lilith kann sehr impulsiv sein! Mach dich auf alles gefasst!""

„Geht klar Sam und vielen Dank für deine Hilfe und Aufklärung wegen ihres Namens! Ich werde ein sehr ernstes Gespräch mit ihr führen müssen! Jetzt sehe ich mir erstmal die Show an. Lilith überrascht mich immer wieder mit ihren verrückten Aktionen!"

Er eilte zu Larissa zurück und machte sich mit den anderen auf den Weg in die Show.

Nash wandte sich an ihn.

„Und? Was kam bei dem Gespräch mit Sam heraus?"

Hassan klärte alle auf und Larissa lachte sich schlapp.

„Brüderchen, ich lasse mich positiv überraschen! Du und tanzen mit deinen zwei linken Füßen. Das war früher doch bereits ein Problem!"

„Larissa unterschätze mich nicht immer! Um Lilith so schnell wie möglich zurückzubekommen, mache ich alles! Es muss klappen!"

Kurz darauf begann die Show und Hassan musste sich einige Male beherrschen, um nicht nach vorne zu stürmen. Lilith verschmolz regelrecht beim Tanzen mit Sam und er fasste sie an Stellen an, die bis jetzt nur ihm vorbehalten waren.

Larissa bemerkte seine Anspannung und beruhigte ihn.

„Hassan bleib ruhig! Sie tanzt doch nur und diese enorme Vertraulichkeit, besteht nur deshalb, da sie ihn einmal geliebt hat. In ein paar Tagen, darfst du sie ja wieder in deinen Armen halten. Mein Gott Hassan, du bist ja extrem eifersüchtig", gab sie lachend von sich.

„Larissa, ich möchte diese Frau nicht verlieren, denn sie bedeutet mir alles!"

„Verdammt noch mal, Hassan! Warum zeigst du ihr das nicht und schockst sie ständig nur! So bekommst du sie nie mehr zurück!"

Hassan stöhnte bei den Tanzszenen immer wieder

gequält auf, wenn Sam ihr körperlich zu nahe kam.
Larissa hielt ihm die Hand, um zu verhindern, dass er
seine Beherrschung verlor und nach vorne stürmte.
Gegen Mitternacht war die Show zu Ende und nach
zwei zusätzlichen Tanzeinlagen, leerte sich der Saal.
Hassan war völlig geflasht von Liliths Auftritt.
Die anderen grinsten und mussten ihn regelrecht mit
Gewalt aus dem Hotel ziehen, da er unbedingt zu
Liliths Garderobe wollte.
Hamad und Nash, nahmen ihn in die Mitte.
Larissa mischte sich ein.
„Jetzt reiß dich zusammen und beherrsche dich! In
wenigen Tagen stehst du vor ihr!"
Gemeinsam fuhren sie zurück in das Anwesen von
Lilith. Hamad und Samira schliefen bei Larissa und
Nash in der Einliegerwohnung. Hassan machte es sich
im Schlafzimmer von Lilith bequem.
Er hatte mit George gesprochen, der ihm die Schlüssel
nur widerwillig gegeben hatte.

Am nächsten Tag traf sich Hassan mit Sam und dann
ging es mit dem Training los.
Zum Glück übten sie in Liliths Haus.
Diese war gerade unterwegs mit der Truppe und
bekam die geheimnisvolle Aktion nicht mit.
Nach drei Stunden war Hassan fix und fertig.
Sam lachte.
„So, genug für heute! Nicht schlecht für den Anfang!"
Hassan stöhnte und wischte sich den Schweiß von der
Stirn.
„Mein Gott, Sam! Wie haltet ihr das nur aus?"
„Tägliches Training, Hassan! Mit der Zeit wird es für
uns zur Routine!"
„Sam, ich möchte dich etwas fragen, was für mich sehr

wichtig ist. Hast du noch Interesse an Lilith? Mir passt es nicht, dass du so extrem körpernah mit ihr tanzt!"

„Ich kann dich beruhigen. Ich habe kein Interesse an Lilith und auch keine Gefühle für sie. Umgekehrt ist es genauso. Ich bin froh, dass sie außerdem nicht so steif wie ein Brett bei den Tanzeinlagen ist. Grit und ich sind verheiratet. Also bleib locker, Hassan! Bis zum Wochenende bist du für die Show bereit. Ich werde zwei Tänze extra mit dir einstudieren. Das gleiche werde ich auch mit Lilith machen. Grit kann sie ab Mitte nächster Woche ablösen. Ihr Knöchel ist wieder in Ordnung. Ich hoffe nur, dass du bis dahin alles mit ihr geklärt hast. Streng dich an!"

Hassan nickte und verabschiedete sich von ihm.

Schnell eilte er nach oben in die Dusche und als er nach unten in die Küche kam, stand Larissa grinsend vor ihm.

„Du machst dich ja richtig gut! Ich hab dich heimlich beobachtet."

Er lachte.

„Wir sehen uns heue abends wieder in der Revue. Ich bin völlig platt und ruhe mich etwas aus. Bis später!"

„Bis dann Brüderchen! Angenehme Träume!"

Hassan machte sich einen extra starken Kaffee und seine Gedanken schweiften zu Lilith ab.

Er hoffte inständig, sie wieder für sich gewinnen zu können.

Sam fuhr zurück und weihte bis auf Lilith seine Crew ein, was er vorhatte. Später kam Lilith dazu und er eröffnete ihr, dass am Wochenende ein guter Kumpel von ihm, zur Truppe stieß und mittanzen würde.

„Lilith, du hast die Ehre ihn mit zwei Tänzen an diesem Abend einführen zu dürfen. Ich werde sie dir jetzt beibringen. Ach und er heißt Kelvin, Leute! Ich

hoffe ihr nehmt ihn gut in eurer Mitte auf. Bevor ich es vergesse. Grit tritt ab Mitte nächster Woche wieder auf. Ihr Knöchel ist wieder okay. Mein Dank geht an Lilith, die sie sehr gut vertreten hat."
Die Crew klatschte und dann wurden die neuen Tänze einstudiert.
Lilith wunderte sich etwas und hakte nach.
„Sam, dass ist aber kein typischer Battle-Rap .Kommt dieser Kelvin, um vorher zu üben?"
„Du hast recht! Kelvin möchte etwas probieren. Einen Versuch ist es wert. Vielleicht nimmt es das Publikum an. Falls nicht, lassen wir es weg! Nein, Kelvin trifft hier kurzfristig ein. Ich schicke ihm ein Video!"
Alle blickten sich verstohlen an und grinsten.

Das Wochenende nahte.
Ich war auf meinen neuen Tanzpartner gespannt und dann war es soweit. Kurz vor Ende der Show, trat mir ein muskulöser Hüne mit entblößtem Oberkörper und Halbmaske entgegen.
Ich drehte mich zu Sam um.
„So war das aber nicht gedacht!"
„Lilith, reg dich ab! Es ist doch nichts dabei und dein Outfit ist heute auch recht freizügig. Genieß es und gib alles. Du bist doch sonst auch nicht so zugeknöpft. Was ist los mit dir?"
„Sam, dieser Typ erinnert mich vom Erscheinungsbild an Hassan!"
Sam grinste.
„Na, ist doch super. Falls du für Hassan noch etwas empfindest, kannst du deine Gefühle bei Kelvin sicher rauslassen. Das wirkt sich auf die Show äußerst positiv aus."
Ich zeigte ihm einen Vogel.

Kelvin stellte sich neben mich, nickte mir kurz zu und dann hob sich der Vorhang.

Sam trat nach vorne und kündigte die Show mit einem neuen Tänzer und einer etwas anderen Musikrevue an. Tosender Beifall erklang und dann ging es los.

Nach einigen Battles gab uns Sam ein Zeichen.

Kelvin zog mich an sich.

Ich erschrak, denn er ging direkt auf Tuchfühlung und fasste mich an Stellen an, wie es eigentlich nur Hassan durfte.

Ich versuchte ihn immer auf Abstand zu halten, aber es gelang mir nicht. Langsam wurde ich wütend.

„Verdammt, Kelvin! Rück mir nicht so auf die Pelle! Es nervt! Halte wenigstens etwas Abstand!"

Er ignoriere völlig, was ich sagte und zog mich noch enger zu sich. Nun reichte es mir. Ich fuhr ihm mit meinen Fingernägeln über den Rücken und hörte ihn aufstöhnen.

„Verdammt, Penny! Musste das jetzt sein? Ich kann mich nicht wehren!"

Ich kam kurz aus dem Takt, als ich diesen Namen hörte.

„Hassan? Verdammt, was läuft hier schon wieder? Und nenn mich nicht bei diesem Namen! Lass mich sofort los, du elender Bastard!", zischte ich ihm über das Headphone zu, mit dem wir alle miteinander verbunden waren.

Mir war völlig egal, dass die Crew unser Gespräch mithören konnte.

„Geht jetzt nicht Lilith oder willst du die Show völlig ruinieren. Spiel jetzt mit! Ich erkläre dir alles später."

Wütend über ihn, zog ich nochmals mit Nachdruck meine Nägel über seinen Rücken.

Hassan stöhnte erneut auf und stieß mich weg.

Hätte Ben mich nicht abgefangen, wäre ich gestürzt.
Ich hörte Sam übers Headphone uns beide anbrüllen.
„Verdammt, was soll das ihr beiden?"
Hassan tat so, als wenn alles zur Show gehörte.
„Bitte Lilith, mach jetzt keine Szene! Spiel einfach mit
und kläre das alles später mit Hassan!", bat mich Sam.
Ich nickte und schon riss mich Hassan wieder an sich.
Das Publikum tobte und verlangte nach mehr.
Hassan hielt mich allerdings so auf Abstand, dass ich
ihm nicht mehr den Rücken zerkratzen konnte.
Die Show neigte sich dem Ende zu und wir bekamen
erneut tosenden Beifall. Kurz darauf fiel der Vorhang.
Ich beeilte mich, so schnell wie möglich in meine
Garderobe zu kommen. Hassan folgte mir und stieß
mich regelrecht in den Raum.
„Bist du eigentlich bescheuert, Lilith? Was fällt dir ein,
mich so zuzurichten!"
Ich drehte mich um und dann schlug er zweimal zu.
Erschrocken schrie ich auf und hielt meine Hände
schützend vor mein Gesicht, dass wie Feuer brannte.
Hinter ihm, hörte ich Sam brüllen.
„Was tust du da, Hassan? Bist du wahnsinnig? Hör auf
und warte draußen!"
Langsam nahm Sam mir die Hände vom Gesicht und
ich blickte ihn am ganzen Körper zitternd an.
„Lilith, was hast du getan? Hassan kam extra hierher,
um sich dir wieder anzunähern und alles aufzuklären!
Du gibst ihm ja nicht einmal einen Hauch von einer
Chance! Sein Rücken blutet ziemlich stark und ich
kann seine Reaktion irgendwie verstehen. Es war wohl
mehr oder weniger eine Affekthandlung! Liebst du ihn
eigentlich noch?"
„Ja, Sam! Nur hat er mich wie so oft, einfach überrollt.
Hast du ihm das mit meinem Doppelnamen erzählt?

Entschuldige, mir wird gerade schlecht! Ich bin gleich zurück!"

Würgend rannte ich nach draußen und übergab mich wieder einmal übelst in die Toilette.

Sam verließ ebenfalls die Garderobe und traf vor der Tür auf Hassan.

Er blickte ihn an.

„Sie zu, dass du die Angelegenheit mit ihr wieder ins Lot bringst. Diese Frau liebt dich bis in den Tod und darüber hinaus. Was ich bei dir in keinster Weise verstehe, warum schlägst du sie, wenn du sie angeblich wieder für dich gewinnen willst! Was stimmt mit dir nicht! Schau ihr Gesicht an! Musste das sein? Deine Handschrift hat blaue Flecken hinterlassen. Du hast sie echt nicht verdient und ich habe damals wohl einen Fehler begangen, als ich sie so mir nichts, dir nichts, einfach verließ. Mir ist klar geworden, dass Sex nicht alles im Leben ist! Nicht bei so einem vollkommenen Geschöpf wie Lilith!"

Hassan nickte nur und war über das Geständnis von Sam schockiert. Er betrat Liliths Garderobe.

Kurze Zeit später erschien diese.

„Lilith, geht es dir besser?"

Ich blickte ihn an.

„Nimm endlich diese bescheuerte Maske ab! Wie zum Teufel hast du mich wieder gefunden? Und nenn mich nicht Penny! Ich hasse diesen Namen! Ich bin und bleibe Lilith!"

Hassan nickte.

„Es war ein dummer Zufall, Lilith! Nash und Larissa waren in der Show und haben dich gesehen! Sie rief mich an und ich reiste dir nach. Larissa gelang es, Sam für mich zu gewinnen. Den Rest kennst du."

Langsam lief er auf mich zu und nahm meinen Kopf

in seine Hände.

Ich zuckte heftig zusammen, schloss meine Augen und machte einen Schritt zurück.

„Nicht! Mein Gesicht schmerzt!"

Hassan sah, einige blaue Stellen, die von seinem Schlag stammten.

Er schluckte und zog mich in seine Arme.

Ich stand steif wie ein Brett und rührte mich nicht von der Stelle.

Hassan strich mir sanft über den Rücken und bevor für ihn wieder Gefühle in mir hochkamen, schob ich ihn langsam von mir.

„Ich fahre jetzt nachhause, Hassan. Hier muss ich nicht mehr bleiben, denn du hast mich gefunden und es wäre unlogisch. Ich gehe doch davon aus, dass du bei Larissa untergekommen bist. Wir sehen uns sicher irgendwann."

„Lilith, ich würde morgen gerne einiges mit dir klären und würde mich freuen, wenn du zustimmst!"

Ich nickte nur.

„Bis morgen, Hassan! Schlaf gut!"

„Du auch, Teufelchen! Willst du mit mir fahren?"

Ich schüttelte den Kopf.

„Nein! Bei mir dauert es noch etwas! Ich muss noch aus dem Hotel auschecken."

Er nickte nur und ging.

Ich schminkte mich ab und zog mich um.

Verdammt! Mir wurde bewusst, dass ich ihn trotz aller Vorkommnisse noch liebte. Ich musste irre sein!

Kurz darauf verließ auch ich das Hotel und fuhr mit dem Taxi nachhause.

Seufzend eilte ich ins Bad und stellte mich unter die Dusche.

Ich schloss meine Augen, genoss das warme Wasser,

das meine Muskeln lockerte, als ich eine Bewegung hinter mir spürte.

Schreiend drehte ich mich um und erstarrte.

Hassan!

Ich machte eine dumme Bewegung und rutschte aus. Bevor ich stürzte, zog er mich an sich und ich spürte seinen warmen Körper an meinem.

Nicht schon wieder, schoss es mir durch den Kopf.

„Bei Allah, Hassan! Wie kommst du ins Haus? Du kannst mich jetzt wieder loslassen!"

„Lilith, hast du noch etwas Zeit für mich zum Reden? George hat mir den Zweitschlüssel gegeben, damit ich hier unterkommen konnte."

„Ging das denn nicht bei Larissa? Schlaf doch einfach auf dem Bett am Pool!"

„Eben das würde ich gerne mit dir besprechen."

„Hassan, ich bin hundemüde und könnte ihm Stehen einschlafen. Da ich dich aber gut kenne, gibst du keine Ruhe. Ausnahmsweise schenke ich dir Gehör."

Hassan hob mich hoch und bevor ich reagierte, trug er mich ins Schlafzimmer und setzte mich aufs Bett.

Sein nackter Anblick machte mich fast wahnsinnig und er war extrem erregt.

Bevor wir beide auf dumme Gedanken kamen, nahm ich aus dem Schrank zwei Bademäntel und reichte ihm einen zu.

Er grinste anzüglich und zog ihn an.

Ich räusperte mich.

„Hassan, ich geh uns einen starken Kaffee kochen und dann können wir reden. Bis gleich."

Ich flüchtete regelrecht vor ihm in die Küche.

Der Kaffee lief bereits durch, als er folgte. Ich nahm zwei Tassen aus dem Schrank, befüllte sie, stellte sie auf den Tisch und setzte mich.

Erwartungsvoll schaute ich Hassan an.

„Also, was möchtest du mir erzählen?", fragte ich ihn.

„Lilith, ich habe mich deshalb bei dir einquartiert, da Larissa zwei Gäste beherbergt. Samira und Hamad. Sie werden die Geschichte aufklären, was damals in Dubai völlig aus dem Ruder lief."

„Spar dir deine Erklärungen, Hassan! Ich bin nicht blöd und weiß bereits, dass alles nur ein Fake war. Die Campagne hatte eine enorme Durchschlagskraft!"

„Warum bist du dann nicht zurückgekommen? Was hat dich davon abgehalten, Lilith?"

„Das fragst du noch? Lassen wir das, sonst gibt es nur wieder Streit."

„Hast du in Erwägung gezogen, je wieder zu mir zu kommen?"

„Hassan, diese Frage kann ich dir im Moment leider nicht beantworten, denn du versuchst mich gerade in die Enge zu treiben. Du kannst es einfach nicht lassen! Denk daran, ich brauche nicht unbedingt einen Mann! Merke dir eines….hinter jeder starken, unabhängigen Frau, steht ein zerbrochenes kleines Mädchen, welches schnell lernen musste, vom Boden aufzustehen und von niemandem abhängig zu sein."

„Und du siehst es also so, Lilith? Gut, dann werde ich jetzt dieses kleine zerbrochene Mädchen in den Arm nehmen und hoffe sie lässt es zu. Ich sage dir jetzt auch etwas…wenn ich mein Leben noch einmal leben dürfte, würde ich dich früher finden, damit ich dich länger lieben kann."

Hassan stand auf, zog mich hoch und nahm mich in die Arme.

Ich war völlig verwirrt und wusste wirklich nicht, wie ich reagieren sollte. Deshalb blieb ich stehen und ließ seine Nähe auf mich wirken. Meine Gefühle für ihn wurden von Minute zu Minute stärker und ich stöhnte auf. Warum kam ich nicht von ihm los? Es war wie ein Fluch. Er schob mich ein Stück von sich und blickte mir in die Augen.

„Was ist, Lilith? Ist meine Umarmung dir unangenehm oder hast du Angst vor deiner eigenen Reaktion?"

„Letzteres, Hassan! Bitte lass mich los, sonst kann ich für nichts garantieren! Meine Gefühle für dich sind am Überschäumen und das verwirrt mich gerade extrem. Außerdem bin ich hundemüde und kann deshalb nicht klar denken."

Hassan hob mich hoch und eilte mit mir nach oben in mein Schlafzimmer, wo er mich auf dem Bett ablegte.

Entgeistert blickte ich ihn an.

„Was hast du vor?"

„Nichts gegen deinen Willen, Teufelchen! Ich möchte nur das kleine, zerbrochene Mädchen für den Rest der Nacht in meinen Armen halten, um ihm zu zeigen, dass ich es wert bin eine erneute Chance zu erhalten."

Ich schluckte und überlegte.

Sollte ich ihm diese Chance gewähren? Falls ja, würde er mich erneut enttäuschen?

Hassan nahm mir die Entscheidung ab, indem er den Bademantel auszog und sich ins Bett legte.

Ich schnappte hörbar nach Luft.

„Und jetzt, Hassan? Was erwartest du von mir?"

„Nichts! Du hast doch genügend Optionen! Entweder schläfst du im Kinderzimmer oder schlüpfst zu mir! Es bleibt dir überlassen, wie du dich entscheidest!"

„Gegenvorschlag! Wir befinden uns in meinem Haus! Wie wäre es, wenn du im Kinderzimmer schläfst?"

„Auch kein Problem, Lilith!"

Er stand auf und verschwand ohne Kommentar nach nebenan.

Sprachlos blickte ich hinterher.

Meine Müdigkeit machte sich wieder bemerkbar.

Ich gähnte vor mich hin und machte es mir im Bett gemütlich.

Kurz dachte ich über die eben erlebte Situation nach und war Sekunden später eingeschlafen.

Hassan machte es sich auf dem Bett bequem und trat über Skype mit Tareq in Verbindung.

„Gute Nachrichten! Lilith ist wieder da und ich habe mich gerade bei ihr einquartiert. Ich hoffe nur, dass sie mir verzeiht und wieder mit zurückkommt. Mit etwas Bedacht und Behutsamkeit, klappt es vielleicht. Lilith ist sehr zurückhaltend, aber kompromissbereit."

„Ich hoffe, dass du es dir nicht wieder versaust. Denk daran, sie hat in einer Woche Geburtstag. Vielleicht ist Lilith bereit, vorher wieder mit zurückzukommen. Ich habe schon Vorsorge für den Tag getroffen und hoffe alles verläuft nach deinem Plan."

„Ich auch, Tareq! Drück mir die Daumen!"

„Nicht nur das! Viel Spaß heute Abend noch, Hassan! Dein freier Oberkörper spricht Bände!", gab er frech grinsend von sich.

Hassan lachte und kappte die Leitung.

An Schlaf war noch nicht zu denken und so schlich er sich zu Lilith.

Sie schlief, sah zum Anbeißen aus und war wirklich wie immer eine Sünde wert.

Bei ihm regte sich schon wieder einiges im unteren Bereich und er musste sich mehr als beherrschen, um nicht über sie herzufallen. Vorsichtig setzte er sich zu ihr auf die Bettkante und strich ihr übers Gesicht, als sie plötzlich die Augen öffnete.

„Entschuldige, Lilith! Ich wollte dich nicht wecken

und hoffe du bist nicht sauer."

Sie schüttelte den Kopf.

„Nein! Ich wusste, dass du wieder hier auftauchst. Alte Gewohnheiten legt man eben nicht ab. Nun schieb schon deinen Hintern in mein Bett."

Sie grinste und hob die Decke an.

„Bist du dir sicher, Lilith? Ich bin völlig nackt!"

„Ja, ich bin mir völlig sicher! Nun mach schon, mein Bett wird kalt! Ich gehe davon aus, dass du dich auf jeden Fall zu benehmen weißt!"

Hassan lachte und legte sich neben sie.

Lilith zuckte zusammen, als er sie an sich zog.

„Bei Allah, du bist ja ein Eiszapfen!"

„Den hab ich allerdings auch, Lilith!", gab er trocken von sich.

Sie fing zu lachen an und drehte sich zu ihm.

„Du Spinner! Wie ich das sehe, muss ich dich wohl oder übel etwas aufwärmen."

„Solange es nur bim Aufwärmen bleibt, ist es okay."

Lilith rutschte näher an ihn und drückte ihren Körper an seinen.

Was machte ich da eigentlich, schoss es mir durch den Kopf, als ich mich an ihn schmiegte.

Mein Puls raste.

„Verflixt, Lilith! Du glühst wie ein Hochofen und mir wird sicherlich gleich warm. Es ist besser, wenn ich mich ins Nebenzimmer verziehe, denn du stellst mich gerade auf eine Zerreißprobe."

„Was macht dein Eiszapfen?"

„Eben deshalb will ich mich verziehen! Er steht kurz vor dem Bersten!"

Hassan wollte aufstehen, doch ich zog ihn zurück.

„Ich denke, dass kann ich etwas abmildern! Bevor du

wieder fünf gegen Willi spielen musst, schaffe ich dir etwas Abhilfe."

Ich drückte ihn auf den Rücken.

Bevor er reagieren konnte, setzte ich mich über ihn und grinste ihn frech an. Er stöhnte kurz auf und ich sah, wie er mit seinen Gefühlen kämpfte.

„Du Biest! Wer vergisst jetzt sein gutes Benehmen? Nicht, Lilith! Steig von mir, ich kann mich nicht mehr beherrschen!"

„Sei still Hassan und tu es!", gab ich von mir und fing an ihn zu küssen.

Er verkrallte sich regelrecht in meine Oberarme und dann ging es heftig zur Sache.

Ein Stellungswechsel folgte dem anderen und nach gefühlten zwei Stunden, war ich fix und fertig.

Schweißgebadet ließ ich mich ins Kissen fallen.

„Ist dir jetzt heiß genug, Hassan? Zumindest ist dein Eiszapfen geschmolzen!"

Hassan grinste mich frech an und strich mir ein paar nasse Haarsträhnen aus der Stirn.

„Geht es dir gut, Lilith? Du bist ziemlich blass und sieht echt fertig aus!"

Ich schüttelte den Kopf.

„Nein! Mir ist schlecht, schwindlig, ich hab Durst und bin wohl zu sehr aus der Übung! Außerdem werde ich morgen sicherlich Muskelkater haben und das an den unmöglichsten Stellen! Mir tut jetzt schon alles weh!"

Hassan lachte.

„Ich hole dir sofort etwas zu trinken, Teufelchen! Was möchtest du? Diesmal hast du mir zumindest nicht erneut den ganzen Rücken zerkratzt! Ich habe noch von der Tanzerei genug!"

„Was meinst du wie schwer mir das gefallen ist! Lass uns Sekt trinken! Wir haben ihn uns redlich verdient!"

Er lachte, stand auf und verschwand nach unten. Während ich mir den Kopf zerbrach, ob ich richtig gehandelt hatte, erschien er wieder.

Schnell waren die Gläser befüllt und ich genoss den gekühlten Sekt in kleinen Schlucken. Nach kurzer Zeit merkte ich wie mir der Alkohol zu Kopf stieg und mir dauerhaft die Augen zu fielen. Hassan schien es auch bemerkt zu haben, denn er setzte sich hinter mich und ich lehnte mich entspannt an seinen Brustkorb.

„Möchtest du noch etwas, Lilith?"

„Nein! Ich bin so erschöpft, dass ich gleich einschlafe. Hast du in der Zeit wo ich nicht vor Ort war, trainiert? Ich habe das Gefühl, deine Muskeln sind viel stärker geworden. Erzähl mir doch, was du die ganze Zeit so ohne mich angestellt hast."

„Da gibt es nicht viel zu erzählen, Lilith! Du hattest mir mit deinem Verschwinden einen heftigen Schock versetzt. Vor allen Dingen, weil es so schnell ging und ich dich nirgends finden konnte. Ich bin wirklich fast verzweifelt und hatte ein gutes viertel Jahr damit zu kämpfen. In dieser Zeit ging es mir nicht besonders und ich kompensierte dieses Problem über Sport, sonst wäre ich verrückt geworden. Jetzt kann ich nachvollziehen, wie es dir immer erging und du in die Wüste verschwunden bist. Lilith, was meinst du, wie glücklich ich war, als Larissa mich benachrichtigte, wo du zu finden bist. Und nein, ich hatte keine Beziehung zu anderen Frauen. Wie schaut es bei dir aus, was die Männerwelt betrifft?"

„Hassan, was soll das? Typisch! Die Natur hat den Mann wirklich so programmiert, dass er in richtigen Momenten das Falsche sagt oder fragt. Ihr wollt unbedingt die Frau, die euch niemals verlässt? Dann sei der Mann, der sie niemals verletzt! Und nein, ich hatte niemanden, der mich tröstete. Ich hätte auch in keiner Weise Zeit dafür gehabt, denn ich trainierte für die Show wie eine Irre. Du weißt, was dieses harte Training einem Körper abverlangt. Ich fiel danach jedes Mal in Tiefschlaf. Außerdem sagte ich dir einmal, dass ich dich liebe. Ich habe den Verdacht, dass du schon wieder anfängst, mich unter Kontrolle zu halten. Vergiss es! Ich glaube, es war doch ein Fehler, dass ich mich dir hingegeben habe!"

Hassan drückte mich noch näher an sich.

„Nicht doch, Lilith! Ich möchte keinen Streit und ich will auch keine Kontrolle über dich und es war kein Fehler, dass du mit mir geschlafen hast. Ich habe deine Nähe unwahrscheinlich vermisst. Lass deine Dämonen hier und fliege mit mir zurück. Bitte!"

„Und dann Hassan? Wieder Lügen und Betrügen? Ich kann das nicht mehr, denn es bringt mich um meinen Verstand und macht mich wahnsinnig, wenn ich weiß, dass du andere Frauen mir vorziehst. Ich hatte bis jetzt nur Pech mit den Männern und damit ist Schluss! Ich werde morgen noch an dem Gespräch mit Hamad und Samira teilnehmen und dann entscheide ich, ob und wie es mit uns weitergehen kann. Langsam habe ich das Gefühl, dass deine Sterilität ein Freifahrtschein für Fremdgehen von deiner Seite ist."

Ich löste mich aus seinen Armen und stand auf.

„Wohin gehst du, Lilith?"

„Nach nebenan schlafen, Hassan! Ich möchte jetzt alleine sein, denn ich muss nachdenken!"

„Schlaf gut, mein dämonischer Engel – nm jayidaan ya malaki alshaytanii."

„`ant aydana hakim`am klu alshayatin – Du auch, Herrscher über die Mutter aller Dämonen."

„Lilith? Hasst du mich?", fragte er.

Ich drehte mich um.

„Es ist nicht so, dass ich dich hasse, aber wenn du brennen würdest und ich hätte Wasser, würde ich es trinken!", gab ich zurück.

Hassan schnappte sich ein Kissen und warf es mir an den Kopf.

„Freches Biest!"

Ich lachte und warf das Kissen zurück.

„Dumme Frage! Blöde Antwort, Hassan! So spielt das Leben!"

Ich hatte genug für heute und verzog mich.

Kurze Zeit später fielen mir die Augen zu.

Hassan lag noch eine zeitlang wach und hoffte, dass Lilith mit ihm zurückflog.

Larissa wunderte sich etwas am nächsten Morgen, dass Hassan noch nicht aktiv war.

Sie blickte auf die Uhr.

Zehn Minuten bis Elf. Das war untypisch für ihn.

Sie hatte gestern den kleinen Streit zwischen ihm und Lilith auf der Bühne verfolgen können.

Irgendetwas passte da gar nicht, denn er war ohne ein Wort zu sagen, urplötzlich verschwunden.

Sie machte sich auf den Weg nach oben und öffnete die Tür zum Kinderzimmer.

Im Bett lag nicht Hassan, sondern Lilith völlig nackt und sie schlief noch tief und fest.

Larissa grinste und zog vorsichtig die Tür ins Schloss.

Im Schlafzimmer fand sie dann ebenfalls nackt und schnarchend, Hassan vor. Sie weckte ihn.

„Guten Morgen, du Schnarchnase! Hattest wohl heute Nacht noch Erfolg bei Lilith, nach dem Kampf auf der Bühne? Ging euer Battle zuhause weiter?"

Hassan setzte sich auf und blinzelte Larissa an.

„Verdammt noch mal! Ich weiß nicht was du meinst? Was weckst du mich mitten in der Nacht?"

Larissa lachte.

„Es ist bereit elf Uhr. Nash macht gerade Frühstück! Was ist? Kommst du? Lilith schläft noch!"

Hassan erhob sich.

„Würdest du dir etwas überziehen? Ich werde gleich blind!", gab Larissa lachend von sich.

Hassan griff sich den Bademantel.

„Lass Lilith noch etwas schlafen. Ich wecke sie später! In fünf Minuten bin ich in der Küche!"

„Bis gleich, Hassan!"

Schnell eilte sie nach unten, um die Neuigkeit an den Rest zu verbreiten.

Keine zehn Minuten später erschien Hasan und setzte sich.

Nash stellte ihm eine Tasse Kaffee auf den Tisch und schlug ihm auf den Rücken.

„Na, du alter Schwerenöter? Gut geschlafen?"

Hassan schrie auf und schoss hoch.

„Nash, du Idiot! Mein Rücken!"

Dieser blickte ihn verwirrt an.

„Was ist denn los?", hakte er nach.

Hassan nahm Platz und gab ein kurzes Resümee vom gestrigen Abend ab, was auf der Bühne vorgefallen war.

Alle lachten.

„Geschieht dir recht!", meinte Nash.

Hamad wandte sich an ihn.

„Hast du Lilith wirklich geohrfeigt, Hassan? Warum tust du so etwas? Auch im Affekt solltest du dich unter Kontrolle haben. Ich kenne eure Geschichte und Lilith ist schon fast eine Ikone in Bagdad. Wo ist sie eigentlich?"

„Sie schläft noch im Kinderzimmer und ich möchte sie auch nicht wecken, nach gestern. Irgendwann wird sie nach unten kommen."

Larissa konnte sich wieder nicht verkneifen ihn zu ärgern.

„Hoffentlich hast du sie nicht zu arg strapaziert!"

Hassan giftete sie an.

„Halt einfach die Klappe, Larissa!"

Jemand räusperte sich hinter ihnen und alle blickten in die Richtung, von wo das Geräusch kam.

Lilith!

„Guten Morgen alle zusammen! Warum hat mich von euch keiner geweckt? Ich muss in einer Stunde zum Training."

Hassan stand auf, gab ihr einen Kuss auf die Wange und schob sie zu einem der Stühle.

„Ich fahr dich später. Jetzt mach erstmal Frühstück in Ruhe."

Nash schaute in ihr Gesicht und schüttelte den Kopf.

„Was sind das für blaue Flecken in deinem Gesicht?"

Lilith erwiderte seinen Blick und legte den Kopf in ihre Hände.

„Nichts weiter, Nash! Warum fragst du? Ich hatte einige Abstürze beim Training!"

„Lüg nicht, Lilith! Hassan hat erzählt was gestern auf der Bühne vorgefallen ist. Ich frage mich nur, ob ihr beide noch eine Beziehung führen wollt oder steht ihr auf gegenseitige Schmerzen?"

Ich schluckte und stand auf.

„Lasst mich einfach in Ruhe!", gab ich von mir.

Wütend machte ich mich auf den Weg zum Pool, zog mich aus und verschwand darin.

„Verdammt, Nash! Musste das sein? Ich hatte Lilith so weit, dass sie sich mir endlich wieder annäherte und nun das! Deine Ansage stellt jetzt alles wieder in Frage und sie grübelt bestimmt wieder darüber nach. Ich geh jetzt zu ihr und versuche zu retten, was zu retten ist. So seid ihr mir keine Hilfe! Nur zu eurer Information. Ich wollte Lilith mit nach Bagdad nehmen und an ihrem Geburtstag nächste Woche einen Heiratsantrag machen! Das kann ich wohl vergessen! Danke auch!"

Er stand auf und folgte Lilith nach.

Diese hatte es sich inzwischen auf der Liege bequem gemacht und hörte mit geschlossenen Augen Musik.

Er tippte sie leicht an und als sie nicht reagierte, nahm er ihr die Köpfhörer ab. Sie öffnete kurz ihre Augen, blickte ihn forschend an und schloss sie wieder.

„Was willst du, Hassan? Geh zu deinen Freunden und lass mich noch etwas die Zeit genießen, bevor ich zum Training muss. Könntest du mir die Kopfhörer geben? Ich möchte, dass du heute Abend nicht bei der Show erscheinst! Weder auf der Bühne, noch im Publikum!"

Hassan gab ihr die Kopfhörer zurück und stand auf.

„Lilith? Hör mir jetzt genau zu. Du verlangst von mir, dass ich mich dir gegenüber anständig benehme und selbst stellst du alles auf den Kopf. So funktioniert das nicht! Wir werden heute Abend sehen was geht oder was nicht! Ich werde nachher mit Sam reden!"

Sie sah ihn an.

„Vergiß es, Hassan! Ich bin der Star der Show und werde später mit Sam darüber sprechen!"

Hassan griff sich Liliths Arme, zog sie hoch und ganz nah an sich. Dann brüllte er los.

„Mir reicht es jetzt mit dir! Ich versuche wirklich alles, um dich wieder für mich zu gewinnen und du stößt mich immer wieder von dir. Ich denke, die Ohrfeigen waren gerechtfertigt. Ich fliege morgen zurück! Mach doch was du willst! Ich lasse mir doch nicht von dir

sagen, wie ich meine Freizeit zu gestalten habe!"
Ich zuckte bei jedem Wort zusammen und als er fertig war, schubste ich ihn in den Pool.
Inzwischen waren Nash, Larissa, Samira und Hamad auf das Gebrüll aufmerksam geworden und zum Pool geeilt. Sie bekamen gerade noch mit, wie ich ihn ins Wasser stieß, wo er unterging und keuchend wieder auftauchte.
„Sieh zu das du verschwunden bist, bevor ich aus dem Wasser steige. Du bist wirklich eine hinterhältige und falsche Schlange!"
Ich drehte mich gelassen um.
„Deshalb heiße ich ja auch Lilith, Hassan! Ach und noch so am Rande, du befindest dich in meinem Haus, also solltest du besser verschwinden! Mit diesem Verhalten, wirst du mich sicher nicht gewinnen!"
Er machte Anstalten, aus dem Wasser zu steigen, ich rannte los und hörte wie er hinter mir her war.
„Bleib stehen, Lilith! Wir beide haben zu reden!"
Ich drehte meinen Kopf in seine Richtung.
„Vergiss es, du brutaler Schläger!", brüllte ich zurück und da passierte es
Ich stolperte auf der Treppe nach oben und stürzte.
Fluchend rappelte ich mich hoch und da hatte er mich schon erreicht. Er umfasste meine Hüfte, drehte mich um und warf mich über seinen Rücken.
Im Hintergrund hörte ich die anderen lachen.
Hassan rannte mit mir nach oben und brachte mich ins Schlafzimmer, wo er mich aufs Bett warf.
„Autsch, du …..
Weiter kam ich nicht, denn er fiel mir ins Wort.
„Ich weiß, Lilith! Ich bin ein islamitischer Bastard und das werde ich dir jetzt auch beweisen. Halt still, du Teufel!"

Bevor ich regieren konnte, saß er über mir, hielt meine Arme nach oben und küsste mich.

Ich gab erstickte Laute von mir und versuchte frei zu kommen, als es an der Tür klopfte.

„Ist alles okay bei euch?", hörte ich Nash rufen.

Hassan löste seine Lippen von meinen und hielt mir mit einer Hand den Mund zu.

„Ja, alles klar! Lilith und ich haben etwas zu bereden und wollen nicht gestört werden!"

Ich hörte Nash lachen, der uns viel Spaß wünschte und dann war er verschwunden.

Verzweifelt versuchte ich Hassan mit meiner freien Hand wegzudrücken, was mir nicht gelang.

„Steig von mir! Du bist vollkommen nass!"

Vergebens! Er reagierte nicht.

Er zog meine Arme wieder nach oben und machte da weiter, wo er aufgehört hatte.

Ich wand mich unter ihm und versuchte verzweifelt freizukommen.

Je aktiver ich wurde, umso stärker küsste er mich und drückte meine Handgelenke zu.

Mir wurde bereits schwindlig und dann änderte ich meine Taktik. Ich gab meine Abwehrstellung auf und lockerte meine Haltung.

Hassan stutzte kurz und gab meine Hände frei.

Ich schaute ihn an und er hörte auf mich zu küssen.

Keuchend saugte ich die Luft ein, während er von mir stieg.

Er lachte.

„Schade, Lilith! Ich habe mein Ziel verfehlt. Diesmal kein Orgasmus nur anhand eines Kusses!"

„Verdammtes Arschloch! Pech gehabt, denn ich habe dazugelernt! Verschwinde!"

„Ich zieh mich um und warte unten auf dich, Lilith!",

gab er von sich und verließ das Zimmer.

Wütend stand ich auf, zog mich an, um ihm zu folgen.

Fünf Augenpaare blickten mich grinsend an, als ich kurz darauf die Küche betrat.

Ich ignorierte es, schenkte mir einen Kaffee ein, lief Richtung meines Büros und checkte meine Mails ab.

Abdesalem bat um sofortigen Rückruf, was ich auch über Skype tat.

„Hallo, Lilith! Endlich! Wie geht es dir? Wir benötigen hier dringend deine Hilfe! Eine neue schwarze Tafel ist aufgetaucht und nur du kannst sie entschlüsseln! Bis wann kannst du hier erscheinen?"

„Ich vertrete gerade beruflich eine Freundin. Aber es kann sein, dass ich eventuell kurzfristig in Jordanien bei dir erscheinen kann. Das kläre ich sofort nach dem Gespräch ab und melde mich wieder."

„Super, Lilith. Bis dann!"

Ich schloss den Laptop.

Diese Option kam mir gerade recht.

Langsam erhob ich mich, nahm das Bild von Hassan ab und drehte es einfach um.

Es klopfte.

„Ja!", rief ich und da erschien er auch schon.

Sein Blick, fiel auf das Bild und dann auf mich.

„Nichts mehr mit the only one?"

Ich schüttelte den Kopf.

„Nein, Hassan! Diesen Status musst du dir wieder hart erarbeiten! Sollte dieses Foto je wieder an der Wand hängen, hast du mich zurückgewonnen! Also, was willst du?"

„Sam hat gerade angerufen! Heute Abend treten wir beide wieder miteinander auf!"

Ich schüttelte den Kopf.

„Vergiss es, Hassan! Daraus wird nichts! Ich rufe Sam

an und stelle mein Handy auf mithören! Bleib hier!"
Wütend tippte ich seine Nummer ein und dann hatte ich ihn am Handy. Kurz erläuterte ich, was Sache war und stellte Sam vor die Wahl. Entweder ohne Hassan oder falls nicht, würde ich unseren Deal als erledigt ansehen.

„Okay, Lilith! Ich habe verstanden und kann dich auch sehr gut verstehen. Grit kann sicherlich wieder tanzen und ich danke dir. Was wird mit Hassan?"

„Ich weiß es nicht, Sam! Kontaktiere ihn selbst! Ich werde mich demnächst bei euch melden! Viel Erfolg noch mit deiner Truppe!"

„Dir auch alles Gute, Lilith! Leb wohl!"

Ich drückte ihn weg und wandte mich an Hassan.

„Siehst du! Problem gelöst!"

Im gleichen Moment meldete sich sein Handy.

„Sicher Sam!", gab ich von mir.

Ich schnappte mir meinen Laptop, verließ mein Büro und eilte nach oben, um meine Koffer zu packen. Taxi und Flugticket waren telefonisch schnell bestellt.

Zehn Minuten später stand ich in der Küche.

Ich erntete fragende Blicke.

„Was hat das jetzt wieder zu bedeuten, Lilith?", wurde ich von Hassan gefragt.

„Ganz einfach! Ich nehme mir eine erneute Auszeit!"

Er nickte nur.

„Okay, dann pass gut auf dich auf, Lilith! Ich fliege auch zurück, denn es wäre unsinnig hier zu bleiben", gab er von sich und drückte mir einen Kuss auf die Stirn.

Ich wandte mich an Larissa.

„Bitte achte weiterhin gut auf das Haus. Ich werde mich irgendwann melden!"

Im gleichen Moment klingelte es an der Tür.

„Mein Taxi ist da! Lebt wohl!"

Ich beeilte mich, um nach draußen zu kommen, setzte mich ins Auto und gab dem Fahrer das Ziel an. Dieser nickte und fuhr los.

Zwischenzeitlich kamen mir die Tränen und ich heulte vor mich hin

Der Fahrer blickte mich wiederholt im Rückspiegel an.

„Alles gut bei ihnen?", fragte er mich und ich nickte.

Kurz darauf kam ich am Flughafen an, checkte ein und der Flug verlief wie immer ohne Probleme.

FSC
www.fsc.org

MIX

Papier aus ver-
antwortungsvollen
Quellen
Paper from
responsible sources

FSC® C105338